吕新作品系列

发现

吕新/著

山西出版传媒集团 北岳文艺出版社
BEIYUE LITERATURE & ART PUBLISHING HOUSE
·太原·

图书在版编目(CIP)数据

发现 / 吕新著. —太原:北岳文艺出版社,2018.1
(吕新作品系列)
ISBN 978-7-5378-5389-7

Ⅰ.①发… Ⅱ.①吕… Ⅲ.①中篇小说—小说集—中国—当代 Ⅳ.①I247.5

中国版本图书馆CIP数据核字(2017)第266695号

书名:发　现
著者:吕　新

策　　划:续小强
责任编辑:谢　放

项目统筹:马　峻
装帧设计:张永文
印装监制:巩　播

出版发行:山西出版传媒集团·北岳文艺出版社
地址:山西省太原市并州南路57号
邮编:030012
电话:0351-5628696(发行部)　0351-5628688(总编室)
传真:0351-5628680
网址:http://www.bywy.com　E-mail:bywycbs@163.com
经销商:新华书店　印刷装订:山西万佳印业有限公司

开本:890mm×1240mm　1/32　字数:199千字
印张:9　版次:2018年1月第1版　印次:2021年1月山西第2次印刷
书号:ISBN 978-7-5378-5389-7
定价:48.00元

目录

沙 子

一

李空山下车的时候，正值一天中的黄昏时分，不远处的低空中飞翔着、积累着一些不堪入目的东西。李空山问身边的一个人，那是什么？那个人朝他羞涩地笑了一下，突然向远处跑开了。后来的日子里，李空山才知道那个人不会说话，是一个哑巴，是王茂的外甥。

李空山沿着一条发白的小路向村里走。当他再一次注意到那种缓缓流逝的现象时，一位白发苍苍的老人告诉他说那是一种假象，是早年间的一些废弃的农具。“都没用啦。”老人说着，赶着一只猪慢慢向河边走去。

虽然这是一个极为平常的傍晚，但乡间的夕阳却红得有些过于夸张，如同一种不择手段的恣意渲染。——现在，李空山看到了附近的那条灰蓝色的静止不动的河水。河边的一座染坊前，晾晒着染出来的布匹，以黑、蓝两种颜色居多，也有几匹黄色的和紫色的。一个人正在门前仰头观望傍晚的天气，几个孩子在湿漉漉的布匹下钻来钻去，弥漫在染坊里的水雾不断地从窄小的门口涌出来，彩色的水流像黏稠厚重的油漆一样从门前流过。

李空山行走在这片世代种植葵花、烧制陶瓷的土地上，远处和近处出现的各种显眼的风物标志令人不容置疑。傍晚的轻风吹动着李空山的白色的绸衫，他的脚下产生了一种轻飘飘的腾云驾雾的感觉。一名身材高大丰壮的农妇突然从一片绿色的植物中直起身来，越过那种低矮的植物，李空山注意到了挂在她小腿上的那些晃来晃去的水珠。在她的对面，一个戴草帽的男人正试图要抓住什么，他的大幅度的动作使他一次次扑空。到后来，李空山突然看见一种东西凭空飘扬起来……这时，那个男人不见了，那些低矮的绿色植物渐渐地平静下来。

土里有一种坚硬的东西将李空山绊了一下。李空山用脚踢出来，是半片生锈的犁。

二

孙长胜的院落比较宽敞，东西长十几丈，南北宽约四五丈，据他自己说，一次可以容纳几百人同时在这里开会，或者看戏。这个院子里有男女两个厕所，这在乡下比较少见。孙长胜告诉我说，我决不能再与她们共用同一个厕所了，这么多年不走运，关系全在这上面，特别是当她们来月经的时候，“里面就像一个杀人现场”，这种现象再也不能继续下去了。

我要找的那个女人叫罗虹，但好多人都说不认识，包括孙长胜也不知道有这样一个女人，他甚至怀疑我找错了地方。我后来想起她有另外一个名字，叫海红。孙长胜听了，瞪起两只眼睛看着我，他怪声怪气地对我说，你说的是她啊，我以为是谁呢，到村外去找吧。我说，怎么？孙长胜说，早死了，她就叫海红，不叫罗虹，也有人管她叫红绸。

我告诉孙长胜说，她的正式名字就叫罗虹，而海红只是一个带有侮辱性质的称号。

孙长胜摇着头竟说，不知道，我们从来没听说过，只以为她姓海或者姓红呢，又叫了那样一个又艳丽又柔软的名字，——你找她做什么？

我的一位朋友不久前猝然去世，在整理他的遗物之时，发现了他的一种笔记，笔记里记载了我此刻所在的这个地方，以及距此二十里以外的丽城。文中多次出现了“罗虹”“海红”等词语。我的这个名叫饶子路的朋友，他在某种时候有些志大才疏、眼高手低，他研究中国婚姻已有多年，但建树甚微。他的唯一的一部专著《洞房之水》刚刚写了前面两章，便猝然去世了。他有一份提纲，包括《洞房之水》全书的三十八个小标题，那是一些令人莫名其妙的标题，有的是学术名词，有的是一件物品，有的竟是一个人名。我在灯下读到了那份字迹工整清晰的手稿，并发现了一个比较严重的问题：饶子路用一种带有抒情色彩的语言，撰写了《洞房之水》的开头两章，这使得那本书不像一本学术著作，而更像一卷拉开了架势的长篇散文。文中有一些生僻的词语，更有一些谁也不认识，谁也没有听说过的花卉的名称。我怀疑这又是他的一次不无得意的杜撰。不过，话又说回来，饶子路死了，像这样的杜撰，今后再也不会有了。他的一位老师对我说，他辜负了他多年对他的希望，他（饶子路）的那种华而不实的情调与作风，也使他终究难成气候。——教授的原话大意如此。

两天以后，我在村外看到了罗虹的坟墓。不远处有一棵大树，树叶在中午以后开始逐渐卷曲。附近长满了草，一条隐蔽的水渠穿越在其中。在罗虹的坟头上，有一条带有恶意的红绸在风中飘动，远看像一只蝴蝶。

我注视着那条刺眼的红绸。一个人死了，已经埋进土里，但还有人如此作践她。所幸的是，这一切对她已不再具有任何的意义了。这一带的空气比较潮湿，经常有一个白白胖胖的老太太牵着一只雪白的山羊来这里放牧。老太太坐在水渠边绣花，山羊就在她的周围吃草。到傍晚将要回去的时候，山羊的两只奶子已变得饱满而下垂，颤颤巍巍的，看了令人担忧。我在这里认识了这个老太太，她像是孤身一人，与山羊为伴。有一次她对我说，我们两个，白天我喂它，晚上它喂我。

三

哑巴对着王茂比画了半天，王茂终于看出一点眉目。王茂对哑巴说，你是说你看到了一个生人？哑巴点点头，垂手站在对面。王茂叹了一口气，说，什么生人不生人，你才来了几天，对你来说，这里的每一个人都是生人。

哑巴支支吾吾的样子，使王茂感到心烦意乱。一段时间以来，王茂力不从心地承担着做舅舅的责任。王茂想起自己的姐姐与姐夫，他们聪明一世，富贵一时，在中年的时候突然全都亡故，留下这样一个冤孽。哑巴初来那阵，王茂不让他干任何事情，但王茂的女人天天唠叨。哑巴也像他的亡故的父母一样聪明，几天以后便自觉地承揽了家中一切的粗使活计。女人不再唠叨了，王茂却开始了失眠。

现在王茂站在村外的一条大道上，一边割草，一边谛听着远处传来的枪声。昨夜的一场疲惫不堪的梦境使他在早晨醒来之后有一种大病初愈的感觉。他没吃早饭，深一脚浅一脚地向村口走去。哑巴在院里劈柴，这个身体瘦弱的孩子在对付那些潮湿的木头时，显得手足无措，困难重重，不时地发出一些含糊不清的声音。面对初升的太阳，王茂熟视无睹。

王茂摇摇晃晃地走着，身后传来哑巴一起一落的劈柴声，每一声都像是砍在王茂的腿上一样。迎面一个人问王茂是不是腿疼，王茂看了那个人一眼，感到似在哪里见过，他没有说话，继续向前走去。临街的一个院子里点燃了一堆火，滚滚的浓烟弥漫出来。王茂走着，不禁咳嗽起来。青烟漫过附近的那些高矮不齐的墙头，四处泄漏，无孔不入。

早晨过后，田野里和路上渐渐有了人影。王茂听到一阵辚辚的车声，不久以后，车声在附近消失了。王茂抬起头，四周望了一阵，并没有发现车的影子，他疑心是昨夜的梦境又一次浮出了他的记忆。他直起身体，一只手随意地拽着一丛柔软的青草。

远处，尘土飞扬，有人正在奔跑。那个人穿着一件红色的衣服，王茂隐隐地觉得像一个女人。田野里耕作的人一动不动。

这时，王茂突然看到自己的脚下有一摊血迹，他急忙检查了自己的脚和腿，发现并无损伤。周围有一片被压倒了的青草，此时正在渐渐站起来，重新恢复原样。

王茂感到自己像一个迷路的孩子，被那种淅淅沥沥的血迹一路牵引着，不知不觉地来到村口。在这里，他看到血迹突然消失了，呈现在眼前的是那些早起的人留下的一只只脚印。

王茂站在村口，判断着血迹的去向。这时，一个人走来对他说：

李寿年的儿子回来了。

四

四十多岁的孙长胜每天很早的时候就睡下了，睡到半夜，起来到村子里的大街小巷转悠一阵，然后回来脱掉衣服再睡。有一天，他从外边夜游回来的时候，我还没有睡。他看见我住的屋子里亮着灯，就推门走了进来。他来到我的身边看了一下，对我说：

又在写字？

纸上的那些密密麻麻的字迹显然使他不感兴趣。看过之后，孙长胜离开桌子，在一只凳子上坐了下来，搓着两只手。

我问他，街上冷不冷？他没有回答，一动不动地坐在那只凳子上，似在出神，又像是没有听清我的话，过了一阵，孙长胜忽然对我说，你说说，世上到底有没有鬼？

我望着他的脸，看到了他的两颗被虫子蛀坏了的黑牙。接着，孙长胜叹了一口气，又起身出去了。他在门外很响亮地咳嗽了一声。那时候大约是凌晨四五点钟的样子——我看了一下表，表不知什么时候停了——孙长胜在黑暗的黎明前的村庄里独自漫游的时候，不经意之间遇到了一个人？遇到了一件令他费解而头脑发热的事情？他第二次出门时的背影看上去摇摇欲坠，像一个弱不禁风的女人。我想象村中那些带有坚利的触角和阴影的年久失修的灰色瓦房，还有那些风吹草动的树木和院落，许多的事物都有各自的不同的重影，包括狭窄的街道与牛羊的哀鸣之声。每到夜晚，凄厉冗长的风声总是灌满了一条又一条的街道，门环和风铃叮当作响，犹如交错的杯光觥影。在众多的难以识别的阴影里，孙长胜小心翼翼的身影看上去形同一个初涉人世的胆怯的鬼魅，古老而荒败的乡村割据使他在穿行之余倍感惊愕。

早晨起来，我在院子里见到孙长胜。他正在窗下霍霍地磨刀，身边放着一碗早已弄脏了的水。昨夜漆黑的露水一直伴随他到现在，如同一种支离破碎的遗迹。孙长胜的身上沾满了泥污——他好像在村中某一个地方突然跌倒了——但他看上去毫无倦意。他停住手中的菜刀，用一根手指头试了一下刀口，然后对我说，今天是个好天气，天不亮的时候太阳就出来了。

孙长胜的女人在屋里说道，胡说八道。

孙长胜朝我笑了一下。他的一个八九岁的女儿正在院子里跳绳，早晨黄色的炊烟令人想起一些与战争有关的场景。

我打开门来到外面，有人挑着水从街上经过，扁担发出吱吱呀呀的响声，沿途洒下一路水迹。井台那边，仍有两个打水的人，一男一女，他们正在闲聊，水桶放在一边，辘轳急速而沉闷地空转着。那个男的突然在说话之间伸出一只手，向那个女人的口袋里伸去。女人穿着一件大红的坎肩，闪身走到一旁。

孙长胜磨完了刀，走过来站在我的身旁。他问我昨夜在写什么，那么晚了还不睡觉。我告诉他说是一些非常没用的东西。这时，他的那个在院子里跳绳的女儿跑过来缠着他，孙长胜回头看见他的女人也站在身后。女人把孙长胜叫到里面说话，我听到孙长胜说，我哪有钱呢，我又不是印钱的。说完，仍旧出来。有四五个人抬着一口上了红色油漆的棺材，说说笑笑地向村子西边走去。

我问孙长胜说，谁死了？

他说，一个女人。

这天上午的时候，我在村中听到了一些稀稀落落的哭声。

我想起在饶子路的笔记里，也记载了类似这样的一些哭泣之声，我不知道饶子路为什么要在一部学术著作里描述这样的一些东西，难怪他的那位先生要对他感到绝望。在那种诗情画意的描述中，我看到了已故的罗虹，听到了她昔日里的笑声，乌黑的头发，夕照中的青山红树。一个姓应的退伍军人在其中神出鬼没，时隐时现。此外，还有一名教书先生，可惜忘记了他的姓氏。饶子路的笔记，从某种意义上来说，像一种索引，但我却据此找不到相应的目标。孙长胜带着我见过许多的女人，但那些女人仅有一腔对罗虹的怨恨之情，其余的一概不知。更有甚者，一个名叫杨桂兰的女人，生平从未见过罗虹，她嫁过来的时候，罗虹已经去世，她对罗虹的那种莫名其妙的怨恨，仅仅是出于对别人的效仿与附和。

午后，孙长胜带着我去找那个教书先生。快到他家时，我忽然想起了他的名字，姓问，叫问尚荣。一问孙长胜，果然是这个名字。孙长胜吃惊地看着我说，你知道的事情真不少，快赶上程寅了。

我说，谁是程寅？

孙长胜说，你不认识，那人是一个密探，没有他不知道的事情。

到了问尚荣家，问尚荣不在。屋里有两只顶天立地的红木大柜，里面装满了书，多是线装书。屋里光线很暗，燃着檀香。一个身段优美、面带病容的女人放下手中的一面菱形的镜子，站起来。孙长胜说这是问尚荣的妻子冯志。

女人的头发松松地挽在一起，上下打量了一阵后，对我说：

你晚上来吧。

孙长胜对她说，看你的脸色不太好，是不是又生病了？

女人惨然一笑，说道，每年春天都是这样，又查不出有什么病。

我们告辞出来。在街上我想着那个清静的家，檀香的气息使我的胃部隐隐作痛。孙长胜对我说，你看她那个样子能生孩子么，像个林黛玉似的，病美人一个，药不知吃了多少，汤喝了不计其数。她好像天生就不生育。那种女人，受苦的人谁娶了谁倒霉，给我，贴钱我都不要，我闻不惯药味。

五

午后。天气晴而不朗。

李空山在床上躺了一阵，没有睡着。拿了一本书，来到院子里的花圃前。泥土刚刚松过不久，花茎与枝叶之间显得疏朗而清晰。李空山把书扔到一边，眼前的一片花朵在阳光下隐约地泛出一种白色的光芒。

上午，表妹巩秀贞来看他。几年未见，她出落得亭亭玉立，文雅娴静。李空山取出自己的委任状请巩秀贞看，巩秀贞的脸变得通红。李空山想起昨天夜里，有一个女人带着一束明亮的光线走进自己的梦里，但那个女人不是眼前的巩秀贞。梦中的李空山，如同一个父母双亡的孩子，浑身上下瑟瑟发抖。那个女人变化得像一片云彩。李空山想了整整一夜，仍然想不起她是谁。梦醒之后，他听到一阵脚步声。快过节了，家里的人显得忙碌而琐碎。从早晨开始，厨房里一直充满了与节日有关的声音。李空山聆听着那种混杂着人语与饮食内容的声音，如同在聆听一个久远的神话。之后，他来到父亲生前住过的房子里，打量着父亲的一幅遗像。照片上的那一位显得精明睿智，滴水不漏。一年前，在他刚刚过完五十寿辰之后的当天夜里，被人杀死在一只雕花木椅里。家人获讯之后，发现他面前的一只茶杯里还冒着丝丝缕缕的热气。几个月后，李空山在一封家书中得知了父亲的死讯，并听说家中的菜地被马蹄践踏得不堪入目，谷仓一带危机四伏。

表妹巩秀贞到来的时候，李空山刚刚在父亲的遗像前叩了一个头，他很想在这里放声哭一场，但酝酿了多时，一直没有眼泪。这时，有人推门进来，告诉他说，巩姑娘来了。

他们先在院子里的花圃前站了一阵，望着红白姹紫的花朵。以后，又回到房中。没过多久，李空山便发现自己与表妹之间可说的话少得令人吃惊。重复昔日孩提时代的话题，显然毫无意义，又缺少必要的场景与氛围，缺少那种自然的铺垫与基础，皮之不存，毛将焉附？巩秀贞文静得像一位古代的淑女，李空山不开口，她就一直那样无声地坐着，偶尔抬头望一下庭院里的阳光与人影。李空山看着她绯红的脸，她的手与她的衣服。李空山告诉巩秀贞说，这两天在家里，他刚刚读完一本书——《海上繁华梦》。巩秀贞听了，对李空山说，你怎么看那样的书？李空山说，它不好吗？巩秀贞说，我不知道。

李空山说，书又不是江山，就算是万里江山，那也是正常的。

巩秀贞对李空山说，舅父死去的前一天夜里，我做了一个梦，一个人扛着一面黑颜色的旗帜，旗帜的材料由流行的丝绸制成。

李空山说，此梦意境甚好。

李空山说完，看到巩秀贞的眉尖似蹙非蹙，知道自己说错了话，急忙用别的事情岔开。他想起家人告诉他说，一段时间以来，村里出现了几个面孔陌生的人，看守谷仓的老赵在一个十五的夜晚，发现一个遍体伤痕的人逃进了村里，从此神不知鬼不觉地隐匿下来，至今一直没有露面。此外，还有一个异乡人，经常独自一人坐在河边，谁也不知道他在那里看什么。这个人显然不是那个人，那个人的身体与使命都受到了严重的摧残，一路上落红萧萧。

巩秀贞说，舅父被害的那阵，那些生人还没有来，他们是事情过去很久以后才出现在村里的。一个书生模样的人，为了写一本书，也住在这里，他是来找那个女人的。

李空山对巩秀贞说，我这次回来的路上，听人说起一个有口皆碑的良家妇女，她用药毒死了自己的丈夫后，隐姓埋名……

这时，李空山的母亲进来，留巩秀贞在这里吃饭。巩秀贞站起来推辞了一阵，还是走了。母亲埋怨李空山，问他在什么地方得罪了表妹。李空山说，不吃就不吃吧，一顿饭又有什么，再说，我看她与从前也不大一样了。母亲说，她如今是那么大的姑娘了，哪能还是从前的那个毛丫头？我看她还好，将来……

午后，李空山正在花圃前出神，看守谷仓的老赵仓皇失措地跑进来。老赵对李空山说，谷仓那边有一个死人。

李空山跟着老赵来到谷仓前的时候，落在仓顶上的一群麻雀突然受惊似的一哄而起，向上飞去，几根零落的羽毛飘下来。老赵停下来，他在李空山的身后喘得很厉害。

李空山说，老赵，你的哮喘病又犯了么？

老赵说，老毛病了，不说它也罢，你还是赶紧看看那一个吧。

李空山走过去，看到死者是一名年轻的士兵，是被人用绳子勒死的，这会儿躺在谷仓背阴的一侧，脸上苫着一把干草。

老赵说，明摆着的事，有人想嫁祸给我们，老爷死了刚刚一年，又出了这样的事。

李空山说，他怎么会死在这里？

老赵说，我怎么知道？我怀疑的正是这个，一定是从别的什么地方拖过来的，可我看了谷仓附近，又没有什么痕迹，这像是有人把他背过来放在这里的。

李空山说，杀了人还要苫一把干草。

老赵说，那干草是我苫的，我瞧着不好，有一个狗过来舔他的脸，还有别的东西要啄他的眼，让他死得整齐一点罢。

李空山抬起一只脚，把死人脸前的干草踢开，士兵的一张脸呈紫色。老赵看了一下，转过头去，说，像是被毒死的。

李空山说，他的枪呢？

老赵说，没看见过。

李空山说，这要惹来大祸的，把他弄走吧，找几个人，弄得越远越好。

老赵说，这年头，谁是那种能靠得住的人？不敢打错了主意走漏出去，咱们死都来不及。不如咱们把他埋了吧。

李空山向谷仓四周看去。午后白炽的光线里充满了雾气，远近看不到一个人影，闪烁不定的河水看上去分崩离析，丝丝缕缕。远处，丽城灰色的城墙隐约可见。

不知什么时候，老赵来到李空山的身后，低声说道：

少爷，趁这会儿没人，咱们动手吧……这个兵，我好像在哪里见过。

六

这是一个漆黑的雨夜，我坐在这个名叫冯志的女人的对面。我进来的那阵，她刚把手里的那面菱形的镜子放下。她满含歉意地告诉我说，她的男人仍没有回来。

说实在话，眼前的这个女人，除了神情略显慵懒之外，我没看出她有什么病。她读过几年书，很知道该怎样收拾自己。这天晚上，这间房里一直隐隐地涌动着一种水果的气息。

她的精神看上去要比白天的时候好得多。我问她常吃些什么药，她笑而未答。我想起白天里我与孙长胜来的时候，看见她的家门口和一棵杏数下堆着几堆黑色的药渣，那满树的杏花开得正好，香气袭人，蜂飞蝶舞。接下来，我听见她说我是一个信守诺言的人，她不喜欢那些说话办事没有信誉的人。她问我街上是否过于黑暗，行走在雨中是否容易迷失方向。

这天晚上，她告诉了我很多事情。我注意听着她的叙述，很长一段时间内忘记了外面的雨声。她对我谈起了一个姓黎的男人，说他是如何如何的无能，一直没有勇气与信心去面对那个健壮而妖娆的新娘。第十天的晚上，他忽然触柱而死。此前，他来到父母的房里，低声哭诉了一番，埋怨他们不该给他娶回这样一名荡妇。他的母亲听后，也流出了眼泪，不顾脸面地告诉了他一些方法与手段，并取出一包东西交给他。他止住哭声，从父母的房里退出来，正好遇到一根朱红的廊柱。这以后，他就死了。

她说，你知道那个新婚十天就开始守寡的女人是谁吗？

我摇摇头，十分茫然地望着她。她说，那个女人就是我，也有人说是那个海红。

我在这个短暂的间隙里听到了外面沥沥不休的雨声，我还听到从很远的那边传来了一片不易察觉到的枪声。有一个嗓音尖细的人在黑暗的雨地里呼喊了一声，像是一个人的名字。没有听到那个被呼喊者的回声。

夜晚的灯光辉映着她的乌黑明亮的头发，我在这个时候才猛然发现这个名叫冯志的女人原本是一个很耐看的女人，不是那种禁不起别人仔细端详的女人，她有事没事手里总拿着她的那面菱形的镜子，无非是一种自怜自爱。每当她举手投足之间，我都能闻到一种馨香的气息。

当我告诉她饶子路的死讯时，我看见她神情骤变，面色如土。

我对她说，饶子路的笔记里没有提到她的名字，只有那个叫罗虹的女人和这个地方，还有距此二十里以外的丽城。丽城高大厚重的城墙总是灰蒙蒙的，城门在风中时启时合……

她低头看着她那面菱形的镜子。我带来的这个不祥而薄情寡言的消息，使她面露绝望之色，很长一段时间内，她几乎很少与我说话。那面菱形的镜子在她白皙的手中翻来覆去，镜子的那种青光在屋里四处晃动，有时出现在柜子上，有时固定在天花板上，有时又隐蔽到地下。过了一阵，她抬起头对我说：

那个城门，以前一直无人看守。

她对饶子路充满了怨恨。孙长胜曾经断断续续地对我讲过饶子路当年住在这里的一些大致情形，我对此不求甚解。这时，她又说：

不是我当着你的面说，男人，真是不可靠的，再坏的一个女人，也总比一个男人强。我说这话，并无恶意。

我感到有必要岔开她的某种情绪，我向她说起了至今仍飘扬在罗虹坟头上的那条刺眼的红绸子，我原以为她听到这个消息后会变得很高兴，但我想错了。她好半天没有说话。后来，她忽然问我说：

你是不是觉得这件事情很有趣?

我说，恰恰相反。

人真是太恶了。她轻声说道。

屋檐下的滴水静悄悄地响成一片，如同有人在百无聊赖地拍打着清澄的水面，这使我想起一个心不在焉的人，手里端着一只杯子，杯口严重地向一边倾斜着。

她起身关了窗户，屋里的一只座钟发出叮叮当当的声音。

我说，问尚荣是你的第二个丈夫吗?

她说，别说这种话。

我说，谁都会发生这种事情。

可我不喜欢。她说。

她的影子这时候映在墙上，看上去比较柔和，她摆弄镜子的时候，她的身影一动不动。我告诉她说，我在这里度过了好多天，经常总以为要发现什么了，可过去一看，最多只是一个影子。她听了，向我微微地笑了一下，手中的镜子不经意地在我面前晃了一下，我感到一道光亮像一种往事一样从我的脸前一掠而过。

对不起。她充满歉意地说道。

雨中的一阵拖泥带水的脚步声渐渐由远而近，冯志侧脸向外面望去。不多时，门开了，她的丈夫问尚荣回来了。我看到问尚荣阴沉着一张脸，脱去了湿漉漉的衣服。

冯志朝问尚荣笑了一下，问尚荣没有理睬。冯志的脸变得通红。

过了一阵，冯志对问尚荣说：

饭在锅里，衣服在柜子里，你要是想走就接着再走。

夜晚的风雨突然吹开了窗户，熄灭了屋里唯一的一盏灯。

七

哑巴从外面回来以后，两只手藏在身后。王茂抬起头，无比惊愕地看到哑巴的手上沾满了淋淋漓漓的鲜血。

哑巴开始洗手的时候，王茂走到他的背后，猛然抓住了他的一只手。哑巴吓了一跳，回过头惊恐地看着王茂。

接下去的一段时光里，王茂开始拷问哑巴的行踪。王茂循循善诱，软硬兼施，但最终的结果仍然是一无所获。哑巴发出一阵又一阵呜呜咽咽的声音，他望着自己手上的血迹，像一个受到严重惊吓的孩子，眼神飘移不定。

哑巴呜咽不休的声音使王茂感到极度不安。王茂来到外面，街上没有人。王茂关了大门回来，对哑巴说，你这个傻瓜，喊叫什么，那血是从哪里来的？告诉我，我是你舅舅。

哑巴继续呜咽着，惊惧万状地躲避着王茂的视线，在院子里跑动起来。王茂追了一阵，没有追上，指着哑巴说道：

你这个丧门星，你这个没福气的东西，你害死了你的爹娘，又来糟蹋我了，今天不弄清楚，我就饶不了你。

哑巴叫着，跑着，他看到大门已被关死了，毫无逃出去的希望，便贴着墙根一阵乱跑。当王茂再一次注意到他的时候，哑巴突然从地上抓起一根木棒，摆出一种拼命的姿势。

王茂吃惊地看着哑巴的举动，他揉了揉眼睛，有些不敢相信自己的目光。哑巴站在院墙下，虎视眈眈，喘着粗气，那根木棒被高高地举在手里。哑巴已不再像刚才那样叫喊了，他渐渐地安静下来，警惕地看着不远处的王茂。

他妈的，动了兵器了，你还敢打我不成？我看看你有几根筋？

王茂嘴里说着，身体却并不动。

哑巴感到自己把手里的木棒举得很高很大，他忽然有了某种胆量。

王茂对哑巴说，你他妈的知道不知道你在这个世界上已经再没有别的亲人了，我是你唯一的亲人，我是你舅。

哑巴举着木棒，突然从喉咙深处发出一阵阴森而不怀好意的笑声。

王茂想了半天，蹲下身子，脸上露出惯常所见的那种笑容，伸出一只手，向对面的哑巴轻声细语地招呼道：

珠儿，快过来，到舅舅这边来——

哑巴举着木棒，一动不动。

王茂说，珠儿，舅舅老了，你不过来，难道还要让舅舅过去吗？

哑巴松开手，木棒掉到了他的脚下，发出一阵响亮的声音。

哑巴流出了眼泪。

王茂说，来，慢慢走过来——

哑巴突然跑到王茂的面前，紧紧地抱住了他的腿。王茂趁势扭住哑巴的一条胳膊，抬起膝盖，用力压在哑巴的背上。

王茂骂道，你这个兔崽子我操你妈的，比鬼都精，不哄你还不过来你。告诉我，你手上的血是从哪里来的？

哑巴看到王茂突然变了脸，浑身立即哆嗦起来。王茂压着他的身体，使他难以动弹。哑巴此时又像先前那样发出了呜呜咽咽的声音。

你还叫？我让你胡诌——

王茂说着，用一只手捂住了哑巴的嘴。哑巴的头摇来摇去，想摆脱掉王茂的那只手，但未获成功。王茂用力捂着哑巴的嘴，他想起早上起来，哑巴从井台边挑回了水，装满了家里的几只大缸。之后，哑巴又牵着牛到了地里。中午的时候，王茂从一个小酒馆里听到了一个消息，他惊恐不安地从外面回到家里。早上牵出去的那头黄犍牛这时正在槽前吃草，王茂里外转了一遍，没看到哑巴的影子。往常，他总是在干完活儿之后，一个人坐在屋檐下，瞪着两只眼睛，东瞧瞧，西看看。有时，他还会拿一根树枝，在地上划一些痕，使那些正在行走中的蚂蚁全部陷落进去。过不了多久，他又会将它们全部拯救出来。王茂想起该给哑巴换一件夹衣了，他进屋与女人商量的时候，碰了一鼻子灰，女人说，他是一个哑巴，你以为他是什么？状元郎？新官人？……王茂被女人噎得无话可说。这女人，哑巴就该不穿衣服么。他看看天色尚早，哑巴还没有回来……

王茂是在感到自己的身体正在明显下沉时，才结束回忆的。他吃惊地看到哑巴此时已软软地瘫倒在地上。王茂想起自己已很长时间没听到哑巴的叫喊声了，哑巴无声无息，一动不动，像睡着了一样。王茂强烈地感到自己的身体正在向下出溜，他松开了一直捂在哑巴嘴上的那只手，那只手变得汗津津湿漉漉的，上面还依附着一些透明的浓浓的汁液。

王茂想，这是什么东西？

王茂的那只手刚一离开哑巴的嘴，就听见耳边传来咚的一声，他回头看时，哑巴像一只口袋一样栽倒了。

王茂骂骂咧咧地擦掉手心里的那种浓液，抱起哑巴时，发现哑巴已经死了。

八

我来到河边。

几天前，染坊里的一个人死了。现在，他们正在河对岸的那片低矮的杂树林子里掩埋尸体。我看见明亮的工具在树林子里上下翻飞。没有哭声，只有挖土的动作与姿势断断续续地贯穿在其间。死者是染坊里的一个男人。

染坊前，几个孩子在湿漉漉的滴着水珠的布匹下钻来钻去。

回忆饶子路的笔记，那种闪烁其词的语言仿佛过眼烟云，如同转瞬即逝的自然光影，它在令人难以捕捉的情况下，使有关的学术问题变得一塌糊涂。而按图索骥的方式又使我在这个村庄里四处碰壁，一无所获。科学的大忌是虚构与杜撰，饶子路做的是一种与科学背道而驰的工作。他在那份笔记里多次渲染过这个村庄里的一片红色沙子，我曾四处搜寻，但毫无结果。孙长胜告诉我说，根本没有那样的一种沙子，你不妨在傍晚之前朝天上看看，那些绵延的红云倒有点像地上的沙子。我突然发现我比较喜欢孙长胜这个人了。每逢天气阴沉的时候，他经常邀我在一起喝酒，告诉我一些意料之外的事情。每次，他都能弄到一种又辣又鲜的卤煮的驴肉，鲜红的辣椒横亘在其上。我不知道是谁经常在杀驴。

距此两年前的一天，一个女人在自己的房间里悬梁自尽，她吊死在一根绳子上。这是孙长胜告诉我的，他没有说那个女人是谁，更没有涉及死因。我只感到那种死亡的工具比较寻常。第二天，孙长胜又突然对我说，那个女人就是冯志的妹妹。但我不相信。——我住在他的家里，一来二去，耳濡目染，我不无惊讶地发现老实巴交的孙长胜也渐渐学会了虚构与杜撰的勾当，他掌握的程度远远地超出了我的预料与想象。冯志没有那样的一个妹妹。孙长胜所说的若不是信口雌黄，便是另外一个女人。

孙长胜的院子里有一片长势良好的试验田，其间的植物品种繁多。一株番茄，一棵黄瓜秧，一颗白菜，一串葡萄，一株杏树，一株桃树，一根竹子……样样东西都只栽种一棵。许多人都认为孙长胜有病。孙长胜对我说，我没病。

有一天，孙长胜的一位姨夫来了，这个人在不远处的一个据点里做菜，那里住着二十几个士兵。姨夫拎着一只竹篮，里面装着几样祭祀用的供品。从此我知道了驴肉的来源。

一个雨前的下午，我看到了冯志的丈夫问尚荣，他抱着一册土黄色的线装书，在那条光线黯淡的河边流连忘返。从沉寂的田野里，远远地传来一阵笛声，一些胆小善良的小动物在岸边的草丛里无声地出没。我想起不久以前我与问尚荣的一次短暂的谈话，他至今对那个漆黑的雨夜耿耿于怀。他对我说，我知道很多事情，但你别指望从我这里听到什么。我说，你把那些积淀在心里有什么意义？他说，是的，积攒它们没有意义，可告诉了你就有了意义了吗？同样没有意义，还是不说为好，省去了说话的麻烦，不过，我已经把它们遗忘得差不多了，我这会儿就是想告诉你也不行了。此次谈话过后，他在村里遇到我时，形同陌路之人。

这个有着土围子的地方，与饶子路的记载相去甚远，它的天空在某种时候常常微微发红，居民的数目随意增减，出入颇大。附近一带，经常有一些心灵手巧、志向远大的人在试验他们发明出来的各种新型的农具或交通工具，那种类似木牛流马一样的机械装置，成功率往往极低，有的在耕作的过程中突然毁坏，有的在跑过三五里路程之后会在中途戛然而止。一次又一次的试验，一次又一次的组合，人推动木头在风中奔跑，铁器时常应声而落。后来，他们当中的某些人渐渐发现，聪明代替不了意思，能转动起来的，只是一些与梦想无关的技术。

我站在河边，等待一位专治跌打损伤的大夫的到来。昨天夜里，孙长胜在夜游的时候遭到了来自背后的袭击，他昏死在一座黄色谷仓的附近，直到天亮之时才被潮湿的夜风吹醒。他的一条腿至少比原来肿胀了一倍，脸上的情形姹紫嫣红。孙长胜对自己遭受挨打的原因一无所知，因而他强烈要求别人为他驱邪除妖。

河对面的杂树林子里这时已停止了掩埋。没有风，那支被勉强举起来的白幡无法飘动起来。举幡的是一个十五六岁的孩子，头上戴着一颗桃形的红色标志。

九

葡萄架下有一本打开后的新书，一团红色的毛线压着飘动的书页。一只猫悄悄地跑过来，绕着李空山的腿转了两圈后，又轻轻地走开了。李空山打量着书上的字，等了很久，表妹巩秀贞依然没有回来。有一次听到门响，李空山以为是巩秀贞回来了，进来的却是一个穿着绛紫色绸衫的中年妇女。这会儿，巩秀贞的母亲正与那个女人在屋里说话，李空山的心事不时被屋里传出来的笑声所扰乱。

李空山捡起那团松软的红色毛线在手里捏了一阵，葡萄架下的阴风使书页立即飘动起来。

这天上午，一个从丽城来的人找到了李空山。那个人离去后，李空山变得烦躁不安、坐卧不宁。他打开木头匣子的收音机听了一阵，里面正在唱戏，《游园惊梦》的第二幕刚刚开始。接着，他又调到了另一个台，收音机里面传来了一个不幸的消息。

李空山从椅子上站起来的时候，椅背上的雕花钩住了他的衣服，那种情形如同一只语重心长的手，将他不容分说地重新按回到椅子里。李空山伸手将衣服从椅背上解脱下来，他第二次站起来的时候，衣服没有被钩住，却抬手碰翻了桌上的一杯水，水迹很快洇湿了桌上的书籍与纸张，几缕茶叶像卷曲的柳丝。

李空山向外面喊了一声，但好半天没有人来，也没有听到任何一种动静。李空山来到门口，外面灼热的阳光使他眼前一阵发黑。

都走了么，怎么看不到一个人影，李空山这样想着，扶着门前圆柱，渐渐恢复了先前清澄的视线。他看到几朵早已开败了的白花依然与其他花朵一起并肩出现在花圃里，理直气壮且道貌岸然。心死了，架子还不倒。李空山想着，脸上掠过一丝不易察觉的笑容。阳光灼热的气息迎面扑来，他突然感到一阵恶心。

李空山从台阶上走下来，想除去那几朵滥竽充数的白花。他走到最低一级台阶前时，眼前忽然闪过一个人影，往影壁那边去了。李空山没有看清全部，只看到一头乌黑的长发，后面扎着一根红色的发带。李空山赶到影壁后面，阳光雾腾腾的，没有人影。他来到二门前，那边的院子里寂静无声，几根绿色的藤蔓从灰色的屋后墙上松散无力地垂落下来，它们细长的影子停留在雕满花纹的木窗前。

屋檐下这时忽然有人轻轻咳嗽了一声，李空山吓了一跳。他低头看到有一个老太太正在西边厢房的窗户下坐着，穿针引线。李空山奇怪自己刚才走进二门之后竟然没有看到她。老太太身材矮小，头发雪白，头上罩着一个黑线编制的镂空的头罩，她正在仔仔细细地缝制一件黑色的衣服。李空山问她有没有看到一个扎着红色发带的女人从这里经过。老太太说她一直在这里坐着，没看见有什么人过来。李空山又对她重复说了一遍，是一个头发又长又黑，背后扎着红色发带的女人。老太太听了，说道：

像是花神。

李空山说，什么花神？

老太太看了李空山一眼，吐了一下舌头，又低下头缝制她的衣服去了，黑色的斜纹布拥在她的胸前，她的两只手在上面吃力地行走着。

李空山后来所以赶到姑姑家，是因为他看到那个扎着红色发带的消失在影壁与二门之间的女人很像是表妹巩秀贞。……巩秀贞不在家里，姑姑看到长大成人后的李空山，想起了他的死去的父亲，不由得掉了一阵眼泪。李空山陪着姑姑说了一会儿话，姑姑告诉他说表妹巩秀贞到丽城去了，与她一同去的，还有另外两个姑娘。李空山听了姑姑的话以后，身上不禁冒出一阵虚汗，勉强地笑着，说道：

我还以为她在家里呢。

姑姑陪着他喝了一杯茶。他的憔悴的脸色引起姑姑的注意。

十

不知什么时候，大风吹跑了罗虹坟头上的那条鲜艳的红绸，光秃秃的坟前倒像是缺少了一件什么东西。附近空荡荡的，那个曾在这里放牧山羊的老太太也不见了。

我坐在那道隐蔽在杂草中的水渠边。从前，那个白白胖胖的老太太也总是坐在这里，我想象过她每天晚上回去后，捧着山羊的饱满的乳房挤奶的情景，山羊的身体贴在她的腿上，使她每天都能感受到一片温热。

远处的大道旁，几名持枪的士兵在那里指指点点，像是在寻找一种什么东西。其中有一个戴眼镜的军官模样的人，他的白色的镜片在阳光下闪闪烁烁，使人无法看清他的面容。他们时而坐到树下，时而又站起来，向远处张望，久久地打量。很显然，这几个人并没有找到他们想要搜寻到的那种重要的东西。有两个人激烈地比画着手势，互相争执起来。戴眼镜的军官走到他们的中间，举起了一只手，镜片又在阳光下闪烁起来，白光点点。

不久以后，他们走了。

我起身的时候，看到孙长胜的女人和另一个穿紫花大褂的女人懒洋洋地从大道上走来。那个女人的胳膊上挎着一只篮子，这两个女人不时地停下来说话，有时相互掩口而笑，你捅我一下，我捅你一下。孙长胜的女人一路走着，撩起衣襟向怀里扇着风，我估计炎热的汗水已将她的松弛的胸脯与腹部全都濡湿了。

我回到村里的时候，孙长胜正在门前练习走路，他跌跌撞撞地扶着墙，头上出满了汗。看见我回来，他对我说，快扶我一下。我扶着他沿着墙根走了一段后，停了下来。他上面喘得十分厉害，下面颤抖不止。我对他说，还不到时候，这么着急出来干什么。他说，我真有出息，活着活着就重新又活回去了，走路没人扶就会摔倒。我告诉他说，我在路上看到他的女人了。孙长胜听了，心不在焉地说道，不管她，我自从娶了她，就没省心过。

孙长胜站在墙边，不时地抬头向远处张望着，他对我说：

你听到什么声音没有？这会儿我的耳朵里突然噪得很凶。

我告诉他说可能是刚才走累了。

他说，那是一种很密集的声音——

这时，我看到不知从什么地方飞来了一群又一群的兀鹫和红嘴鸦，它们聚集在村西的上空，鸣叫声此起彼伏。它们飞得很低，漆黑而狭长的羽翼扫着一些屋顶上的烟囱。它们在低空里挤作一团，在兀鹫愤怒的声音里，不断有红嘴鸦坠落下来，像黑色的花朵。

孙长胜对我说，把我扶回去吧，我想回家里躺一会儿。

我扶着他往家里走，他的手掌异常灼烫，脸色一片灰暗。我回头望着那种黑压压的景象，耳边听到几个孩子在街上狂呼乱叫，还有开门的声音，向外泼水的声音。我们推开大门，走进院里的时候，我听到孙长胜自言自语地说道：

我知道你死了，死就死了罢，为什么还要这么兴师动众的。

十一

天黑下来以后，王茂牵着一头牛，向村外的方向走去。

迎面有人过来，王茂指着身旁的牛，说，它一天没喝水了。

夜晚中的草木看上去像一系列绵延的山丘。王茂一边辨认着方向，一边轻声对那头牛说，你要是听我的话，我回去喂豆饼给你吃，我在仓房里藏着十四张豆饼呢，我就看你听不听我的话，那是我准备度过荒年的粮食。

黑暗中，王茂听到了低远的流水声。声音是十分轻微的，几乎接近于无声无息。但他始终没有看到那条河流，无法走向河边，隆起的牛背似乎一直遮挡着他的视线。河水是流动不息的，能带走大部分的东西。王茂这样想着，牵着牛，到处寻找那条熟悉不过的河流。他伸手在脸上抹了一下，感到十分潮湿。他知道自己此时离那条河已经不远了，他感到了一种难以遏制的冲动，一只手贴在牛的脊梁上，暗暗使着劲，水声在他的耳边变得模糊不清。这时，几匹马从大道的尽头奔驰而来。

王茂拉着牛隐到树后，几匹马像风一样一掠而过，往丽城那边去了。远处的一带天空微微发红，漆黑的夜露随处可触。牛在树后发出一声沉闷的叫声，王茂说，祖宗，你要干什么？你不想吃豆饼了吗？说着，伸手去掩牛的嘴，牛头转向一边，不再叫了。王茂说，我们这就走，离开这个是非之地，你在这里好像不太舒服。都说寡妇门前是非多，这里又没有寡妇，这只是一棵树，你连树也不认识了吗？你真让我伤心。

这以后，他们从树后出来。牛停下来，将两条后腿微微分开，流出一股热水。王茂始料不及，一边向旁边闪着，一边低声抱怨道，你看看你，都尿到我的鞋上了。

这时，王茂惊愕地发现，那条尘土飞扬的大道不见了。

王茂朝四周望着，到处都黑魆魆的。位置并没有错，可就是不知不觉地迷路了。那条尘土飞扬的大道的突然消逝，使王茂失去了判断的标准与识别的可能。河流至今没有找到，村庄的轮廓也看不见了。空气越来越显潮湿了。……有一瞬间，王茂甚至怀疑自己与牛一同掉到了井里，他感到鼻子十分不通，喘出来的声音像牛的声音，周围的一切都湿漉漉的。他看到头顶上的天空只有碗那么大，那种微微发红的现象不见了，代之而来的是一种寒冷而铁青的颜色。牛忽然伸出温热的舌头去舔王茂的手，王茂立即挨蜇似的躲开了。王茂说：

还舔？舔什么？都是你闹的，我只说求人办事难，我没想到让你办一件事也这样难，我看出来了，我非死在你的手里不可。

王茂打了牛一下，牛低下头，背上的那个沉甸甸的口袋滑落了下来。王茂呻吟着，走过去，蹲在那个口袋前，说道，珠儿，我们迷路了，看来不能把你送到你爹娘那里了，你是个没福气的孩子，生下来就不会说话，死了也只能是个孤魂野鬼，舅舅不该捂你的嘴。

王茂把口袋重新驮到牛背上。走了不远，他忽然看到一溜矮矮的短墙，墙边传来一阵热烘烘的气息。似乎有人在那里点过火。王茂牵着牛走过去，脚下踩响了几片碎瓦。在短墙那面，王茂看到了一种十分熟悉的现象。

他又回到了原来的地方。

几个黑影出现在附近。最初，王茂以为那是一些木桩，但时隔不久之后，木桩开始走动起来，发出零星而短促的窸窸窣窣的声响。王茂把牛背上的口袋抱下来，放到一片草丛里。之后，他躲到一旁隐蔽起来。

一个黑影正在对另一个黑影发泄着怨气，喑哑的呵斥声使他们之间的距离忽远忽近，如同某种重复运转的机械装置。他们到处摸索，身体时起时伏，树影乱动，簌簌作响。

王茂伏在墙下，两腿之间有一块坚硬突出的石头。此时，那头牛正在他身后不远的地方卧着，安详地反刍。王茂的目光在牛与晃动的树篱之间不停地扫来扫去，身下的石头使他如卧针毡，冷风灌进了他的裤筒里。

那几个黑影在附近一带搜寻了一阵，一无所获。王茂望着他们渐渐远去的身影，小心翼翼地从墙下站起来。烟熏火燎的土墙，使他在惊悸之余领略到一种切肤的温热。他走到那片杂草前，压低声音说道：

珠儿，我没有什么东西给你，你就裹着我的这条口袋去吧……

王茂忽然停住了说话与手中的动作。他发现自己正在摆弄的并不是外甥珠儿，而是另外一具陌生的尸体。

十　二

那些窗户都烂了，像是被人捅破了的，又像是风吹的结果。我站在一道土墙下，看一位老人修理农具。问尚荣拎着两瓶酒从旁边走过去了。看他匆匆忙忙的样子，我想一定有什么人来了，他本是一个慢性子的人。

几名士兵站在街上。

修理农具的老人告诉我说，天刚亮的时候，这几个人就来了。这会儿，我看到他们当中一个摘下帽子，用手轻轻地搔着头皮，他的头发不太好，又黄又稀，还有几处显眼的秃斑。果然，他匆匆地搔了几下后，又重新戴上了帽子。一位过路的妇女大约也看到了他的秃发，他的脸微微有些发红。

我不知道他们在这里干什么，看样子似乎是在等什么人。有一个很年轻的十八九岁的士兵长得很好看，细眉、红唇，皮肤白皙，像一位文静的姑娘。他饶有兴趣地打量着村子里的房屋和树木，偶尔露出一种纯真的笑容。军装穿在他的身上，显得十分合体。村子的一边有两只青色的石狮子，后来他走到石狮子前，小心翼翼地把一只手伸进了狮子的嘴里。不久，他掏出了几颗杏核，拿在手里看了一阵后，扔了。狮子空洞无物的大嘴显然使他多少有些失望。一位老兵递给他一支烟，他摇摇头，向一边走去。他的枪放在那个老兵的身旁，与老兵的枪相互支撑在一起。

一些孩子在街上的各个角落里望着他们。不时地有几个挤在前面的孩子，冷不防被后面的孩子用力推出去，暴露在士兵们无所事事的视线里。有的立即跑回去，有的则站在街上号啕大哭。空气中飘来一阵呛人的炒辣椒的气息，我看见一个神情严肃、一丝不苟的士兵突然打了一个喷嚏，接着，又连续不容分说地打了几个。他不耐烦地向四周扫了一眼。这时，那个眉清目秀的士兵向我们这边走来，他蹲在地上看着那些粗糙的农具，不时地向那位老人问一两句话。老人在叮叮当当的敲打声中，断断续续地告诉他说，这个是犁，能把土层划开，使下面的深土重见天日；这个是连枷，能把粮食从它的壳里敲打出来；那个是耧，那个是……士兵说道，这是斧子，我认识的。

又有几名士兵出现在街上。他们在村庄西面的一座砖木结构的院子里找到了一个人。那个人遍体伤痕，只是我从未见过，面目十分生疏。那个人被士兵们放到一匹马上时，仍然昏迷不醒。我看到了他脸上和腿上的那些干硬的血痂，一只脚上穿着一只布鞋，另一只光着。一个披头散发的女人刚刚哭过不久。

村子里的不少人都跟在后面，我看见孙长胜的女人也混在里面。这个女人，头梳得光光的，身上穿着一件蓝底白花的罩衫，她混杂在缓缓行走的人群中，像是在游泳。

我又看见了那位戴近视眼镜的军官，就是那天在大道上看到的那一位。他背着手，若有所思地走在街上，谁也不知道他在想什么，镜片在阳光下一闪一闪的，只有两个白点，情形非常莫测。一个士兵牵着一匹白马，驮着那个昏迷不醒的陌生人，走在军官的后面。不久之后，我听到有人称呼他“蒋连长”。

我对这个目空一切的人缺乏好感。不过是一名连长，便如此神气；他要是做了兵团司令什么的，非得在云里行走不可。

我看见了那个叫王茂的人，他似乎与士兵们之间有某种瓜葛，此刻却一副倒霉的样子。他呜呜咽咽地哭诉着，像是刚从噩梦中惊醒过来。我听说他家里有一名勤劳的雇工，是一个不会说话的哑巴，长得楚楚动人，很讨一些女人们的欢心，只是我从未见过。喜欢他的，都是一些已婚的、生过孩子的女人。

我在这里住了很久，几天前的一个下午，才第一次看见这个叫王茂的人。其时，他正在村中的一片谷仓附近转悠，那是一些圆形的土黄颜色的谷仓，仓顶上落满了无数褐色的麻雀，粮食的气味从那些窄小而细长的风孔里流泻出来，清晰可辨。……在那一带，王茂如同一只赋闲的山羊，留下了众多梅花形的足迹。

十　三

巩秀贞从丽城回来后，天近傍晚。巩秀贞剪了一头短发，穿着黑裙和白色的丝袜。她在村口与另外两名姑娘分手后，回到家里。一进门，她看到了站在葡萄架下的表兄李空山。李空山的手里握着她的那团红色的毛线。听到门响后，李空山回过头来。

巩秀贞迎着他走过来，李空山的脸上布满了惊愕与疑虑。

面对巩秀贞的短发，李空山感到事情变得不可思议。她多像那些书生意气的女学生啊。李空山这样想的时候，又立即想起巩秀贞本来就是一名女学生，她是在丽城读完三年中学后才回到家里的。做母亲的日夜想女儿，巩秀贞就回到了家里，事情就是这样简单。

这天晚上，李空山反复询问巩秀贞为什么突然之间把一头又黑又长的头发剪掉了。巩秀贞说，头发么，可长可短，想长的时候就长，想短的时候就短，这有什么。李空山说，为什么迟不剪早不剪，偏偏今天就忽然想起要剪头发？巩秀贞听罢，对李空山说：

这话什么意思？

这天晚上，巩秀贞没有吃晚饭，只喝了一杯清茶。李空山的毫无道理的质问使她感到难过，她原以为今天是什么忌日，问过母亲后，才知道今天并非什么忌日，只是极为平常的一天。她在椅子上伤心的时候，突然对李空山滋生了一种一触即发的怨恨与厌倦。

巩秀贞悄悄地抬起头，打量了一下灯影里的李空山。这会儿，他已渐渐平静下来，不再像刚才那样振振有词、穷追不舍了。巩秀贞的母亲正在往他面前搛菜。

我是不是对他太过分了？巩秀贞这样想着，感到自己对李空山的怨恨正在渐渐消失。但令她不安的是，那种突然浮起来的莫名其妙的厌倦却久久难以驱散。他刚回来几天，就发生了这样的事情，将来结婚以后，日子一天长似一天……她丧失了继续想下去的信心与勇气。她感到不堪回首的不只是逝去了的如烟往事，更是那种包裹得密不透风的将来的时光。往事一览无余，可以尽收眼底，她在某种程度上形同一种风景，形同一种名胜古迹，它的价值只是供人回味与赏玩，它已不再拥有迷雾，不再凶险莫测而出人意料，不再可怕……

晚饭在一种十分沉闷的气氛中终于结束了。李空山告别了姑姑与表妹巩秀贞，要回家里去了。临走时，李空山问巩秀贞能不能把葡萄架下的那本新书借回去看看。巩秀贞说，你喜欢就拿去看吧，一本书，还说什么能不能的。李空山听完巩秀贞的话以后，感到自己的脸色变得很难看，脸上一阵发热。

算了，我不想看了。李空山说。

巩秀贞说，一会儿说要看，一会儿又说不想看了，我不知道我在什么地方得罪了你，我希望你能说出来。

李空山说，你怎么会得罪人？像我这种没眼色的人才会得罪人。

你——。巩秀贞的脸因生气而变得一片绯红，她说，你不必这样藏头露尾地伤人，我是个明白人，喜欢听明白的话。

李空山说，我这样糊涂的人，怎么能说出明白的话。

李空山，我没想到你是这样的人，从我今天一进门开始，你就向我发难！……巩秀贞说着，眼里涌出了泪水。

李空山说，你不要哭，我不和你吵了。

巩秀贞说，说了半天，是我想和你吵？你真明白。

巩秀贞的母亲说，都住嘴，不见面的时候，一天一封信还嫌少，见了面却吵个没完，还都像小时候一样。

并没有吵。巩秀贞说着，又转向李空山，问道，你到底要干什么？

李空山说，我没干什么呀，我能干什么？我要是能干的话，还……

你要怎么样？巩秀贞说，你快请别处去吧，小心我们这里埋汰了你这能干的人。

巩秀贞的母亲对巩秀贞说，姑奶奶，你越说越不像话了。

…………

现在，李空山一个人站在黑暗的街上，夜风吹拂着他的头发。从姑姑家里出来后，他听到身后传来巩秀贞伤心的哭声。夜晚里灰色的云彩堆积在村庄的上空，李空山深一脚浅一脚地走着，不时将一些东西踢出某种响声。我这是在干什么？整整盼了她一天，最终的结果却是不欢而散。他想起了午后消失在影壁与二门之间的那个扎着红色发带的女人，那个在屋檐下缝衣服的老太太说她是花神，现在看来，至少是一种不祥之兆，一种灾难的暗示。但李空山不太相信这些，他努力把那个女人的突然消逝看作是巩秀贞的一次带有童趣色彩的恶作剧，可是……他想起了巩秀贞的短发，他感到事情多少有些复杂。他不太相信巩秀贞为了剪掉长发而会专程跑一趟丽城。丽城，携带着一条宽阔的护城河的丽城，它的高大的城墙上的青苔与盐碱足够喂养数千峰骆驼，使它们能够安然无忧地上路远行。它包含着长短不一的街巷形同令人眩晕的蛛丝马迹，全城一半以上的房屋内都住满了军队，操场上陈列着大炮……

在不远处，李空山看见了熟悉的家门，一团惨淡的白光从高大的门楼上洒落下来。李空山如同一个大病将愈的老人一样，努力地信心十足地渐渐走近家门前。一只猫穿过门前的那团白光，向黑暗中迅速窜去。周围一片寂静。

十　四

仿佛也是这样的一个雨过天晴的日子，染坊里的一个男人正在河边漂洗一捆被雨水淋脏了的布匹。他的手从水里捞出来以后，手指被一缕黑色的头发缠得一阵发麻，最初，他以为是岸边的柔软而纤细的水草妨碍了他的漂洗。他在试图解脱麻木的手指的时候，听到身后传来老板娘尖刻的骂声。他回头看了一下，老板娘坐在染坊前的一把椅子上，像嗑瓜子一样把一些恶毒的字眼接连不断地吐出来，吐到河边，吐到他的背后。这以后，他把那只被缠住的手用力抬高，这时候他才发现那只手与水面之间出现了某种瓜葛，他似乎明白了为什么一直理不清头绪的原因。他站在河边，那只手忽高忽低。老板娘在门前大声说道：

你在干什么？在放风筝吗？漂洗不完这捆布，你别想吃饭。

五个手指难解难分，被勒出了深深的辙印。他捞起两匹白布以后，发现一个人仰躺在水中，此前一直被苫在那两丈布匹之下。那是一个女人，她的头发在他的手指上打了几个死结。

老板娘在门前听到他喊了一声“水鬼”之后，立即走过来。老板娘第二次走过来的时候，手里举着一把剪刀，那时候他已经昏了过去。老板娘快刀斩乱麻地剪断了缠绕在他手指上的那缕头发后，用脚在他的身上连踢了几下。老板娘说，醒醒，你这个没出息的货，快醒醒，我的布让水冲跑了——

那个被称为水鬼的女人，就是罗虹。

冯志轻描淡写地向我叙述了往事中的这一幕情景。我在河边向远处观望的时候，遇见了脸色绯红的冯志，她不久前刚刚与丈夫问尚荣吵过，此时出来散心。她的头发有些凌乱，河边的风不断地将她身上的薄薄的衣衫鼓起，使她看上去像一位行动迟缓、神情倦慵的孕妇。远处，偶尔有枪声传来。

我对冯志说，我能见见他吗？

冯志不解地问道，谁？

我说，就是那个被缠住手指的人。

冯志说，你来得不巧，早死了，那件事情发生几天后，他就死了。

我说，怎么死的？

得了一场病，很快就死了。冯志说。

我想他有可能是被吓死的，但冯志说不是。许多人都认为他们有缘分，不然，为什么偏偏用头发缠上了他。在过去的那些岁月里，有些天真的女人恐怕男人负心，常常秘密地将自己的头发绕在男人的纽扣上，或某一处地方。问题是那个人一直在河边的染坊里从事漂洗与印染，昼夜不息，他并不认识那个被他称之为“水鬼”的女人。然而，在他死后，别人却从他的身上发现了一条鲜艳的红绸，缠在他的腰间。

冯志说，我不会用头发去缠任何一个人，要缠就缠自己。

我想起了拎着酒瓶的匆匆忙忙的问尚荣。冯志告诉我说，她的丈夫要在家里请那几个当兵的喝酒，但他们没喝。我说，为什么？冯志说，他们有纪律，上面严禁饮酒，他碰了一鼻子灰。我说，他们带走的那个昏迷不醒的人是谁？她说，是问尚荣的表弟，此前一直待在学堂附近的一个地窖里，只有问尚荣一个人知道。那个人常在昏迷中说出很多事情，问尚荣听了感到十分害怕，每天夜里都要做一到两个噩梦。他总是梦见坍塌的地窖和涂着红色油漆的一根又一根的木头，梦见一片清水和水中的头发。

我站在这条清澈明亮的河边，染坊的门前今天只晾出一匹黑布，往日里那几个在布匹下嬉戏的孩子不见了，水边少了一种喧哗。有人正在河对面的杂树林子里砍树，看不见砍树的人，只听到一阵叮叮当当的伐木声。我不知道砍树的人用心何在，那些矮小的杂树并未成材，除了当柴烧，别无用处。

这天下午的时候，我发现了那种砍伐的好处。经过一个上午的砍伐，那片杂树林变得疏朗而明亮，太阳的光线像纵横交错的蛛网一样布满了整个林子，照亮了地上的草，照亮了黄、蓝两种颜色的花枝。透过这片稀疏的林子，能看到那面的山岗和采药人的身影。

孙长胜的腿伤尚未痊愈，有一天又突然中风，口歪眼斜，整天藏在家里，不想见人，更不敢见人。几天前，河对面的薛本仁来为他驱邪，在院子里鼓捣了三个晚上，薛本仁离去之后，孙长胜比往日略感平静一些。一段时间以来，腿伤使他被迫中止了夜游，但每到那个时候，他总会披衣起身，侧耳聆听着夜晚的村庄。他聆听的时间与他往日出去夜游的时间大致相等。他独自坐在窗前，眼看着夜半的月亮将窗纸染白，又看着夜风吹散月色，窗外重新黑暗下来，身边的妻儿老小的睡眠的轮廓使他难以辨认，他们的睡相与呼吸声在某种时候如出一辙。薛本仁临行前劝他忌房事，忌生气，他的语重心长的嘱托历历在目。从某种意义上来说，那位手段诡异的薛本仁更像一名医生，他在施行法术的时候，脸上的神情一片迷茫，阴影与光亮像时光的褶皱一样窜上他的额头，使他的脸颊一半黯淡，另一半熠熠生辉。

一天早上，我起来后向外面走去。孙长胜用力敲着窗户，招手让我进去。我看见窗纸上破了几个洞，周围一片潮湿。

孙长胜告诉我说，他在天不亮的时候，忽然听到了自己的脚步声，正在穿越沉睡的村庄。途径一座谷仓前的时候，地上的粮食颗粒像沙子一样轻轻滚动，使他的脚下不住地打滑。不久之后，他听到自己的脚步声永久地消失了。

你知道我干了一件什么事？天不亮的那阵子，人们都在熟睡，我已把他（她）杀了。孙长胜高兴地说着，脸上霞光熠熠。

我说，你杀死了谁？

他说，你瞧这几个窟窿——我舔破窗纸，闻到了外面的那种血腥的气息……

十　五

中午，王茂端着饭碗坐在门前出神。邻居的一个人隔着墙头问道，吃饭哪？

王茂说，不吃能行吗？我倒是不想吃。不想吃也得吃。

邻居说，你的那个外甥哪里去了？我看他挺老实的，我想让他过来看一两天家，我们要上坟，这就要走。

王茂说，巧事都让你赶上了，我打发他回去了，也是上坟，给他爹娘。

邻居的头从墙上消失了。

王茂的女人不在家，到丽城去了。这个臭娘儿们，现在越来越不像话了，王茂每次回来，看到的都是一番冰锅冷灶的凄凉景象。作为一个女人，她不爱做饭，又不操持家务，夜里睡觉时也毫无趣味可言，这样的女人不知算什么？王茂想，我若是能忽然有一笔钱，或几亩地，一定要把她休了，再娶一个黄花大闺女回来。他想起了丽城的那些美丽的女学生，有一次他去大药房里送药材，看见她们打着五颜六色的小旗，排着队从街上走过，她们的身体曾使他想入非非。他想，她们当中的任何一个，他都愿意要，他不是那种挑肥拣瘦的人。

这时，一个人从外面推门走了进来，手里拿着一条口袋。王茂看见那条空瘪的口袋后，猛然吃了一惊。那个人说：

我就知道你这会儿准在家里。

王茂说，要借米吗？

那个人说，你把口袋丢了，我是来送还你的，多好的一条口袋，至少还能使十几年。说着，将口袋展开在王茂的面前。

怎么回事？他把珠儿从土里扒出来了吗？他像脱衣裳一样把口袋从珠儿的身上褪了下来？他的嗅觉令人吃惊。王茂看着进来的这个人，口袋上赫然写着王茂的名字。来人朝王茂笑着，神态如同一个卖弄风情的女人……王茂的眼前飞快地掠过一些不同颜色的画面，手中的饭碗在不知不觉中开始向一边倾斜。

汤都流了。来人提醒道。

王茂把手里的碗放到一边，对来人说，你要怎么样？

来人说，给我三十块钱。

王茂说，你要谷子吗？我有谷子。

来人说，我不要谷子。

王茂说，小麦呢？去年收下的麦子。

来人说，给我三十块钱，我这就走。小麦和谷子我都不要。

王茂说，你把那孩子，弄到哪去了？

来人说，在树下埋着呢。

王茂说，你说得容易。

来人说，你不想让我把他刨出来，弄到大街上去，是吧？

王茂说，好吧，好吧，你总不见得非要三十块不可，二十块也行，对吧？

来人说，不对，你说得不对。

王茂说，得了。

来人说，我的时间不多了。

王茂说，你不要逼我……

来人说，入土为安，他这会儿还入不了土，他才着急呢。

王茂说，看你说的，我是他舅舅，这事我比他更着急。

来人说，你不记得倪二了吗？不是他，贾府哪能败落得那么快。

王茂说，看你说的，倪二是个什么东西，你比他仁义多了。再说，我也不姓贾，更不值得败落。

王茂说着，突然伸手向门外叫道，珠儿，快进来。

来人急忙转向门口去，那边并没有人出现。他突然栽倒在地上。

王茂弯下腰，用力把那条口袋从他的身下抽了出来。

十　六

那种暗红色的若有若无的血迹像秋日里时常泄漏的粮食一样出现在村庄内外，我在走路的时候，总是尽量绕开它们，我不知道当我不小心踩上去的时候，会不会招来一阵相应的惨叫声。我现在开始多少相信孙长胜的话了，他虽然大病缠身，但头脑异常清晰，他每天在天不亮的时候悄悄用舌头舔破窗纸，他闻到的那种扑面而来的血腥之气是真实的。

我至今不知道孙长胜在一次次臆想中杀死的那个人是谁。看得出来，对于完成了那样一件事情，他是非常高兴的，极其欢心的。我常在百无聊赖之时想象死者的面目及其有关的身世，死者的红唇或满头华发在我的眼前交替出现，互相否定，互相推翻，各自消灭。

一天黄昏，我正在冯志家里聊天，问尚荣突然回来了，他说：

特派员来了。

不久，一位面色苍白的学生模样的年轻人走了进来。

我看见冯志献出一丝媚笑。

十　七

姑姑在屋里说，你老站在葡萄架下干什么？她不在家，你就不进来坐一会么，陪姑姑说说话。她也该回来了。

李空山说，姑姑，我不明白她为什么老往丽城跑？她有什么事瞒着我。

姑姑说，一个闺女家，她能有什么事。早上我听她说是同学聚会。

李空山说，她还在生我的气吗？我一直不敢来见她。

姑姑说，事情都过去了，还生什么气。她的性情你也看到了，将来你们结了婚，还得你多担待她一些。

李空山说，我知道。我明天就要走了，我是来向她和姑姑告别的，没想到她又不在，她回来您告她一声。

姑姑说，刚回来几天就要走？你不等她回来了吗？

李空山从姑姑家里出来，那片葡萄架下的阴影淤积在他的心头。他贴着沿街的墙根走，躲避着街上成群结队的苍蝇。一个头发蓬松的女人，怀里抱着一个熟睡的婴儿，坐在街边的一块青石上。李空山看了一眼，感到十分面生，以前从未见过。除了这个女人，李空山一路上似乎再没见到其他的人，所经之处，都空空落落的。苍蝇的声音听上去像是远处来了飞机。李空山一个人走着，掏出一块雪白的手帕捂着鼻子。街上的某种气息使他作呕。

李空山回到家里，倒头便睡。当他醒过来的时候，发现天已黑了，院子里亮起了灯，厨房里飘来了肉汤的香气。

母亲站在台阶上。李空山从屋里出来后，她颇为欣慰地说道：

回来几天，头一次见你睡得这么好。我让他们干活儿时手脚轻些，不要惊动你，你该好好睡一觉了，你都瘦了。

李空山对母亲说，您没有睡一会儿吗？

母亲说，我老了，哪有那么多的觉。才在床上歪了一阵，想起你小时候有几件衣服，翻了半天，也没有找到，赶明儿再找吧。

李空山说，找那些干什么，我都这么大了，难道还能穿不成。

母亲笑着说，这是我的事，你别管。

这时，厨房里的一个丫头过来请示在哪里摆饭，李空山的母亲让她摆到北屋。之后，她问李空山说，你秀贞妹妹怎么没来？

李空山说，她到丽城了，不管她。

母亲说，说什么傻话，赶明儿成了亲，你还敢这样说么。

晚饭之后，李空山坐在庭院里，月光皎洁，花香袭人。厨房那边不断传来阵阵笑声，厨师王大头正在给几个丫头说笑话，绿色的纱门将他们前仰后合的影子投射到外面。花圃的四周有一圈黑影，几束白花在灯光的辉映下看上去如同纸扎的假花。李空山捧着一本《全唐诗》，借着灯光读了一阵，读到崔珏的《哭李商隐》之时，便戛然而止，合上了书页。他想起了巩秀贞的那本放在葡萄架下的书，现在看来，那团红色的毛线并非偶然，它或多或少地昭示着一种隐约难辨的不祥。她的变化不能不令他吃惊，她的一头短发更使他在短短的几天之内感到难以接受。李空山现在十分惊讶地发现自己对那个消失在影壁与二门之间的魂魄一样的女人充满了怀念与好感，她的乌黑的长发、红色的发带，使李空山对那个寂静的中午萌生了无穷的想象……

一个丫头打开纱门向这边望了一下，不多时，她将一杯茶送到李空山的面前。这时，院子的西南角忽然刮起一阵风，树影簌簌乱动。李空山端起茶杯之时，突然听到墙那边传来低低的一声长叹。

李空山问道，谁?

没有人回答。刚才送茶来的那个丫头正要走开之时，李空山对她说：

去，看看谁在那里。

她走下台阶，穿过花圃之间的甬道，一直向那面墙边走去。李空山啜了一口茶。她很快就回来了，对李空山说：

没有人。

李空山说，看清楚了吗?

她说，大门早就关了。

你去吧。李空山刚说完，丫头便如获大赦似的走了。西南墙角那边的草木很繁茂，李空山现在在灯光下只能看到那边是黑魆魆的一片，墙根下的杂草和树枝都是黑的，只有高过院墙的那些树木上洒落着一些月色，枝叶呈墨绿。

好一个藏污纳垢的地方。李空山想到。

李空山喝完茶，感到身上一阵发冷，便起身回到了屋里。

屋里点着三支蜡烛。

十　八

我离开这个村庄的那天早晨，天气阴暗得像一个傍晚。我提着箱子来到院子里的时候，孙长胜在他的屋里推开了窗子，举手向我道别。我放下箱子，来到他的窗前。

孙长胜露出一脸蜡黄的笑容，对我说，我知道那种气味肯定让你睡不好，这个村子像一块石头一样，我知道你至今还是没有找到你要找的那种东西。

我说，说不定我过些时候还会来的，到时我还想住在你这里，只怕你不肯。

孙长胜笑着说，你再来的时候，我恐怕早已不在了。

我劝他好好养病，他的情况令人担忧。我向他伸出一只手，他的一只手刚要探出来的时候，忽然又缩了回去。他说：

我知道我这病很不好，还是免了吧，我动不了，不能送你了。

我转身要走，孙长胜又对我说道：

你瞧，这是我今天天不亮的时候，又舔破的几个窟窿——

我望了一眼那扇布满漏洞的窗户，迅速地出了大门。我身后的那个东西长十几丈、南北宽约四五丈的院落离我越来越远了。

……在丽城的城门口，我受到了盘查。守城的士兵将我的箱子拎到一边。我站在箱子旁，看着来往的行人不断进出城门，形同活塞。

不多时，过来一位军官。军官打量过我之后，对守城的士兵说道：

一群废物，一个读书的人，扣留他有什么用？扣留一只狗，你们大家还能美美吃一顿，他有什么用？他能吃吗？

一名士兵立正说道，不能。

另一名士兵说，据说人肉是酸的……

住嘴！军官打断他的话，说道，不管酸的还是苦的，放他过去。

我提着我的箱子穿越古老的城门。我看见镌刻在城门两边青石上的那些甲骨文与我所认识的方块汉字相去甚远，它们更像是一种昭示苦难的垂死挣扎的舞姿，像田野里耕作的农民，像一个个难产的孕妇……

十　九

王茂看到一名穿着黑裙白袜的女学生坐在通往丽城的大道边上时，心中不禁乱跳起来。他越来越近，终于看清那个女学生是巩秀贞。王茂走过来，蹲下身体，殷切地问道，你的脚扭了吗？让我看看。

别碰我。巩秀贞说着，向后移动着身体。她说，你是谁？

王茂缩回了伸出去的手。这姑娘竟然不认识他，这使他感到有些奇怪。

王茂说，你连我都不认识？我就住在你们家的后面，那个小院，门前有两棵柳树——

巩秀贞说，我真的没见过你。

王茂说，不说也罢，我可是从小看着你长大的，你功课很好。

巩秀贞朝王茂笑了一下。王茂突然抱起她，向路旁的树后跑去。

突如其来的变化使巩秀贞惊叫起来。王茂将她的嘴用力抵到自己的胸前，她的叫声受到了抑制。王茂抱着她的腰和双腿，一边跑，一边对她说，我盼了很久了。

你别怕，我就一回。他说。

纷乱的树枝迎面扑来，又依次闪开。有好几次，坚硬的枝桠勾住了巩秀贞的丝袜，王茂将树枝一一地折断。他感到自己的胸前一片灼热，巩秀贞咬住了他的衣服。王茂说，你别咬我的衣服。

现在，王茂将巩秀贞放到一片草上。巩秀贞翻身坐起来想跑时，王茂抓住了她。

你别怕，我又不吃你。王茂说。

巩秀贞说，我表兄是特派员——

王茂笑着说道，那又怎么样，他难道不想干这种事情么。

王茂上去解巩秀贞的衣服时，脸上忽然感到一阵灼疼，这使他十分生气。他说，你敢打我？我一直没舍得动你。

现在，巩秀贞的头在草地上左右摇摆，短发蓬乱如麻。王茂在她的脸上猛击了几下后，又将自己的帽子揉成一团，塞进她的嘴里。

王茂说，我没想到这么费劲，比弄一头牛都费劲。

我就这一回。他说。

巩秀贞的头微微上仰，试图要重新起来。王茂在她的头上踢了几下后，她的头就不再起来了。王茂满意地上下看了一遍，说，你这么白，我真不愿打你，一回我就够了……

王茂后来撕开上衣的时候，忽然看到一张纸条。纸条上写着：

12号：翟部长指示，就地除掉李空山。机不可失。

王茂突然尖叫了一声，他感到有人在后面揪住了他的头发。

原载于《小说林》一九九四年第一期

砒 霜

一

农历正月十五，傍晚。

靳文焕在远处传来的零星的爆竹声中用过晚饭，正要出去观赏满街的花灯，手下的一个人突然由外面跑进来。来人刚从城外回来，向刘文焕报告一个惊人的消息：

听说锦州已被拿下，眼下又打到张家口一带，他们派出的先头小分队已开始在周围地区出现，小分队像雨前的蝼蚁，四处出没，频繁露面。近来，已有不少人在打柴、挑水、走亲戚的时候看见过他们。陈塘乡的一名佃农常七郎，前天中午去河边饮马的时候，看到几个人影在河对面灰色的树林里忽隐忽现，常七郎起初以为是附近一带的人在那里察看风水，选择坟地，因而也就未加留意。后来，当常七郎从河边饮马回来之时，有几个面孔生疏的外乡人突然朝他迎面走来……

……

天上飘起了雪花，元宵之夜的爆竹声听起来有些寥落寡合，不像除夕夜晚里那样来得猛烈而持久。现在，许多的人家都已先后吃过了夜饭，街上隐隐地传来锣鼓与丝竹之声。

打发走那个满身寒气的报信人之后，靳文焕就一直坐在椅子里出神，堂前的两只灯笼将他的身躯映得一片通红。刚才，他还没来得及穿上大衣，那个报信的人就冒冒失失地一头跑了进来，把尚未离开餐桌的太太吓得惊叫了一声……靳文焕放下大衣，坐进椅子里后，感到自己的身体在明显地下陷。今天晚上，他一时高兴，多喝了几杯。女儿靳芝一直在北平读书，寒假过了一半，才刚刚回到家里，女儿是正月初六的下午，搭乘本县保安团的汽车从北平回来的。靳文焕当时正在面临一件十分棘手、令他颇伤脑筋的事情，当他从保安团的陈副官那里得知小姐回来的消息时，顿时愁眉舒展，喜出望外，他终于找到了一个比较堂皇的可以一走了之的理由，他当即驱车回到家里。刚一下车，耳边便传来了女儿的声音……

太太梳洗完毕之后，来到他的身边，催促他立即起身，陪她出去观灯。靳文焕正在斟酌一种推托之词，女儿也在这个时候围好围巾出来了。一年一度的元宵之夜，按理说，为了女儿，他也应该陪她们出去走马观花一次，可刚才的那个消息……

这会儿，穿戴整齐的太太见靳文焕坐在椅子里一动不动，便面含愠怒地指责他心中有鬼。我心中有鬼？真要是有那么一个鬼也就好了，何至于这样空空落落而毫无主张，问题是眼下我什么都没有。靳文焕充满哀怨地望了一眼准备盛妆出门的太太，这个女人，年纪越来越大，却越来越变得不知分寸了，当着女儿的面，竟然信口开河，说出这样的话。靳文焕想起了《红楼梦》里的话，他也同样不理解女人一旦嫁人之后，为什么都变得如此混账？她们待字闺中时的那种美好的品行哪里去了？本来，按照历来的习惯，他是要在今天晚上出去的，作为一县之长，借着观灯的名义，会见一些本地的名流，相互寒暄，致敬祝福。除此之外，每年元宵之夜，都有一个庆典仪式，今年，县政府的一些人竟然在庆典仪式上为他安排了一次讲话，是什么意思？他得知后，立即下令取消了那个愚蠢的安排。讲什么话呢，有什么好讲的？讲对方的小分队已在本县出现？

靳文焕伸手抓起电话，想通知县政府的书记员张珍，让他今晚陪太太去观灯。这时，女儿靳芝说不必找别人了，此时此刻，家家都在团圆，她陪母亲出去就行了。女儿此言一出，靳文焕才猛地发现她的确已经长大了，不再是几年前那个娇生惯养的小姑娘了。靳文焕充满感激地望着亭亭玉立的女儿，这会儿，母女二人向外面走去，靳芝比母亲高出整整一头。

她们走后不久，靳文焕的心忽然悬了起来，他担心她们在观灯的过程中，是否会遇到什么意外或不测，连日来的某些不祥之兆一再表明，这座偏远的塞上小城至少已变得不那么安宁了，它们似乎已成了一处有异常响动和幻影的凶宅，作为堂堂的一宅之主，靳文焕的心情是复杂的。小分队的突然出现，他并没有感到太多的意外，因为那只是早晚的问题，但他们出现在春节刚过不久，似乎也来得太快了一些。他们中的一部分来自大青山地区，会不会就是几年前的大青山游击队？另一部分人据说来自徐州、蚌埠一带，但靳文焕以为不足以信。去年冬天，他就从报上得知徐、蚌一带战事相当吃紧，在这种时候突然抽调人马北上，如果不是南辕北辙，那就必定是头脑发昏。倒是那两位行动诡异的南阳商人值得考虑，他们在这个时候携带着那种碗大的钟表，千里迢迢来到这个寒冷的塞上小县，他们到底要干什么呢？

靳文焕从椅子上站起来，走到门口张望了一下，外面白茫茫的，漫天飞雪，远处的屋顶、树枝都已开始发白。如果古语有灵，那将预示着今年是一个丰收在望的良好年景。一想到几个月后的那种漫山遍野的高粱与玉米，想到随风起伏的麦子与瓜熟蒂落的田野，靳文焕就禁不住想放声痛哭，自从他荣升县长以来，还从未遇到过一个像样的年头。有时他会突然想到，是否由于自己的擢升，从而在另一些方面加深了这个塞上小县的灾难色彩？去年秋天，正当山区里大片莜麦成熟回黄之时，有一天靳文焕从乡下视察回来。此次出巡，他兴致勃勃，沿途所见的许多迹象都在表明，丰收在望已成为秋后一种不可避免的事实，累累的硕果将填满每一处谷仓。当天晚上，征途的喜讯与预兆使风尘仆仆的靳文焕很快便进入了甘甜酣畅的睡眠之中。

就在那天夜里，靳文焕破天荒地做了一个哀鸿遍野、颗粒无收的噩梦……他从白色恐怖的梦境中惊醒以后，一直独自坐着，他已无心再睡，再不敢轻易躺下，唯恐类似的噩梦又会卷土重来，全面再现。他期待着天亮，期待着初升的太阳将那个与事实相悖的噩梦一举粉碎。

天终于亮了。

清晨，靳文焕带着满脸倦意，刚刚走出门庭，几名远道而来的痛哭流涕的乡长、保长，突然出现在他的面前……

……

靳文焕在窗前犹豫着，要不要给赵司令打一个电话，说明一下情况？宋参议年事已高，从去年年底开始就已卧床不起，一开口说话，喉咙便会被涌上来的黏液堵塞，近来又听说他常在昏迷中满口胡言，所说之话令人不知所云，这样的人显然已无法在一起共事了。

靳文焕从窗前走回椅子旁，接着又来到门口。一阵夜晚的寒气迎面袭来之时，他想起了一个人。他走到电话前，刚拿起听筒，又立即放下了。他觉得还是亲自走一趟为好。

这天晚上八点多钟的时候，靳文焕不声不响地出现在人来人往的街上，他用狐皮领子的大衣遮掩着自己的脸庞，他不愿意在这种时候让别人看到自己。他心猿意马地从红色的宫灯和旋转不止的走马灯前经过，仰望空中的雪花，西城一带的上空残留着一种如烟似雾的气象和灰烬的气息，显然是不久前刚刚放射过节日的焰火。沿街两边的花灯，有一半以上都绘制着各种栩栩如生的粮食和蔬菜的图案：灌浆的小麦，抽穗的玉米，碗大的苹果，拥挤的禽蛋，堆积如山的土豆，树桩一样的白菜，成串的辣椒与葡萄，四处乱窜的白猪，西瓜、南瓜，呆若木鸡的公鸡与母鸡，雪白的羔羊……

靳文焕走进一条幽深的街巷里后，他的身上已落满了雪。

二

昨天上午，张珍来到县政府以后，已经九点多了。守门的老头将门窗大开着，正在里面炒辣椒，铁铲声伴随着接连不断的咳嗽声。张珍夹着一只黑色的公文包从外面走进来的时候，老头被呛出了眼泪，正在啊啊地大叫。这是一个很爱大喊大叫的老头，张珍曾经与他一起洗过一次澡，老头跳进浴室的水池里以后，一边扑打水花，一边啊啊大叫，歇斯底里的呼喊声回荡在闷热的浴室内，震耳欲聋。据看守浴室的人说，老头每次洗澡都是这样，谁说也不听，似乎水和蒸气使他激动，不能自拔。

一个多小时过去了，仍没见有人来。张珍猛然想起今天是一年一度的元宵节，职员们都不会来了。今天只有他一个人留守执勤。

张珍打来水，扫过地，擦过桌子以后，一缕阳光射了进来。县政府所在的这座里外两进的宅院，从前到处都是颓败的佛像，草木依墙而生。张珍最初来这里的时候，几乎每天下班前，都能听到一个女人在草木掩映的宅墙下轻声哭泣。张珍曾经询问过几位同事，同事们都用一种异样的神情打量着他，并答非所问。有一次，他循着那种隐约的哭声走到墙边，发现那里什么也没有，只有一些绿色的植物互相攀援，纠结在一起，墙上的青苔有一寸多厚。

张珍看了一会儿报纸，站起身打开了县政府那台唯一的收音机。他刚刚转动了一下旋钮，里面传来一个异常僵硬的声音，似乎正在致元宵祝词。他接着又转动了一下旋钮，里面忽然传来一阵地动山摇的巨响，巨响中夹着一种尖利的口哨一样的呼啸声。

张珍关上了收音机。他开始意识到自己刚刚收听到的那种巨响，正是大炮的声音。只有大炮才会发出那样的振聋发聩的巨响，那些呼啸的炮弹落到了谁的阵地之上？张珍发现自己的一只手在颤抖，他没想到在元宵佳节的上午，会收听到大炮的声音，他吓了一跳。收音机关上了，但那种隆隆的巨响似乎仍在他的耳边盘旋、回荡，尖利的呼啸代替了炮兵们的沉默的表情与有条不紊的动作。

张珍呆在桌前，口中越来越强烈的焦渴使他终于回过神来，他倒了一杯水，又小心翼翼地走到那台收音机前，掀动了一下开关，还是刚才的那个台，大炮的声音这会儿已经消失了，在一度沉寂之后，传来了沙沙沙的被干扰的声音。张珍微微动了一下调频，干扰消失了，一个女人的声音在里面说：

“先生，您好，在这辞旧迎新的时刻，我又来到您的身边。我是菲菲，菲菲，您的朋友，让我的声音伴随您安然入睡，伴随您翩翩起舞……驰骋沙场……”

“又是南京的那个婊子。”张珍自言自语地说着，将调频转向一边。就是这个女人，有时冒充听众的祖母，发出一种慈祥的声音，讲狐狸和草莓的故事；有时充当听众的姐姐或嫂子，将相当暧昧的笑声通过电波传向四面八方；有时又充当娇声燕语的未成年的小妹妹，在收音机里假哭、假笑，向各地的听众撒娇……县政府财政科的贾科长平日最爱收听这个电台，他迷恋她的声音已到了一种发狂的程度。去年秋天，贾科长终于得到一次去南京办事的机会。贾科长一去不复返，半年时间已经过去了，至今仍然杳无音讯，下落不明。贾太太每隔十天半月，便来县政府哭闹一次。

张珍向左边转动旋钮，收音机里传来的贝多芬的《欢乐颂》已接近尾声，接下来演奏的是德彪西的《大海》。

那两个南阳来的商人就是在这个时候悄无声息地突然走进来的，守门的老头只顾咳嗽和啊啊地大叫，根本没有想到已有两个陌生人在这个上午走进了里院。

他们一边向里走，一边浏览着这座青砖青瓦的老式宅院，他们的视线掠过院中一排紧闭的门窗与屋瓦上支支直立的枯草，接着又看到了阶下的水井与阶上的曲折蜿蜒的朱色回廊，廊柱上的字迹支离斑驳、残缺不齐，两边凉阁上的几尊佛像沐浴在稀薄的阳光里。

不久以后，院内一派沉寂的气氛使那两个东张西望的人停下了脚步，他们站在那口水井前，开始面面相觑，交头接耳，眼前无边无际的寂静，使他们感到事情多少有些反常，与他们最初设想到的种种情形相去甚远。前景仿佛有些不妙，他们中的一位将一只手插进腰间。他们站在二门内的影壁前，对面屋顶中央的一圈赭黄的琉璃瓦这时候看上去金光闪闪。琉璃瓦闪烁的光泽影响了他们的视线，他们中的另一位将手搭在额前，遮挡着那种耀眼的光线，这时，一个脸色苍白的人出现在他的视线尽头。

那个人站在正面的厅堂内，面对着一块黑布，长久地注视着，他的沉默寡言的神态，如同一位勤于思考的裁缝。

站在影壁前的两个南阳商人看清屋里的大致轮廓后，相视笑了一下。

……

张珍关上收音机，又将一块黑布蒙到上面后，长吁了一口气，仿佛了却了一桩多年的心事。他在桌前坐下，喝了一口水以后，感到身上不像早晨起来时那么对劲了，他不知道什么地方出了毛病。他又盯了一眼蒙着黑布的收音机，那个褐色的木头匣子使他难受。我为什么要听它呢？我看看报纸，在门前晒晒太阳多好，用不了多久，天就正午了，就该回家了，我为什么要去摆弄它呢？我对机械一窍不通，对电波也谈不上兴趣，我怎么会鬼使神差……大炮的轰鸣远在天边，远在几百年前的河边。

张珍突然从桌子前站起来，将那块蒙着收音机的黑布用力扯下来，望着那个妖言惑众的怪物，砸烂它？卖掉它？……去年春天，他曾自作主张地将一台音质不好的留声机卖给了一个因病休学在家的少爷，县长靳文焕得知消息后，大发雷霆，骂他是乱弹琴、败家子，国家的财产岂能视如儿戏，说卖就卖？

屋里的光线突然暗了下来。

张珍吃惊地转过身，那两个面带笑容的人已经进来了，一前一后站在门口，他们的身影截留了来自外面的光线。

张珍将手里的黑布重新蒙到收音机上，在办公桌前正襟危坐。那两个人朝桌子前走来，说他们来自南阳，途经洛阳、开封、河东、上党地区，一路而来。此次北上途中，他们已经卖掉了几十只钟表。他们说着，将随身携带的那种碗大的钟表取出来，摆到张珍的面前，一只，两只，四只，五只——

“马蹄表？”张珍向前倾欠了一下身体，匆匆地瞥了一眼，又飞快地将那两个人打量了一下。那种嘀嘀嗒嗒的走动声传到他的耳边后，他的心开始渐渐平静下来。

午后。

去年冬天的残雪在一些墙角开始融化，路上的泥水在阳光的照耀下发出无数针尖一样细碎的光芒，到处都是斑驳的水渍。

张珍早早地离家出来，他觉得有必要把上午发生的事情向县长陈述清楚，否则，县长又要在其他职员面前说他办事不力了，在过去的那些日子里，同事们幸灾乐祸的眼神与讪笑常常使他感到不寒而栗、无地自容。面带微笑的、兜售马蹄表的商人、远方的大炮……，作为一名节日里的留守职员，遇上这样的事情，是他所始料不及的，也许纯属命中注定，纯属不可避免的天意？

走进空荡荡的庭院里以后，他没有听到一丝声音，他的影子出现在四方的青砖上，一半在台阶上，另一半在台阶下，夏日的花痕像一种模糊的记忆一样涂抹在两边的墙上。

张珍很快便要通了县长家的电话。

接电话的是县长的女儿，靳芝小姐。这个自幼在塞上小城长大的姑娘，如今说着一口纯正而悦耳的普通话，张珍在最初听到她的声音后，心中立即升起一种不可名状的愿望，他希望她就是县长，就是他的上司，他有多少情况需要向她一一陈述，向她启奏得一清二楚。初六那天下午，天色阴晦得近似傍晚，他从外边办事回来时，忽然看见她拎着一只皮箱，楚楚动人地从保安团的汽车里走出来。

这会儿，靳芝小姐在电话里对他说："张书记员，你好，爸爸很快就下来。"

电话里没有声音了。"爸爸很快就下来。"张珍握着话筒，回味着靳芝小姐的这句话。天气并不炎热，但他感到自己的头上已冒出了热汗。县长在楼上睡觉？读报？与什么人密谈？望着花盆出神？张珍正在胡思乱想之际，县长靳文焕已在那边拿起了电话。靳文焕询问了一阵，张珍很快就听出来了，县长的心情似乎十分不错，询问的口气愉快舒畅。张珍换了一个姿势，对县长说道：

"……是的，我没敢做主，我在想，您老不是有一只走时很准的老牌怀表么？张书记长、赵司令、宋参议，他们都有自己的表——"

"当然。"

靳文焕简短地说了一声后，电话里就立即没有声音了。张珍将听筒贴近耳边，那边传来一阵窸窸窣窣的声音，伴随着县长的呼吸声。张珍咧开嘴无声地笑了一下，他知道县长此刻在干什么，他的眼前出现了一个画面：县长解开上衣的第三道纽扣，从胸前取出那只系有金链的老牌怀表，放在手里端详着。

过了一阵，电话里又有了声音，靳文焕用一种轻松的无忧无虑的口吻对张珍说："你应该告诉他们，我们不需要他们那种碗大的马蹄表，我们有一只共同的大表。"

"……共同的……大表……"张珍不知所云地低声重复了一句，县长的话，对他来说，不啻是一道深奥的哑谜，他拿着听筒，好半天嗫嚅无声，不知说什么好。

"傻瓜！还要我教你么？"靳文焕在电话里大声说，"我说的是太阳，天上的太阳，那不是最大的最准的表么。"

太阳？一语惊醒梦中人，张珍伸手在自己的脸上抽了一下。我真笨，我怎么就没想到他是在指太阳呢？连这样一个简单的显而易见的弯子都转不过来，我还在这里充什么大头呢。这会儿，他不定在心里怎么小瞧我呢，日他娘的，倒霉的事情全让我遇上了。

刘文焕在电话里继续告诫张珍，不要得意忘形，据我看，他们那玩意儿未必会是瑞士货。他们绝没有你所说的那样简单，在这种时候，他们携带着那种碗大的钟表远道而来，难道没有别的意思么？要尽快弄清楚他们是干什么的，他们的来历、来意，真实身份与背景。

可是那两个人已经走了。

张珍急忙捂住话筒，把刚涌到嘴边的话又重新咽了回去。眼前这个暂时还算是秘密的事实把张珍吓了一跳，他意识到自己在不经意之间又犯了一个难以弥补的错误，县长已经开始注意这件事情了。中午的时候，那两个一无所获的人已从他的眼皮底下走开了，他当然没有任何理由挽留他们，县长目前尚蒙在鼓里……张珍握着话筒，脑子里筹划、斟酌着应付的措辞，他不知道该不该把这个消息透露给县长。

三

午后。

积存在南墙一带的残雪开始融化了，蒸腾起来的湿气在阳光里看上去雾蒙蒙的，从门外流泻进来。林艳芳站在门前，迎面而来的湿气将她脸上的肌肤熏得更加柔滑润泽。在这个平静的元宵节里，她想入非非，心绪略感不宁。

趁着午后一片难得的清静，林艳芳躲到屏风后面，读了几页《火烧红莲寺》。不知不觉中，她夹紧了双腿，不久以后，又情不自禁地将两腿分开，对面的镜子里映出她湿润的嘴和闪闪发亮的牙齿。她将书放到腿上，背靠在屏风上的时候，忽然意识到身上的某些位置已被适才涌起的一种远远而来的激情濡湿了。

但好景不长。

宋参议只安静了一小会儿，一度中断的喘息又重新开始了。这个糟老头子，他的满口胡言乱语出现在那种持久冗长的喘息声中，变成一种节奏。林艳芳从屏风后面探出头，听到一些互不连贯的、断断续续的词语，……酬金……泄露……围城……光泽……开始……芬芳……焦渴……林艳芳不知他在试图表述什么，从去年冬天以来，他一直就是这样。正月初三的晚上，城南大药房的朱大夫在诊断过后，告诉林艳芳说，宋参议像一只点了几十年的长明灯，现在已没有多少油了。朱大夫意思是很明显的。林艳芳说，照你来看，他还能活多久？朱大夫说，不瞒宋夫人，他能活过这个正月，就足以令人吃惊了。宋参议似乎尚有许多未了的心事，眼下，正是那些心事在一天天地支撑着他。每当他的脑子里转悠那些念头的时候，他就会不可避免地咳嗽，喘息，昏迷。林艳芳向朱大夫询问宋参议有什么心事，朱大夫面有难色地说，宋参议的心事，只有夫人最清楚，夫人尚且不知，我就更无从说起了。

这会儿，宋参议突然发出两声呜呜的叫声，满头白发在枕上摆来摆去。林艳芳急忙从屏风后面走出来，来到床前：

“你要什么？喝水吗？”

宋参议的眼睛微微睁开一条缝，看清了站在床前的这个妖冶漂亮的女人，她的手势与表情是那样的难以接近，仿佛远在星宿之旁。他突然感到一阵窒息，又重新闭上了眼睛。十年前，他六十五岁寿辰之日，娶回了这个女人。那时候她二十多岁，不像现在这样丰姿绰约。那天晚上，与所有的宾客话别之后，他转身走进自己的洞房之夜，在高烛与红妆之下，初次目睹了她的掩映在一袭青纱下的胴体，饱含光泽的肌肤使他很快在进入帐幔之前重温了一幅几十年前的画面：一个坐在金色池塘边上的少年，在眩晕的体验之后，倒在流水之旁……

床上的人渐渐安静了下来，不再叫喊了，呼吸也趋于平缓。林艳芳走到屏风后面，不久又来到后院里，她一分钟也不愿在那张床前多站。后院里除了一棵杏树，还栽着两棵孤零零的泡桐，夏季里的时候，林艳芳常坐在杏树下看书，或者织毛衣。每逢那种时候，宋参议常常会悄无声息地走到她的身后，两只布满青筋的树根一样的老手越过她的肩头，伸向她的胸前，他的那种哼哼叽叽的呻吟常使她感到恶心。

“别撩我，把我的火撩起来，你又不行，你行吗？你硬一回让我看看——”

天长日久，林艳芳十分清楚用什么样的话才能够将这个老东西制服得一败涂地。宋参议一听到这样刺激的话，顿时满脸羞愧，感到自己变得越来越萎缩，越来越小，形同侏儒。这位曾经叱咤风云的辛亥元老，一边用头在墙上撞击，一边伤心地哭道：

“我羞死了，啊……你这个狐狸精，有时候我真想一枪毙了你啊……”

哭过之后，立即无地自容地消失在门外。

昨天中午，林艳芳正在后院里梳头，忽然有一个纸团扔到她的脚边，林艳芳捡起来，展开看过之后，脸上立即升起一片红晕。她四周望了一遍，没有一个人影，灰色的宅院一动不动地坐落在水一样的阳光里。不久以后，墙外响起一阵清脆而急促的车铃声，响过之后，渐渐远去了。这个偏远的塞上小城，除了保安团里有三四辆汽车外，再没有任何的机动车辆了。林艳芳想象着那个渐渐远去的背影，心不在焉地梳理着披泻在肩头的乌黑发亮的长发，脸上的红晕久驻不散，任凭黄色的梨木梳子长久地停留在头发中间。

午后。

踏着满街消融的雪水，保安团的陈副官突然出现在这个鸦雀无声的庭院里。林艳芳插好街门之后，陈副官已将她抱了起来，一边向里面走，一边在她耳边说：“看见我扔的字条了吧。”林艳芳闭着眼睛，阳光照在她的脸上。短短的一段距离，陈副官的手忙得不亦乐乎。他们刚到门口，里面传来了宋参议的呼喊。

陈副官来到床前，低声叫道："宋参议，我是保安团的陈青。"

床上的那一位脸色紫涨，伸出一只手做了一个莫名其妙的动作，陈副官与林艳芳不解地互相对视了一下。林艳芳说："你醒醒，陈副官看你来了，你已经看到他了，对吧？"

"宋参议，严冬已经过去。"陈副官说着，一只手顺着林艳芳的腰部滑下，"你会好起来的，赵司令希望您老能尽快振作起来，省府谭主席……"

宋参议睁开一只眼睛，另一只依然闭着，嘴角微微咧开，滑出一丝几乎不易察觉的讪笑。睁开的眼睛正在努力捕捉那个风一样的女人。他终于看到了她，正与陈副官并肩站在床前，一副痛不欲生的样子。

此刻，林艳芳正在幸福的旋涡里旋转，腰部以下的躯体不停地扭动着，一只大拇指在她的膝间游动如蠕虫，另一只摘去手套的手在她的胯部有力地跳跃着，夸张而急促地溜着一个又一个非凡准确的圆弧……

外面传来一阵敲门声。

林艳芳恋恋不舍地从陈副官的手中滑落出去，陈副官望着她的背影。

宋参议闭着眼睛，突然用一种异常清晰流畅的声音说道："陈副官，你干的好事！"

"宋参议……"

"喜欢就明说，何苦这样偷偷摸摸地苟且？她非我命，奉送与你，又有何不可！我只担心日后你也会蒙羞。这样的女人，注定会让她身边的每一个人都蒙羞。”

四

傍晚。

天色渐渐晦暗下来以后，张珍吩咐守门的老头点亮了几只红色的纱灯，分别悬挂在门口和几根廊柱上。沿街一带明暗不均的花灯也都亮起来了，屋檐下、大街上的行人影影绰绰，像鱼一样游动，出没在节日的夜晚里。远近一带参差错落的房屋如同起伏的山势，县府左侧的钱家巷里飘出一阵幽怨凄婉的二胡声。照现在的天气阴暗情形来看，今天晚上又不会有月亮出来了。张珍记得很清楚，去年的元宵之夜也没有月亮，那个又冷又黑的夜晚，在凄厉的北风声中，仿佛整个县城的房屋都在摇晃，震响，一种令人不安的气氛代替了那个晚上的月色。张珍是那天晚上最后一个离开县府的人，他锁上门，穿过几条熟悉的街道后，回到了家里。他嘴里哈着团团白气，还没来得及将围巾摘下，他的一位从前的朋友突然来访，不期而至……几个月后，在一次偶然的事件中，张珍知道了那位朋友的真实身份，是纵队的一位参谋。张珍在惴惴不安之中度过了一段水深火热的时期。从此以后，任何一位熟人，对他来说都意味着一种不祥之兆，意味着一种灾难。

空中传来了零零落落的爆竹声。

张珍无精打采地翻阅了几张旧报，他感到心里很乱。他抬起头望了一眼那台蒙着黑布的收音机，立即放弃了收听的念头。在这样一个寒气袭人的冥晦之夜，谁知道那里面会传来什么样的消息与声音，张珍不是一个喜欢冒险的人。他闭着眼睛，听着外面的爆竹。

不久，他又一次摇响靳县长家的电话，那边依然不通。他垂下手，注视着窗外昏暗的庭院。天黑以来，张珍已经是第三次给靳县长打电话了，每次都半途而废，他不知道县长在干什么，难道他不在家里？街上渐渐出现了观灯的人群，这会儿，靳太太和靳小姐说不定也已出来了，正驻足于某一盏灯下。

……

大约一个小时前，张珍刚从门外回来，桌上的电话突然响了起来，尖利刺耳的铃声使张珍飞快地拿起了听筒。刚听了两句，他立即神色骤变：电话里传来的是宋参议的死讯……张珍一边谛听，一边摇着头。

电话是宋参议那位年轻漂亮的太太林艳芳打来的，她的清脆柔和的声音使张珍在最初拿起听筒后，精神不禁为之一振。张珍在一些场合里经常见到那个珠光宝气的女人，但一直没有捞到与她单独说话的机会。听说宋参议把她像一颗稀世之宝一样紧紧地攥在手里，既想广泛炫耀，又不肯轻易示人，宋参议处心积虑的阴影与苦衷由此可见一斑。去年夏天，在葵心阁里，清风拂动林艳芳的长发与旗袍，保安团赵司令一边注视着林艳芳轻轻扭动的身躯，一边意味深长地和宋参议开着玩笑。

宋参议什么话也没有说，只是白了赵司令一眼。

现在，林艳芳伤心凄楚的哭诉，很快使张珍打消了心中的某些疑虑，女人的哭声，在节日的晚上，别有一种滋味。张珍开始确信宋参议已经死了，宋参议在这个一年一度的元宵节的傍晚终于咽进了最后一口气，最后一次闭上了眼睛。他的满口假牙与满腹心事呢？看来都已经没用了，成了废物，都将随他一同而去，进入土里。林艳芳后来止住哭诉，让张珍迅速将这一噩耗告知靳县长、张书记长和赵司令诸人。张珍说，宋太太，我这就告诉他们。

守门的老头在回廊上挂起了两只红色的纱灯，一片暖暖的灯光映红了就近的两道窗户。张珍放下电话，又拿起了电话，林艳芳的声音消失了，话筒里面传来一阵持续不断的呜呜的声音，如同回荡在塞北旷野里的风声。

张珍走出大门，来到街上，很快便置身于观灯的人潮之中。在电话前白白地守候了一两个小时，一无所获，什么事情都没干成。电话好像失灵了，每个人也好像都不在家里。张珍决定亲自去一趟县长家，尽快把宋参议的死讯告诉县长后，他就没事了。这样的夜晚，家家都在团圆，他却行色匆匆地要去替别人报丧。张珍心不在焉地从一些色彩瑰艳的灯光下经过，他不明白县长为什么不接电话，难道出了什么事？好像连家里的佣人也睡着了。

一个穿着棉猴的孩子在灯光下哭泣。到处是臃肿的人流，郊外的农民穿着白板皮袄，戴着狗皮帽子，张着嘴，神情木然地驻足于某一盏造型古老的灯下。纵使是这样的寒夜，一些女人的嘴也不肯闲着，她们一边浏览灯光，一边若无其事地将零零碎碎的瓜子壳吐进人流之中。张珍走在漫天飞舞的雪花中，如同在梦境中驰骋，舞旱船的男人对浓妆艳抹的船娘开着相当下流的玩笑，他们露骨的趣味不断地像没有重量的雪花一样融化在他的耳边。

刚才，林艳芳在哭诉过后，挂断了电话。隔了几十分钟以后，又来了一次电话。这一次她没有哭，声音也不像第一次那样伤心凄楚。林艳芳问张珍，宋参议的噩耗是不是已经传达出去了？张珍歉疚地说，还没有，也不知怎么了，靳县长、张书记长、赵司令，家家的电话都打不进去。林艳芳说，你不能不告诉他们。张珍说，我眼下正在努力，请宋太太放心，今天晚上我一定要打通。不过，电话好像有点儿失灵，不像上午的时候那么对劲了，外面下着那么大的雪，线路上会不会出了什么毛病。

转过一个街角，一群人围成一个圈子，中间有一个人翻穿着皮袄，正在扮演一只猴子，在众目之下上蹿下跳，蹦来蹦去。不久，又有一个人走到中间，两个人扮演两只积怨颇深的狗，开始龇着牙互相撕咬，发出汪汪的叫声。人群中有人笑出了声。张珍向圈中瞥了一眼，看到其中一个人是长城剧社的一位丑角演员，另一个不认识。围观的人群冷落了附近一带的灯火，张珍从灯下走过时，只有一个老人站在灯下，老人若有所思地喃喃自语，念念有词。

再经过一条斜坡，就能看到县长家的飞檐了，这条路对张珍来说是熟悉的。坡上有一家姓武的人开办的铺子，出售煤油和又薄又脆的连史纸，武氏店铺里的雪白的糖花生吸引着远近一带的许多孩子，玻璃柜里的小人书散发着一种雨水和木头的气息。以前，张珍每次从县长家出来以后，都要在斜坡上停下来，在武家的店铺里买一包糖花生，边走边嚼。后来，不知从什么时候开始起，张珍有了一种吸吸溜溜的牙痛的毛病，再从斜坡上经过时，他就不停下来了，只是或远或近地打量一眼那个年久发黑的低矮的铺子，然后走开。县长家红色的檐角很容易使初次望见它的人想起香烟缭绕的庙堂或寺院，在夜晚的时候，那些朱红的檐角都变成了一种黑色的剪影，看上去像一只只从天而降的孤独的兀鹰。

今天晚上，武家的店铺里一片漆黑，门前连一只照亮的灯笼都没有。张珍走上那道斜坡以后，脚下闪了一下，带着寒意的雪花像飞扬的粉末一样向他迎面吹来。张珍打了一个寒噤，感到雪花附在了他的睫毛上，粘住了他的眼睛。他想，如果迎面而来的这些东西是白色的石灰呢？现在看来，林艳芳的提醒也许有一定的道理，不完全是女人式的胡搅蛮缠。林艳芳在电话里说，今天下午宋参议起来喝了一杯茶，又从盘子里拣了一块奶酪，吃了一多半，他感到精神很好，想到庭院里随便走走。林艳芳看了一眼外面的阳光，依允了他。她在给他找衣服的时候，宋参议已独自走出去了。但只过了一小会儿，林艳芳还没有找到他的外套，宋参议已突然气喘吁吁地回来了，他半闭着眼睛走到床前，重新躺了下来，林艳芳感到奇怪，过去询问。宋参议起初一直闭着眼睛，像睡着了一样。后来，他忽然伸出一只手，指着窗外。刚才，他独自走到庭院里以后，刚想做一次深呼吸，忽然看到花栏墙外闪过几个人影。他屏声敛气，走到墙边向外面观望时，墙那边露出一双眼睛，正在瞧着他，一种腥甜的气息透过墙上镂空的花栏徐徐而来，犹如暖风扑面……

这以后，宋参议开始了断断续续的呓语，他提到了城头……旌旗……烟雾……砒霜……水泄不通……出卖……

张珍问林艳芳，宋参议说这些是什么意思，想表述什么？林艳芳说：

“我想他可能是想起了他年轻的时候，在学堂里制造炸弹，攻打武昌的情形。”

攻打武昌？张珍还没有回味过来，林艳芳又在那边说，有两个面孔生疏的人，下午以来，一直在他们的住宅附近一带转来转去，她后来出去的时候，那两个人已经不见了。宋参议看见的那双眼睛，很可能就是他们之中的一位。张珍想，那两个会不会就隐藏在附近，根本没有离去？林艳芳在门前翘首眺望的时候，他们很可能看见了这个女人的姣好的容貌与迷人的身段。可是，他们躲在这里干什么呢？宋参议勉强入睡以后，林艳芳去后院里煎煮草药，炉中强劲的火焰使林艳芳一直守候在翻滚的药锅前，无法脱身，宋参议就是那个时候死去的。炉中传来的一声突如其来的闷响，把林艳芳吓了一跳，她以为药锅碎裂了……

张珍走下斜坡，又绕过一排栅栏，来到一处青砖的门楼前。黑暗中，远处有依稀的星星点点的火光，一只狗在狂吠。

张珍伸手按响了县长家的门铃。

五

正月十五夜晚的社火照亮寒冷的陈塘山区之时，常七郎一家还没有吃饭。天色越来越晦暗了，空中出现了一些纷纷扬扬的东西，四周的墙垣与铅灰的树林都笼罩在炊烟里面，冷风吹动失修的门扉，支支吾吾的响声回荡在行人稀少的街巷之中。有人点燃了鞭炮。

常七郎正在加固鸡窝的小门，远处传来的爆竹声像他手中的榔头一样无精打采。他的女人已生着了火，几个孩子在弥漫的烟雾中跑来跑去，他们从家里跑到院里，又从院里穿过烟雾跑回家里，几道目光一直都在关注着那口好半天不动声色的铁锅。烟雾中传来女人的咳嗽声。常七郎举起手中的榔头砸下去，一颗钉子立即软软地向一边歪去，他低声咒骂了一句，拔出弯曲了的钉子，含在口里。铁锅里发出了嗞嗞嗞的声响，渐渐的，热气越来越大，越来越白了，常七郎的女人揭开锅盖，几个孩子停止了奔跑，一齐来到锅边，他们失望地看到一些褐黄的米粒从母亲的手中徐徐流出，到了锅里，很快使刚刚泛起的水泡重新平息了下来。目睹过后，两个大一些的孩子叹息着走出来，闷闷不乐地坐到低矮的屋檐下，望着对面的几段短墙和墙外的昏暗的田野。这时，最小的那个孩子在屋里哭出了声："我不喝粥——"

"你们他妈的也该知足了，在陈塘，并不是所有的人都能喝到粥，谁想喝粥就喝粥，"常七郎矫正了那个弯曲的铁钉以后，终于把它敲进了木头里，铁钉被砸得几乎没了踪影，成了一个极小的黑点。他伸手摸了一下，脸上滑过一抹冷笑。"你们出去看看，去李德胜家看看，去胡孩家看看，看看这会儿他们在干甚，在吃甚？喝粥？那是上一辈子的事情了。"

屋檐下的一个孩子望着远处的炊烟，嗫嚅道："我又没说不喝。"

常七郎看了一眼那个乖巧的孩子，心里说道，这就对了。也只有他能说出这样适时的话，这个孩子，将来没准是个人物。

天越来越黑了，冷风从墙外呼啸而过。常七郎把加固好的小门安装在鸡窝上，原来的缝隙与漏洞没有了，尺寸非常合适。他满意地看着，又操起榔头结结实实地敲了几下，然后把鸡捉进去，关上了小门。面对如此结实的像牢门一样的小门，他突然感到自己像一名狱卒。

今天早上黎明时分，从村外窜进来的一只黄鼠狼（？）叼走了他们的一只母鸡，常七郎在睡梦中被一阵鸡飞狗跳的声音惊醒，他披着衣服追出来时，院里已经平静下来了，仿佛什么事情也不曾发生过，只有几根在门前旋转的鸡毛飘入了常七郎的视线之中。他来到鸡舍前，剩下的一只鸡正在咕咕地叫着，身体抖成一团，像一个经常胃疼的人。常七郎懊恼万分地站在黎明时的院中，诡计多端的黄鼠狼（？）叼走了那只最肥最大的最有前途的鸡，把一只瘦骨嶙峋的鸡留给了他。除夕那天，常七郎在院里转悠了很久，他想杀了那只鸡，全家人吃一顿。几个孩子知道他要杀鸡，都跟在他的身后转，他走到哪里，他们就紧紧地尾随到哪里。但常七郎的女人不让杀，她说，再熬一两个月，鸡就要开始下蛋了，去年一年它一直下得很好，又大又多。常七郎说，不杀它，我们除夕晚上吃甚？我要杀它。女人说，先把我杀了，再杀它，你碗里的肉就更多了。常七郎说，你看你，你这个女人——。不久，他扔下菜刀，出去了。

天快亮了，远处开始发白。常七郎跑回屋里，女人仍在熟睡，他揪住她的散落在枕边的头发，猛然将她从睡梦中拽醒。女人惊叫了一声，翻身坐起来，莫名其妙地看着他。常七郎指着她的脸，大声对她说道：

“起来，找那只黄鼠狼去，把鸡给我要回来，你他妈的一定知道它住在哪里！”

正月初六上午，一声清脆的枪响划破了寂静的陈塘山区。常七郎从一道墙垣后面探出头，向远处观望着，灰色的田野只有一些大大小小的坟堆一样的土丘，阡陌上的树木稀稀落落。最初，常七郎以为是一支雷管的爆炸声，从前年春天开始，有人常在附近一带炸石头，飞沙走石，烟雾腾腾，插在石缝里的雷管干裂的爆炸声常常出现在午后或傍晚，陈家大院里的一位老太太有一次正在台阶前闭着眼睛晒太阳，一块剪刀大小的石头突然从天而降，陈老太太还没有来得及哼一声，便被击昏在阶下。

常七郎站在土墙后面，抬起一只手遮挡着略显刺眼的阳光，响声过后，四周一片寂静，有一个人在不远处的一个菜园子里埋头耕作，似乎根本没有听见那种响声。常七郎想，眼下离播种的季节还很远，土冻得像铁一样，他在那里干什么呢？难道他能松动园中的墒垄？常七郎还从未见到过有人对土地施行法术……这时，一阵低远的窃窃私语贴着地皮，传到了常七郎的耳边。他从墙后探出头，看到有三四个人出现在远处的一座废弃的石灰窑后面，他们指点着周围的荒芜的田畴与垄旁的便道，他们像是几个县里来的丈量土地的人。常七郎这样想着，一只手无意识地摩挲着几株生长在墙头上的枯草，他已经把适才的那种清脆的响声完全忘记了，墙上的土顺着他的衣袖扑扑地往下掉，菜园子里那个一声不响的人仍在埋头耕作。

这会儿，白色的石灰窑的遗址，在上午的阳光里发出一片刺眼的光芒，那里到处是被挖掘过的坑洞和堆积如山的石灰渣滓。常七郎听到那几个人中的一位咳嗽得非常厉害，似乎胸腔和喉咙里钻进了石灰。

一匹白马从远处飞驰而来。骑马的人在快要从石灰窑旁边的大道上经过时，突然从马背上栽落下来。常七郎看到一直转悠在窑后的那几个人，这时一齐向出事的地方跑去，跑在最前面的那个人拦住了那匹咴咴鸣叫的白马。

常七郎把两只胳膊架到墙头上，一动不动地注视着那边的情形。他忽然感到有人在他的肩上拍了一下，他吃惊地回过头来。

那个人对常七郎说，趴在这儿看什么呢？墙外有女人？二奶奶让人到处找你呢，她这会儿手脚灼热，胸口发烫，让你去河里取冰。

常七郎说："这样的天气，要吃冰？"

"让你去你就去，不会亏了你，你取一筐冰回来，至少给你一升麦子。"

"你回去告诉二奶奶，我这就去。"常七郎离开墙头，最后朝那边望了一眼。那几个人已经不见了，石灰窑的遗址闪着白光。

背上的冰块换成了麦子，淡红色的麦粒，在他行走的过程中发出沙沙的响声，一点一点地磨蚀着他的耐心。常七郎环顾左右，被阳光照耀了一天的村庄，这会儿到处都弥漫着酣沉的睡眠的气息。寂静的村庄里，只能听到河水的声音，河水在冰层下轻声喧哗，绕着田野和树林向远处流去。午后的一段时间里，他曾在那条河流上面奔跑，滑行，蹲伏，谛听冰下的流水。他背着一筐晶莹剔透的冰块离开河边的时候，迎面遇见了村长。村长用十分狐疑的眼光打量着他，常七郎告诉村长"有人发烧"。走出很远之后，他回头看见村长心神不宁地在河边走来走去，翘首眺望着南边的大道。村长好像在等什么人……走进犬声四起的陈家大院之后，常七郎感到背上的冰块正在融化，他的衣服在午后的阳光下变得越来越潮湿，像盔甲一样沉重。在那种嘀嗒不休的残漏声中，他飞快地瞥了一眼陈家二奶奶高耸的胸脯，一只手停留在她的胸前，正在替她分担一部分灼烫，那只手像一片雨前的浮云。有人带着他来到火炉边烘烤衣服。陈家老太爷端着茶杯来到他的面前，对他说，你今天看到什么人了？常七郎说，是几个丈量土地的人，还有村长。陈老太爷说，村长？常七郎说，村长在河边转来转去，他好像有什么心事。陈老太爷望着窗外的庭院，自言自语地说道，他在那里干什么呢?

回到家门口的时候，屋里传出的一个孩子的呓语将他吓了一跳。夜风吹拂着院子里的草垛，白日里微微发红的草垛，这会儿看上去漆黑如铁，滴水不漏。常七郎放下麦子，来到炕上，刚在女人身边躺下，忽然又挨蜇似的翻身坐了起来。

正月十六上午，常七郎从陈塘赶到县政府。一位脸色苍白的职员正在一个黑色的木头匣子前发呆，常七郎咳嗽了一声，那个人昏昏沉沉地抬起头，露出一双惊恐不安的眼睛。

“昨天晚上，我正在修理鸡窝上的一扇小门，一个浑身血污的人突然从外面爬了进来，寻求隐藏……最先看到他的，是我的一个八九岁的孩子。”

常七郎的述说很快引起了那个人的注意，并驱散了他的那种昏昏沉沉的倦意，他捡起桌上的一块黑布，他的一双手颤抖着将那个带有一排旋钮的黑色木头匣子蒙了起来，然后抱起来向墙边的一张桌子前走去。常七郎不安地望着，那个用黑布罩起来的东西让他多少感到有些不祥。现在，那个人挺直了腰板，匆匆地向窗外瞟了一眼，示意常七郎往下说。

“你老贵姓?”常七郎颤声打听道。

“姓张。”

“大约几天前……”常七郎眨动眼睛，努力回忆着，“初一?初六?那天半夜，我从外边回来，我的女人……”

六

一些似是而非的、令人不安的消息，在乡间和城镇的街道上悄悄地流传着……在大雪压弯的树枝下，在隔街相望的居室里，某些经过演义后的细节变成了拂天而过的庞然大物，传说中的人数在不断地增加，重复出现在四面八方，不祥之兆一个接着一个。

雪过天晴，大地闪光。

靳文焕站在窗前，昨夜的一场大雪将院中的几棵榆树装点得面目全非，所有的枝桠看上去都又白又胖，像无数只拥挤在一起的肉虫。从天空放亮以后开始，靳文焕就看到一只似鹰非鹰的鸟蹲伏在一根树杈上，一直没有离去。那只羽毛漆黑，头顶上有一片猩红的鸟，一动不动地望着站在窗前的靳文焕，目光中流露出一种十分轻蔑的神色。靳文焕用力把一个吸剩的烟头从窗户里抛出去，烟头在树前划出一道短暂的弧线后，很快便一头扎入了茸厚的雪地里。那只鸟没有被迎面抛来的烟头吓跑，仍然像先前那样轻蔑地打量着靳文焕，也许它毫无察觉，也许它的身体早已被冻僵？这会儿，靳文焕感到自己的眼帘跳得十分厉害，耳边嗡嗡作响。那些模棱两可的，更多的时候是自相矛盾的消息，使他在不知不觉中陷入幻想的泥淖之中，恐怕永远也不会有理清头绪的那一天了。昨天晚上，他接到一个来历不明的电话，一个声音劝他不要外出，否则……。放下电话以后，他的心跳骤然加快了许多，否则怎么样，后果不堪设想？这是明火执仗的恐吓，还是含糊的暗示与提醒？……不久以后，他要通了县政府的电话，等了半天，那边一直没有人接。他不明白这样的节日的夜晚怎么会没有人值勤，是一时的疏忽还是都回家团圆去了？

现在看起来，连日来的那种合家团聚、喜气洋洋的节日气息是那样的刺眼而不合时宜，多么可笑，大敌当前，人们居然还像傻瓜一样地在舞狮子、扭秧歌，人人笑逐颜开，忘乎所以，……每当想起这些，靳文焕便会感到非常羞耻，感到自己同样也是一个十分可笑的人。舞吧，跳吧，总有舞不动的时候，总有不想跳的那一天。近来，听说南门一带出现了一些形迹可疑的人，其中包括一名爱磨磨蹭蹭的鞋匠和一个笑容可掬的跛腿男人……南门，那里的生长着重重苔迹的城墙，今天看起来，无论如何都不如很多年前那样牢靠而管用了，它已腐朽颓败得不成样子，靳文焕不清楚它能抵御什么，它下面的那道吱吱呀呀的城门在事实上也早已形同虚设，成了聋子的耳朵。

正月初十上午，他的女儿靳芝在北平的一位同学突然来访。靳文焕把来访者看作是女儿的一个朋友，一个比较要好的朋友，只有这样的认可，才能解释他为什么会在冰天雪地的季节里来到这个偏远的塞上小县。靳文焕望着女儿的这位同学，想起了二十多年前那些身着长衫、意气风发的年轻学生。中午，靳文焕陪他一起饮酒，轻描淡写地打听一些来自北平的消息。午后，他们一起到了郊外。这样的季节，到处荒草萋萋，朔风凛冽，行人极为稀少，他们当然不是去踏青……

昨天夜里，靳文焕做了一个奇怪的梦，他梦见一阵清晰而迟疑的铃声，一个形迹可疑的人按响了外面的门铃。铃声初响之际，靳文焕以为自己正置身于一个开演前的剧场之中，过了没多久，他即意识到那是自己的错觉。梦中的铃声仍然时断时续，飘忽不定。靳文焕惊讶地看到，那个人不屈不挠的精神使家里的人在一个时期之内乱作一团，烛台倾翻了，红色的蜡油开始恣肆地流淌，看上去像是谁的黏稠滞重的鲜血；垂在后厅的帷幔突然翻飞飘动起来，它的猎猎作响的声音如同风中的旗帜；成群结队的梨树绕墙而生，怒放的花朵仿佛漫天飞雪；飘飘欲飞的裙裾遮掩着靳文焕的心事与目光，他一知半解地想象着外面发生的一切，天知道出了什么事情……很久以后——似乎已过了很多年，先前曾一度错乱无序、四处行走的物品，都先后回到了各自的指定位置，厅中的帐幔也不再飘拂，安静地垂着，如同风景中悬挂的流水。随着喧嚣的消逝，靳文焕感到自己的视线恢复得像童年时代一样清澈无邪，一个脸色苍白、心灰意冷的人正在他的纯净明亮的视线里渐渐远去。靳文焕的身体向前倾了一下，看清了那个神思恍惚、心事满腹的人，他悬着的一颗心放了下来，脸上溢出一抹笑容。那时候，他已经认出那个人是谁了，他想叫住他，从背后喊他一声，这个念头刚一闪过，那个人已经偏离了他的视线，那个人虽然像一位老人一样走得很慢，但还是很快在一道无人的斜坡下面消失了。坡上的一家店铺打开了潮湿的门扉。

……

早晨刚刚过去，靳文焕接到了县政府书记员张珍打来的电话，张珍那种噤若寒蝉、吞吞吐吐的语调使靳文焕感到有些反感。他在电话里对张珍说，不要夸大其词，危言耸听，事情是什么就是什么，到了什么地步就说什么地步，你这样草木皆兵，成何体统！

张珍说：“靳县长，您老去街上听听，人们都在说什么，我今天早上从家里出来，西城一带的人正在议论一件事情……”

“什么事情?”

“昨天晚上，在鼓楼街，那个男扮女装的、扭秧歌的人，听说是小分队的……一位排长，在观灯的人中间……”

“这是谁说的?不可能。”

“听顺裕商行的人说，他后来又唱了一段道情《花亭》。”

“张书记员，这么说，你昨天晚上是出去观灯去喽?”

“没有，我只是打那里路过，路过……”

“西城一带的焰火很好看吧?”

“靳县长，您老等等，我觉得事情好像有点儿不大对劲——”

对面的朱色护栏在上午的阳光里变幻出一道道貌似暖意的光泽，空中的云彩像滚动的雪球一样正在迅速地远去。靳文焕惊讶地注视着窗外的情景，他从未看见过如此仓皇移动的云彩，他记忆中的云霞一直像流连在草地上的羊群一样一动不动，如同河边的石头。现在，奔跑得越来越远的浮云使他在追望的过程中忽然想起了一些事情，那些近在眼前的事情，犹如荒废已久的学业，变得难以应付，难以亲近，谁能从容有致地进行一番准确无误地梳理?一个笑容可掬的人是多么令人可怖，多么阴气袭人而不可思议。从城外奔驰回来的马匹冒着热气，滴着鲜血，马背上的人有时奄奄一息，有时下落不明，只剩下一副皮鞍。今天早上黎明时分，他梦见一只火焰一样的公鸡，梦见有一家老小正在刚刚返青的菜园里辛勤耕作，梦见了西边的城门和城墙上的几道致命的缺口，来自城外的风像护城河里的水一样灌满了那些令人担忧的缺口。太阳升起来了，平静暗哑的钟声在雾蒙蒙的光线里四处受阻，扭曲变形，如同一根根松散无力的看不见的绳子。从天亮开始到现在，那只似鹰非鹰的鸟一直一动不动地蹲伏在那里，不肯离去，仍然轻蔑地注视着他。如果它是一个人，一定是那种居心叵测、良知泯灭的人，它的那种样子，使他怀疑它似乎在一早的飞行过程中发现了什么，难道这个庭院里有什么值得留恋的东西么，是什么气息使它长久地滞留在这里？靳文焕的眼前迅速地闪过一些不祥的阴沉沉的片段与念头，他若有所思地望着那个羽毛漆黑的丧门星，突然朝窗外挥了下手，大声喝道：

"滚，走开——"

靳文焕的喊声还未完全落尽，电话那边传来了张珍战战兢兢的声音，张珍急促而灼热的呼吸通过话筒远远地传过来，靳文焕感到耳边一阵奇痒，伸手在脸上摸了一下。

"靳县长，您老生我的气了？"

"哪里，"靳文焕笑着说，"我在说那只鸟呢，天刚亮的时候，它就来了，一直蹲在我院里的树杈上。"

"一只鸟？"

"张珍哪，昨天晚上我做了一个梦，我梦见你了，你好像很冷，我从后面几次叫你，你都没有听见，你在一道斜坡上越走越远，你在坡下消失的时候，我最后一眼望到的是你的帽子——"

"县长，靳县长，卑职以为，我们之间，好像在时间上，……出了一点毛病……"

"好啦，好啦，"靳文焕打断张珍的话，"我梦见你站在外面，三番五次地摁我的门铃，你为什么要摁我的门铃呢，有什么重要的消息要告诉我么，你这个张珍啊……"

七

天不亮的时候，赵长生就跟着东家李永福上路了。他们牵着一头毛驴，离开睡意弥漫的村庄以后，听到了从远处传来的哗哗的河水的声音。五十多岁的李永福一边张望着周围的房屋，一边在路上灰白的雾蒙蒙的光线里咳嗽着，沿途的树木不像树木，像多年以前锈死的兵器，像攀援在梦中的铜枝铁干。冷死了冷死了。赵长生哆哆嗦嗦地说着，嘴里发出咝咝的声音，他的两只手抄在袖筒里，一会儿跑到驴的这边，一会儿又跑到那面。冬日的早晨，路上没有行人，天空里看不到飞鸟。赵长生看到团团白气从李永福的嘴里呼出来，胡须上结了一层白白的霜雪。驴身上搭着一条两头装着东西的口袋，嘚嘚作响的蹄声回荡在坚硬的冻土之上。昨天晚上，赵长生从偏屋里吃过晚饭出来以后，看到李永福正在有条不紊地捆扎那条口袋，口袋从中间扎紧，一头装着炒面，另一头装着烟丝。赵长生看了一阵，心里立即明白了，东家又在故伎重演了，他们每次离家外出，他都是这样，从家里带着炒面和烟丝，他从来不允许自己和跟他的人在客栈或饭店里吃饭，他把在那些地方乱花钱的人，一律看作是败家子，钱花在哪里不好，为什么非要白白地送给那些地方……一年一度的陈塘庙会已经来到了，赵长生这是第三次跟随东家出来逛庙会了，李永福在人来人往的庙会上既不听戏，也不喝茶，只是不住地围着庙会上那些等待出卖的牲畜和农具转来转去，流连忘返，两只眼睛闪闪发光。

天色开始发亮，团野里的那些坟包一样的土堆已清晰可见，远处的重重雪山在闪光。李永福的喘息越来越重。

“东家，骑上吧。”赵长生看着吃力行走的李永福，虽然李永福的头上冒出了热汗，但鼻子仍然冻得通红。赵长生对他说：“您多少骑它一会儿，我跟在后面走。”

“你让我骑它？你以为它多大了，它才六个月。”李永福不高兴地瞪了赵长生一眼，目光在小毛驴的身上瞟来瞟去，“长生哪，我一直以为你是一个有良心的人。”

“东家……”

“这是一头牲口，这要是一个六个月的孩子，还不得让人抱在怀里吗？你能骑他？”李永福来到驴身边，将口袋的两头平衡了一下，对赵长生说，“它一路上替我们驮着炒面和烟丝，这还不够么，我要是不带它出来，这些东西都得你背着。”驴向前走着，忽然停下来，分开两条后腿，一道灼热的水流夹带着白气倾泻到地上。李永福一边看着，一边笑着说：“你看它，你看它，又尿了，怎么又尿了？从家里出来，这是第三遍了吧？”

“第二遍。”长生说。

路上开始出现了稀稀落落的行人，南边的一片灰色的树林子里传来了一起一落的锯木头的声音，明亮的河沟在远处蜿蜒蛇行。一年一度的陈塘庙会吸引着附近所有的人，天色完全放亮以后，沿途的一些村庄里响起了上路前的各种声音，整装待发的马车，急躁不安的家犬，穿戴一新的女人、孩子，都或远或近地出现在早晨的炊烟下，村中的土墙沐浴着初升的阳光，有人沿着梯子爬上屋顶，向远处瞭望。

李永福做了一个梦。

他梦见自己的那只年仅六个月的毛驴突然怀胎，身孕越来越明显，几乎谁都能一眼便看出来。年幼的毛驴躺在一堆金黄的干草上，不吃不喝，不喊不叫，它不像一位慵懒无力的孕妇，它那种温顺害羞的祥子，更像一名待出嫁的姑娘。李永福每次过来的时候，它都会仰起一张白白的脸长久地望着他。李永福蹲下来，伸出手慢慢抚摸它的耳朵和白色的鼻梁，李永福在做这些的时候，心中似有所动。他压低声音对它说：

“你有什么事情要对我说么？这会儿没别人，只有我们两个。我是你的主人，你知道么？只有我最疼你——”

毛驴卧在金黄的干草上，伸出粉白的舌头，轻轻地舔着李永福的灼热的手掌，它身下的干草在簌簌作响。

“有人欺负你了么？”李永福仿佛自言自语地说着，他的一只手从它的消瘦的脊梁上慢慢滑下，停留在那滚圆饱满的肚皮上，他感到自己的手指在不听使唤地跳跃着，松散无力的手指，几次都难以合拢，握不成一个拳头。草房里散发着一种六月里的干燥的气息，驴的鼻子在轻轻地抽搐。李永福手里拿着一根干草，六神无主地注视着光线昏暗的草房，某些无形的迹象使他感到事情有点不对劲，但他不明白在哪一个环节上出了毛病或差错。他望着被舔得湿漉漉的手掌，轻声对驴说道：

“你真像一个含冤的孩子……”

外面起风了，屋顶上的瓦片与枯蒿发出响动，仿佛有人在上面行走，蜻蜓点水似的一掠而过。一有风来，到处都变得天昏地暗、幽深无边，狭窄的街巷呜咽不休。

一天晚上，李永福吃过晚饭后，听到草房那边传来一阵响动，他急忙跑出来，站在台阶下，提高声音问道：

“谁？”

“东家，是我。”

是赵长生，一边答应，一边窸窸窣窣地从草房里走出来，站在屋檐下的黑暗中，他的一双手好像在摸索什么。李永福看了一阵，没有看清，向前移动了几步。

“是长生啊，你在那里干什么？”

“切草。”

李永福终于看清赵长生的那双忙碌的手了，他正在慌乱地系裤子。李永福听着那种轻轻的摩擦声，心中感到十分不快：

“长生，你又在草房里尿了？我说过多少次了，你为啥还在草房里尿？”

“东家，我实在憋不住了。”赵长生终于系好了裤子，放下衣襟，磨磨蹭蹭地从屋檐前的黑暗中向李永福面前走来，他的身体看上去似乎十分虚弱，嘴里的牙齿在暗夜里闪闪发光。李永福叹了一口气，对他说道：“天气越来越热了，不能再往那里尿了。里面到处是跳蚤。”

“不了，这是最后一次。”

几天后的一个中午，万氏钱庄的一名伙计送来一沓去年的账单，李永福找来算盘，坐在炕上仔细核对。他的孙子，一个七八岁的孩子正在门前弹玻璃球。李永福出神地注视着显示在算盘上的数字，小孙子收起黄蓝两种颜色的玻璃球，跑过来告诉李永福，赵长生是一个力大无比的人，他的身体像一座山一样，他刚一趴到那只小毛驴身上，小毛驴就立即被他压倒了，他们一齐滚在干草上。

“压倒了……”

李永福停止了思索，把惊奇的目光从紫红色的算盘珠子上移开，停留在孙子的脸上，小孙子的话好像触动了他的某一根神经，使他意识到了一种什么。压倒……山……滚动……干草……他试图从中发现某种联系，他推开眼前的那堆账单，问小孙子说：

“铁蛋，告诉爷爷，他真的把咱们的小毛驴压倒了？”

“嗯。”

“他在干草上怎么滚来？”

“就这样。”铁蛋说着，就要在地上模仿，李永福拽住了他的胳膊。孩子这时看见爷爷脸上的颜色变得像算盘珠子一样。

“你亲眼看见了，在咱们的那间草房里，对不对，铁蛋？”

孩子点点头。

“你喜欢咱们的小毛驴吗？”

“喜欢。”

孩子告诉李永福说，赵长生在金黄的干草上嗷嗷地叫着，眼睛望着草房的泥巴屋顶，像一只狼一样。

“这个兔崽子，他这是在干什么呢？”李永福自言自语地说道。孩子早已跑出去了。但他毫无察觉，一束阳光照亮了屋里的一只瓷坛，坛子上的光芒反射到他的脸上。阳光在脸上反复跳跃。李永福慢慢地想起了不久前的一件事情，在尘土飞扬的陈塘庙会上，赵长生跟在李永福的身边，两只不安分的眼睛四处张望，无孔不入。不久，庙会上闲散的人群突然混乱起来，县里保安团的汽车带走了一个浑身血污的外乡人，一同被带走的，还有陈塘村的村长。李永福打听到那个浑身血污的人藏在一个名叫常七郎的人的家里，庙会上的戏开演以后，村长趁机溜出人群，去看望那个伤势严重的人。村长刚开始与那个人说话，忽然听到背后有异样的响动传来。村长回过头，无比惊愕地发现保安团的士兵已包围了常七郎的院子……常七郎嬉笑着从门后钻出来……赵长生从李永福手里接过毛驴的缰绳，对李永福说，东家，您听戏去吧，把它交给我吧，我带它去井边饮水。这时，戏台上尘土飞扬，杀声四起，北风将几道灰色的、天蓝色的帷幕鼓荡起来，吹拂得飘飘欲飞。李永福的脸色阴郁得十分难看，他不容分说地从赵长生的手里夺过毛驴的缰绳，对赵长生说，我不听戏，我不喜欢听戏。一名身穿月白色英雄大氅的演员翻着筋斗，突然从舞台上栽下来，落进台下的人群里，台上的锣鼓与胡琴顿时戛然而止，人群像潮水一样向前涌去……李永福牵着毛驴躲在一边，驮在驴背上的那条装有炒面和烟丝的口袋不见了。李永福在喧哗声中四处搜寻丢失了的口袋，他忽然看见赵长生鬼鬼祟祟地与两个面孔陌生的人站在一棵树下，赵长生的舌头在飞快地跳动着……

……

一个月光皎洁的夜晚，一个婴儿的啼哭声传进李永福的梦里。梦中的草房摇摇欲坠，血迹斑斑，到处都是凌乱的金黄的干草，苍蝇像飞机一样嗡嗡作响。李永福看到自己的那只年幼的毛驴像一名极度虚弱的产妇一样，软弱无力地蜷缩在一堆干草上。李永福让赵长生跪在草房的门口，对他说：

“你他妈的干的好事。”

“东家……”

“你不是人。”

“不，那不是我——”

……梦醒之后，李永福大汗淋漓，脸部和手指潮湿不堪。他披衣出来，西斜的月亮清白如水，院中的一棵梨树投下斑驳疏密的阴影。李永福穿过婆娑的树影，草房里寂静无声。李永福走进草房里后咳嗽了一声，他首先闻到那种熟悉的干草散发出来的呛人而暖烘烘的气息，接着，他看到了那只四肢僵硬的小驴，他的一只手刚一触到它的腹部，便立即颓然无力地坐到了草堆上。

纷乱的干草像丰收在望的庄稼一样簇拥在他的身体四周，

骚扰着他的目光与心事。不久以后，这位勤俭持家、黎明即起的乡村地主发出了伤心而恐惧的哭声。

农历正月十五，傍晚。

失踪了几天的赵长生突然带着一身寒气出现在李永福的面前，李永福在灯下吃了一惊。外面下雪了，赵长生的头上、身上落满了雪花，他面带菜色，却满脸霞光熠熠。

外面的爆竹声此起彼落，尖厉的声音划过黑色的山丘一样起伏的草垛，消失在遥远的夜空里。赵长生推门进来之前，李永福还没有吃晚饭，正在灯下想心事。院子里的狗听出了赵长生的熟悉的脚步声。赵长生走进院里的时候，那只狗从墙边站起来，冲他摇了摇尾巴。

赵长生抖落身上的雪花，打量着张贴在屋里墙上的几幅彩色的年画，画面内容是五谷丰登、六畜兴旺，一派风调雨顺的喜人情景。赵长生看过年画，告诉李永福说，他此番回来，是为了给小分队弄点吃的东西，他们此刻正在村外的小树林边。小分队很快就要从西门和南门两个方向攻打县城，他将为他们带路。

“让你带路？他们瞎了眼。”李永福说着，忽然想起了什么，“你赔我的驴——”

“东家，别给脸不要脸，不知好歹。”赵长生说，“等一打下县城以后，我马上就是农会主任了，我有的是驴。”

李永福说：“你是农会主任？你猪狗不如。”

……

八

持续不断的昏睡……家门在风中启合，犹如翻动的书页……张珍感到自己像一个初次涉水的人，徒劳无益地挣扎在时光的泥淖之中，他惊讶地打量着远处的光线，他看到的冬日的树木如同一片被风吹灭后的蜡烛。

午后，张珍听到一个消息：县长一家人突然乘车离开了县城，在经过东门的木桥时，靳文焕从车里出来，心事重重地站在护城河边的土壕上，注视着灰色的城墙，河边的风将他的长衫吹成一团。他的女儿靳芝在车里催促他赶快上车，司机小心翼翼地摁了一下喇叭。那声十分短促的汽车喇叭声使靳文焕在护城河边的土壕上打了一个冷战，他面色如土地撩起长衫的下摆，摇摇晃晃地向车前走来。他的女儿靳芝在车里埋怨他，靳芝的一只戴着白丝手套的手伸在车外，靳文焕像一个年迈体衰的老人一样，笨拙而吃力地钻进车里。不久以后，汽车开动了，渐渐地消失在卷起的尘雾里。

县立中学的一位国文教员孙促，吃过午饭后在东门外的木桥边散步，目睹了这一情景。

孙促望着远去的尘雾，慢慢走上木桥，护城河一带的矮树丛灰蒙蒙的，毫无生机可言。仰望午后的天空，孙促触景生情地默念了几句唐诗。眼前的城墙是潮湿的，苔迹浓重，由于河道久未疏浚，临近大道的那一段城墙一直泡在水里。淹没在水里的那些砖说不定都泡得像面包一样。孙促这样想着，走下短短的木桥，来到城门前。城门口的风很大，差一点儿将他头上的帽子吹掉。

街上有几个无精打采的人。

走进城里以后，孙促在县立中学门口突然遇到了张珍。

张珍从前也在县立中学执教，调入县政府以后，家仍然一直住在学校里，但他们见面的机会已不像以前那么多了，因为张珍总是很忙。

午后，张珍夹着一只黑色的公文包，正要去县政府，孙促迎面而来的时候，张珍停下来向他打了一个招呼。

孙促说，县长不在了，想不到你还这么匆忙，这么准时。

张珍说，你说什么？

孙促告诉了张珍他刚才在城外看到的那一幕情景。孙促说，他在桥下散步的时候，看到靳文焕县长一家人坐着汽车，朝东边走了。

朝东边走了？

一片烦躁不安的神色显现在张珍的脸上。太意外了，上午的时候，他还和县长通过电话，县长的口吻还是一如既往，丝毫没有什么不对头之处，现在竟然突然乘车离开县城，把一个突如其来的谜团留给了张珍。县长以前可不是这样的呀，在张珍的记忆中，他每次离家外出，事先总要交代得清清楚楚，去什么地方，什么时候动身，什么时候回来，一切都井然有序。而今天，他的突然出走，使张珍感到有那么一点不辞而别的意思，县长这是在搞什么名堂呢？难道发生了什么紧急的事情，需要他本人亲自出马？可是他为什么要带着家眷呢，是去什么地方观光，或者访友？孙促看见他的汽车从东边开走了，由此东去，除了北平，再没有什么好去的地方了。北平……张珍忽然想起了在北平读书的靳芝小姐，也许，什么事情也没有发生，县长只是心血来潮，想亲自送女儿去北平而已。

张珍想，我是不是有点儿杞人忧天，自作多情地虚惊一场？他多么希望孙促的一番话纯属午后的呓语和玩笑，但他与孙促曾经一起执教，他知道孙促的品行，孙促不是那种捕风捉影、信口开河的人。张珍这时感到自己有必要澄清一些什么，他对孙促解释道，靳县长的小姐在北平读书，他是送她到学校去了。

但孙促对张珍的解释显得毫不在意，孙促似乎早已忘了自己刚才说过的话，忘记了不久前在东门外的木桥下看到的那一幕情景。孙促向张珍打听县里的款项，从去年冬天开始，学校里已连续好几个月没有给教员们发薪水了，一段时间以来，学校里的伙食坏得惊人。有些教员常在黄昏或夜里结伴去城外打狗，在宿舍里秘密地烹煮狗肉，一位物理教员因眼睛严重近视，被狗咬伤，至今尚未痊愈。教员们在屋里大肆啮啖的时候，都忘乎所以，没有人会想到窗外早已站满了垂涎三尺的学生。

“你看看，就是这样子，早就完了，早就不成体统了。”孙促说。

张珍说：“你是知道我的，我无职无权，只能替大家问问，打听一下。”

“你当年离开学校是对的，”孙促看了张珍一眼，“你命好。”

张珍说：“我好？你哪里知道，我也是风箱里的老鼠。在那个地方，我只是一个跑堂的，人人都是老爷，谁会把我放在眼里。”

“下一辈子，即使变成一只蚊子，我也再不愿做人了。”孙促说着，朝周围扫了几眼，“近来，好像有一些传说。”

“什么传说？”

孙促笑着，没有回答。张珍立即明白了他的所指，对孙促说：

“谣言，全是谣言。”

孙促说：“我就盼着那一天呢。”

“小心你的脑袋。”张珍对他说，“朱先生近来好么？”

“早死了。”

张珍一惊：“什么时候，我怎么不知道，我一点儿都不知道。”

“你不知道的事情多了。”孙促说，“近来，学校里有一个教员，已经失踪好几天了，我看是凶多吉少。”

“谁？”

“你不认识她，”孙促说，“她是去年秋天，暑假结束以后才来的，先在图书馆。哎，她可是个人物，既能代几何，又精通国文，还会弹风琴，一个很好看的女人。”

“她怎么会失踪？”

“天知道，从正月初六开始，她就不见了，有十几天了。”

“初六？”张珍寻思着，“靳县长家的小姐也是初六才从北平回来的……”

“这事难道与她有关系？不会吧。”孙促睁大眼睛，看着张珍。

“当然不会。”张珍说，“素昧平生，她们之间毫无瓜葛。”

现在是正月十六下午，节日后的街道显得比平日更加萧条冷落，午后，从西北方向涌来的乌云遮住了雾蒙蒙的太阳。张珍走在街上，一个时期，他感到这是一座无人的空城。一座徒具其表的一触即碎的玩具小城，脚下到处是红色的纸屑和瓜子、花生的空壳。从除夕以来，经过半个多月的欢跳、折腾，似乎人人都疲倦得再也打不起精神了，都昏昏沉沉地蜷伏在家里，一些孩子在街上拾捡着昨夜未引爆的爆竹，不时地发生着认真而津津有味的争执。在满街灰暗沉闷的光线里，几乎所有的房屋都关闭着门窗，街上寂静得像一个死气沉沉的夜晚。

张珍边走边想，都睡过去了，都睡死了，这会儿，只有我一个人像傻瓜一样地醒着，在空荡荡的街上走着。

一切都像是劫后余生。

张珍打量着那些生长在房屋之间的黑色的榆树和杏树，现在离它们发芽开花的时间还相当遥远，再过一个月以后，也仍然还是现在这副半枯半死的老样子。连日来的那些熙熙攘攘的人群都不知哪里去了，像一种声音一样突然消失了。看来，无论什么人，每个人似乎都有一个去处，都有一扇他能够推开的门，谁都可以永远地关上他那扇门，一直都不出来，不在亮处喧哗，不在人前露面，省略掉寒暄与问候，省略掉彬彬有礼、大方得体，省略掉装模作样，省略掉所有心机和应付的措辞。去他妈的答对如流，去他妈的风度翩翩、精明睿智，去他妈的高朋满座、大智若愚。

现在看起来，似乎谁都可以那样，但唯独张珍不可以那样。

张珍走进县政府，拿起电话，一连要了几次，县长家里一直没人接。现在，张珍完全相信孙促的那一番话了，孙促今天午后在东门外的木桥边的见闻是真实的，绝不是他的随心所欲的呓语与玩笑。县长一走了之，省略了多少事情，从某种意义上来说，县长像一个心系远方、轻装上路的游子。张珍有多少炙手可热的事情需要向他一一陈述。今天上午，好不容易通了电话，但县长老在打岔，像是在插科打诨。县长的那种口吻与措辞，很快便搞乱了张珍的心境与思绪。

张珍一时忘记了自己要说的话。几年前，县长去县立中学视察，在众多的教员中发现了张珍，张珍的苍白的脸色曾给他留下了很深的印象。县长对校长说，日本人刚刚赶走，国家正值用人之际，这样的栋梁之材你为什么一直隐瞒不报，这个人我要了。第二天，张珍便走进了县政府。

张书记长昨天去了省城。张珍放下电话，来到窗前，对面的房子里，机要室养的几盆朱顶红开花了，这会儿，一个女人正在花前浇水，女人的头发烫得曲曲弯弯的，像木匠手中的一堆刨花。从前院那边飘来了呛人的炒辣椒的气息，附在院墙上的一带琉璃瓦被梨树灰色的树枝分割得影影绰绰。张珍正在窗前出神，稽查科的一名职员端着一杯茶从门前经过，十分神秘地告诉张珍说，昨天晚上在街上观灯的时候，他看见财政科贾科长的太太了，贾太太满面春风，穿着裘皮大衣，与一个男人挽着手……

张珍说："好，真好。"

张珍离开窗户，来到桌子前。那个人探进头匆匆地向里边瞥了一眼，到别的房里去了。不久以后，张珍要通了赵司令的电话。

赵司令不在。接电话的是保安团的陈副官。陈副官告诉张珍说，赵司令这些天很忙，正在行刑室里拷问一个身份可疑的女人。

一个身份可疑的女人？

"是的，我们跟踪她很久了，"陈副官兴奋地说，"一个很漂亮的女人。"

张珍说："可以与林艳芳媲美吗？"

电话那边停顿了一下。“当然，”陈副官声音干涩地说，“她们不相上下，都不比对方差，各有千秋嘛，啊。”

“你很激动。”张珍说。

“哪里，没有我的事，”陈副官说，“赵司令亲自出面。”

张珍对陈副官说，他有很重要的事要立即见到赵司令。陈副官迟疑了半天，对张珍说：“那你就来吧，直接到行刑室。”

张珍走进潮湿阴暗的行刑室以后，垂挂在墙上的一些刑具映入他的眼帘，他惊奇地看到，有些刑具很像是耕作的农具。

赵司令正在与那个女人说话，张珍靠墙站着，那个女人坐在一张宽大的桌子后面，一头长长的黑色的头发从中间分开，向两边披泻下来，使人几乎看不到她的面容。

赵司令在灯下时走时停，对那个女人说：

“你说说，你为什么不愿意跟我，你要是能说出个理由来，我就放你回去。”

女人说：“我结过两次婚。”

“那有什么呢，”赵司令说，“我不计较，我不计较这些。”

“我有孩子。”女人说话的时候，仍然一直没有抬头。

“我喜欢孩子。”赵司令说。

女人许久没有说话，张珍看到她的肩膀在轻轻颤抖。张珍离开墙边，向赵司令走来，赵司令看到他后，微微吃了一惊：

“你怎么来了?”

“赵司令，我有要事要相告。”

“我正忙着呢。”

张珍望着那个女人的头发，对赵司令说：“她是不是县立中学的教员?”

“怎么，你认识她?”赵司令说着，转过脸看着张珍。

“不，我……”

赵司令满脸狐疑地望着张珍。

张珍说话的时候，那个女人忽然抬起头看了他一眼，但没有表示什么，很快又低下了头，一缕头发垂到了桌子上。

张珍感到一道刺眼的亮光从自己霉湿的心中一闪而过，行刑室里的灯光有些令人眩晕。他来到赵司令身边，低声对赵司令耳语了几句。赵司令忽然变了脸色，吃惊地说道：

“不辞而别？这个老狐狸，他是不是听到什么风声了?”

张珍说：“近来，我听说西门和南门……”

“我早就发现他靠不住，”赵司令打断张珍的话，“他终于还是走了，你知道他为什么这么着急，这么匆忙吗?”

张珍摇摇头。

赵司令笑着说：“我知道他怕什么，他是怕共军咬他的蛋。”

站在墙角里的几个行刑的士兵突然笑出了声，张珍没有笑，张珍看到赵司令含笑的目光瞟着桌子后面的那个女人。

张珍说：“赵司令，您……大敌当前，犯不着为一个女人生气，卑职以为，不如把她放了，让她回去教书……”

“什么，放了?”赵司令不高兴地对张珍说，“走吧，你走吧。”

张珍最后看了一眼那个女人，她的乌黑的头发充满了他的视线，使他的眼前变得一片漆黑，他几乎什么都看不见了，他的身体在黑暗中到处撞击着，墙上的鞭子像一条条僵死的蛇一样扭曲成一团。水桶、长凳、天窗、锁链、手电筒、毛巾、废纸、气孔……走上行刑室潮湿曲折的楼梯以后，从窗口射进来的一抹阳光晃得他闭上了眼睛，湿漉漉的头发贴在额头上，赵司令幽深的声音从下面飘了上来：

“女人都是这样，不把她的衣服剥光了，她就永远给你装正经，来，给我脱。”

九

这一天中最后的一点光亮正在渐渐消失。远处的山峦上、树林上的红色越来越少了，那些残存下来的星星点点的红色，如同番茄的红瓤或零散的豆瓣，远远看去，像是成熟在多年以前的一种可望而不可即的果实，一种悬挂多年的珍稀而多汁的果实。

暮归的羔羊使早已沉寂下来的大地显得更加昏暗，苍茫无边。经过安家堡以后，就再也看不到河流的影子与方向了，只能听到阵阵低远的流水声。断断续续的水声，像一些出没在傍晚里的小动物，在颜色深重的林中或壕沟里跳跃，闪烁，忽远忽近地回眸。

汽车在黑暗中奔驰。

靳文焕昏昏沉沉地睡了一会儿，一阵突如其来的颠簸使他在不安之中睁开了眼睛。醒来以后，他听到一种絮絮叨叨的声音，身边的太太正在抱怨，她的两条项链和一只镯子遗忘在家里的梳妆台上了，她是在汽车驰过安家堡以后才突然想起来的，她念念有词地唠叨着镯子的成色和一些莫名其妙的乱七八糟的事情。黑暗中，靳文焕看到她的牙齿闪来闪去。

靳文焕没有说话，将脸转向车窗，望着外面漆黑的景色，虽然根本什么都看不到，但他仍然将鼻子抵在冰凉的玻璃上，像小时候盼望母亲从外面回来那样望着远处。这会儿，他的睡意开始消逝，他突然对身边的这个喃喃自语的女人感到非常厌恶，虽然车内一团黑暗，但他仍然不想看到她。她的一条多肉的腿从上车以后就一直贴着他，现在他感到身上极不舒服，向车窗那边靠了一下，终于离开那条腿了。他刚喘了一口气，她忽然向他这边移动了一下身体，那条腿又贴了上来，他们的肩膀靠在了一起。靳文焕紧紧地贴着车门，已经没有可以回旋的余地了，再往那边挪，他就彻底从车里出去了。一大片黑乎乎的东西从窗外闪过，靳文焕匆匆瞥了一眼，没有看清那是什么。

一只手突然放到了他的身上，靳文焕的肩膀抽搐了几下，仿佛有一片蚂蚁正在他的身上悄悄蠕动，缓缓爬行。靳文焕的身体缩成一团，此刻，他多么渴望摆脱——那只灼热的手。车窗虽然一片冰凉，但他的脸颊贴上去以后，并没有感到多少寒意，反而使他的呼吸畅通了起来。他望着外面，用一种沉闷的声音说道：

“你睡一会儿吧。”

“不，我睡不着。”

是的，她是睡不着，车内尽管黑暗，她的两只眼睛却一直炯炯有神、毫无倦意，颠簸起伏的行程使她一直说个不停。在靳文焕看来，那全是一派胡言乱语。首饰、大衣、钟表、接应、沐浴、人情、性命攸关……一段时间以来，她翻来覆去说的就是这些车轱辘话。

一路上，根据汽车行驶时发出的声音，靳文焕闭着眼睛分辨着沿途的地形，沙子、浮土、水沟、河滩、缓坡，每当汽车行驶在细密的沙土路上时，周围便会变得十分宁静，车轮下传来的缜密细碎的沙沙声仿佛流动在谷仓里的粮食颗粒。汽车时而轻而易举地下滑，时而喘着粗气吃力地翻越黑魆魆的高坡。

不知什么时候，车灯突然亮了起来，一团茸厚的土黄颜色的皮毛出现在路上，稍纵即逝，很快便从前方明亮的光线中一闪而过，窜入路旁的灌木丛中消失了。

靳文焕感到眼前一亮。

坐在他身边的太太忽然从座椅上弹跳起来，欢呼了一声：

“兔子——”

司机说：“太太。那不是兔子。”

“什么？是一只过路的狼？”

“好像是一只狐狸。”司机说。

在徐徐而行的光线中，靳文焕看到路两边黑压压的，大部分的枝桠上部挂着白色的冰霜。循序渐进的灯光，像一条明亮而空旷的长廊，某些时候，路上荡起的尘土使那条长廊变得雾蒙蒙的，影影绰绰，灯光照亮了路边的土坑和黑色的落叶。温暖如火的灯光是一种假象，一度被驱散了的寒意又在光线中重新聚集。

沿途肃静而绵延的树木，像正在班师回朝的重兵。

靳文焕突然对司机说道：

“不要开灯。”

车灯灭了，一切又恢复了黑暗，长廊消失了。靳文焕现在感到身上很冷，他清楚地听到自己的上下牙齿磕碰了几声。走得太匆忙了，他身上只穿了一件夹衫，没有更多的衣服。夜深了，外面的寒气正在越来越多地向车里泄漏，涌入，他情不自禁地往太太身边靠了靠，她的温热柔软的肉体让他感到一丝欣喜。

这会儿，她并没有睡着，靠在座椅上，眼睛望着前方，似乎在想什么心事。黑暗中，靳文焕伸出自己的一只手，开始摸索着寻找她的手。太太似乎早已意识到什么，立即把她的一双手全送了过来，她的头也靠在了他的胸前。靳文焕握住她的手以后，心里不禁一热，若非多年的夫妻，是很难会有这种默契的，眼前的情形，或多或少地含有一种滴水不漏、天衣无缝的意味，许多其他的东西是很难在这个时候插进来的。现在，女人头发上的幽香开始在他的脸前弥漫，靳文焕紧紧地握着她的手，身上似乎已不像刚才那么冷了。

刚才，在车灯亮起来不久以后，太太忽然恍若大悟地想起了一个比较严重的问题，她记起来今天是正月十六，以前她曾不止一次地听人说过，正月十六是一个不吉祥的日子，尤其不宜出门远行。而此刻，他们一家人却正在黑暗而漫长的路上，前不着村后不着店，北风呼啸，霜寒遍地。女人语无伦次地说完之后，用一种焦虑不安的神色望着靳文焕。

靳文焕无可奈何地长叹了一声，这个女人，真是岂有此理。

“正月十六不吉利？一年三百六十五天，哪一天是黄道吉日？”靳文焕冷笑着，说道，“哪一天都不吉祥，你要是不愿意再往前走，这就把你再送回县里去。”

“你这个人，”太太说，“你怎么就不让我说话呢，我说什么都不对。”

“对。”

从上车以后，他们的女儿一路上一直都在昏睡。司机的嘴边叼着一支烟，红红的烟头一闪一闪的。这会儿，靳文焕握着太太的一双手，压低声音在她耳边说道：

“这些天我心里很乱，看什么都不顺眼，有些话……你不要怪我。”

“我从来没有怪过你。”女人柔声地说道。

“我是你的人，我怎么会怪你呢。”

黑暗中，他们用力拥抱了一下。靳文焕的手在女人微弱的声音中停留在她的胸前，脸贴在她的乳房上，慢慢地闭上了眼睛。

……高大巍峨的城墙像海绵一样柔软，许多守城的士兵已身陷其中，不能自拔。靳文焕看不到他们的身体，只能看到一些密密匝匝的头正在不停地摇来摇去，他们的身体似乎都深深地浸泡在水里。有人在狂呼乱喊，陷阱……蚂蚱……大刀……天上奔驰的云彩像无数受惊后四散而去的羊群。靳文焕健步登上瞭望台，向下面频频地挥手致意。那时候，他突然看到了太太，面对呜咽浑浊的护城河水，太太独自一人在高大阴暗的城墙下低声哭泣，她的红色的披风被城门口的风吹落在河边的壕沟上。太太忧心忡忡地向靳文焕诉说道，到外地去，我们在哪里落脚呢？谁来庇护我们？太太的回声在风中回荡。这真是一个渐渐临近的实实在在的问题，这种时候，无论见到任何人，都不会有好果子吃。偏远的小城像一座安静的树林，护城河里什么也没有，每天飞临的鸟儿像循规蹈矩的安于现状的职员，日日来往于蛛网般的大街小巷之中。郊外的风夹裹着壕沟里潮湿的水汽穿过城墙上的窟窿和漏洞，箭一样地射向城中的各个角落，针针见血地扎在四面八方。

天上下起了小雨，远处，敌人的帽子已暴露在雨中……

靳文焕解开上衣的第三道纽扣，从怀中掏出那块老牌的瑞士怀表，放在手中久久地端详着，然后，他校正了一下时间。

汽车突然停下了，靳文焕从昏睡中惊醒。司机划着了火柴，正在点烟。

“出了什么事?”靳文焕问道。

司机回答说：“县长，咱们好像迷路了，前面是沙河……”

十

傍晚。

县立中学国文教员孙促来到张珍家里。这个体质文弱的谦谦君子，先是小心翼翼地在外边敲了几下门，待听到里面传来说话的声音后，这才轻手轻脚地推门走了进来。

屋里的情景使刚刚走进来的孙促微微吃了一惊：张珍脸朝下趴在炕上，他的妻子钟芸分开两条腿骑在他的背上，正要有节奏地上下左右颠簸摇晃，张珍闭着眼睛在下面哼哼呀呀地叫着：“哎呀，我的妈，再使点劲，右边，……不对，左边，哎呀……啊……”

孙促迟疑的身体僵立在门边，他轻咳了一声，说道：“这是……”

钟芸急忙停止了颠簸与摇晃，脸色绯红地从张珍的身上下来，抬手理了一下凌乱的鬓发，不好意思地对孙促说：

“他的腰痛又犯了，一回来就趴在炕上，我给他捶了一阵，没起作用，这才……”

“老孙，你说我是不是贱骨头，不受压迫就不舒服，”张珍睁开眼，望着孙促，“被压迫了，被践踏了，这才多少好受一些。钟芸，给老孙倒茶。——老孙你坐。”

孙促来到张珍面前，十分关切地问道："怎么样，痛得厉害吗?"

"老毛病了。"张珍说着，翻身从炕上坐起来，皱着眉头活动了一下腰身，嘴里发出吸吸溜溜的声音，像是岔了气。

"我听说南门有一个张小鹤，会推拿，治腰酸腿痛很有一手。"孙促说。

"我找过他，"张珍说，"他不行，捏着一根银针到处乱戳。"

这时，钟芸端着一只茶盏走进来，放到孙促面前，请孙促喝茶。

张珍说："我也喝。"

钟芸对孙促说："老孙，我不知道男人们为什么总叫喊腰痛?"

"不清楚，不清楚，"孙促摇着头说，"大约是太劳累了吧。"

张珍说："就是南门那个张小鹤，我问他我为什么时常腰痛，他半天不吭气。老孙哪，我看他不是个什么好鸟。有的人不干那种事情，可他们也照样腰痛。去年腊月二十二，我跟随靳县长去静安寺，一个老和尚手里拿着几块膏药，正在韦驮殿里的一尊佛像前哼哼。"

孙促今晚到张珍家里，是来向张珍打听学校里那位失踪的女教员的下落。不久以后，张珍就看出他的来意，孙促对这件事情看上去十分关注，表现出一种与他的性情相悖的罕见的热情。张珍暗自想道，孙促这样做，就不再是以前的那个孙促了。张珍想起了午后在保安团行刑室里看到过的那一幕情景，那个女人又长又黑的披泻下来的头发给他留下了一种很深的印象，孙促难道与她有什么特殊的关系吗？想到这里，张珍用一种失败的口吻开门见山地对孙促说：

“我还没有打听到她的下落，我问了很多人，都说不知道。”

“是吗？”孙促微微扬起脸，现出一种几乎不易察觉的失望和惊讶，随即又低下头去，伸手端起面前的茶盏，注视着上面的兰花，平静的脸上毫无焦渴的迹象，他就那样一直把茶盏端在手里，既不放下，也不往嘴边送，“难得你还记着，你要不提起，我倒忘了。”

张珍说：“你嘱咐过的事情，我怎么能不记在心上呢。”

孙促说起了学校里面临的一些困难，薪水、秩序、粮食、书籍、误人子弟，等等事情。窗外传来了阵阵通通的声音，有人正在操场上踢球。对面的一间房子里亮起了灯光，灯光透过树枝照射过来，把张珍家里白色的窗纸映得微微发红，恍惚中窗前已滞留了一种似是而非的暖意。张珍用平缓的声音安慰孙促：

“会有她的消息的。这么一个小小的县城，骑一辆自行车，半个小时就能跑遍全城，不用说找一个大活人，就是一根绣花针也能把它找出来，除非它长了翅膀——”

钟芸做好了晚饭，将一个小方桌摆在炕上，又将几个小碟摆在桌上。这以后，张珍与钟芸一齐挽留孙促，孙促放下手里的茶盏，执意要走。经过一阵争执之后，张珍看到孙促的脸变得通红，呼吸十分急促，便不再勉强了，孙促在张珍惊愕的目光中推门出去了。张珍出神地望着，耳边听到一声门响，张珍感到孙促那个仓皇离去的背影，带有一种十分明显的逃之夭夭的意味。

钟芸端来饭，在收拾刚才用过的茶盏时，她看到了那杯原封未动的水，钟芸问张珍说："他没喝水，一口都没喝?"

张珍坐在小桌前，一副等待吃饭的样子，他望着扎着花围裙的钟芸，嘴唇动了动，似乎想说什么，但又终于什么也没说。钟芸飞快地瞥了他一眼，看到窗纸上的亮色在张珍的身后形成了一片微暗的红光。

漆黑的夜风吹拂着窗纸，窗户上众多的小木格一齐震响，发出呜呜的声音。距此很多年前的一个夏天的黄昏，七岁的张珍微闭着眼睛，连日来时起时落的高烧使他一直呓语不断，他躺在一只小巧的枕头上，嘴里含糊不清地说着一些互不连贯的话。"马车来了……妈妈再见……"那时候，有一个人突然走进了院子里，那个人大步流星地来到屋檐下，把一张脸紧贴在窗户上，然后鼓起两片厚厚的嘴唇，将窗户上的白色的麻纸吹得呜呜作响，使张珍误以为是黄昏里飘来的琴声。琴声里，张珍看见那些整齐玲珑的木格窗户变得越来越大，窗棂上的浮土被震荡起来。有一种眼泪常被人称作断线的珍珠，张珍现在看到的那种正在簌簌下坠的浮土，就很像那种伤心的泪水。……不知过了多久，母亲带着大夫回来了，他们焦虑紊乱的脚步声出现在门外的时候，正在鸣响的窗户突然平静了下来，此前的一切声音全都消失了……很多年，那个从黄昏里走来的吹琴人，一直像一个坚定的影子一样活在张珍记忆之中，随着张珍年龄的长大，吹琴人黑色的身体轮廓也日复一日地变得越来越大，如一棵渐渐长高长粗的枝繁叶茂的大树。后来，终于有一天，张珍感到记忆中的这棵大树已大得不得了了，到了一种不能再大的地步，那种无穷无尽的扩张和延伸令人难以置信，张珍有限的记忆再也难以使他栖存了，他要出去了。一天夜里，张珍听到一阵呼啸，吹琴人巨大的黑色轮廓像水一样漫过张珍的记忆和身体，终于远去了，张珍感到自己的记忆和身体在一瞬之间变成了一具寂静的躯壳或空巢……

眩晕的体验一直持续到天亮。

县长靳文焕突然出走的消息笼罩着钟芸的情绪。晚饭之后，钟芸在收拾残局的过程中，失手打碎了一只杯子，她望着地上的碎片，惊叫了一声。灯光下，显现在钟芸脸上的团团阴影，使张珍意识到自己在不经意之间又犯了一个错误，他怎么会想起来把县长出走的事告诉她呢，是一时的疏忽，说漏了嘴，还是心绪飘荡，不吐不快？最初的起因与背景他想不起来了，他说过之后便很快忘记了，但钟芸却记住了，整整一个晚上，她都在认真地琢磨这件不可思议的事情。张珍在心里对自己说，女人啊，真是什么事情都不能对她们说，好话坏话都不能对她们说，好话使她们忘乎所以，得寸进尺；坏话使她们翻脸无情，形同陌路。无论从哪个方面去看，结果都是相当棘手的。张珍觉得自己是犯了糊涂，他不知道自己为什么会突然想起说那件事情，难道在说它的时候，能从中得到一种什么快乐吗？似乎也并没有多少快乐可言，说到底，那本来就不是一件什么好事。

“我真是发昏，我怎么会把政府的机密泄露给你呢？”张珍对钟芸说，“除了我，没有几个人会知道这事。”

“你是有点儿发昏，”钟芸鄙夷地说道，“能跑的都跑了，就剩下你这个木头了。”

“哎，我说，你怎么知道他是跑了？”张珍说，“堂堂一县之长，能说跑就跑了么，假期结束了，他是送他女儿去北平上学。”

"等着看吧。"钟芸解下腰上的围裙，塞到一边。

晚些时候，住在对面平房里的周太太来了。今天午后，家里忽然来了两个她不认识的人，不久以后，她的丈夫周先生就跟着那两个人走了，临出门时，告诉她说他们去县里开会。下午，周太太在隔壁一家人那里打了几圈牌，回来后又洗了几件衣服，时间很快就在不知不觉中过去了。晚上，她早早地做好了晚饭，可一直等到现在，周先生仍然没有回来。她向张珍打听县里在开什么会，商议什么事情，为什么会如此冗长，至今仍不见结束。

张珍貌似平静地望着焦虑不安的周太太，他突然感到有一种不可名状的东西在自己的心里坍塌了，周太太讲述的事情和她的那种情绪像一种可怕的病菌一样很快便笼罩了他，使他吓了一跳。如果周太太所说的完全是实情，事情就有些非常不对劲了，因为县里根本没有开会。靳县长走了，张书记长去了省城，赵司令整整一下午在行刑室里对付那个漂亮的女人，这种时候当然是不可能开成任何会议的。再说，县里的任何一次会议，没有他这位书记员不知道的，以往的许多会议都是直接从他的手里上传下达。那么，周先生今天下午到底去了什么地方，来找他的那两个人会是什么人呢？

"周太太，请坐。"

"县里根本就没有开会，是吧？"周太太距离很近地盯着张珍，仿佛要把她对面的这个吞吞吐吐的人彻底看穿，她从张珍的那种惴惴不安的神色中似乎已意识到了什么。她对张珍说："打我从窗户里看见你的那时候起，我就明白了他们说的开会是假的。"

张珍点点头。以前，他一直以为这是一个糊涂的女人，现在看来，恰恰相反。此刻，张珍不知道自己该怎样对周太太说，更不知该对她说些什么。他一边在心里努力搜罗词语，一边试图把连日来的一些莫名其妙的事情和某些征兆联系起来，琢磨这些东西，他感到自己的脑子里很乱，他看到的只是一些零零星星的碎片，没有哪一件事情是有头有尾的，非常完整的。他知道许多看似杂乱无章的风马牛的事情，实际上最终都是要朝同一个方向去的，殊途同归。只要有一根能够指明方向的绳子，那些似是而非的谜团一样的东西便都会不邀自到地联结在一起，现出原委，真相大白，成为一条藤上的手足。可是，他找不到那根贯穿其中的绳子，他不知道它们所有这些最终要归向哪里。

钟芸来到周太太身边，让她在一张椅子上坐下。坐了没有几分钟，周太太忽然又站了起来，对张珍说道：

“他不会是去找什么女人吧?”

“周太太，这话用在周先生身上，是不恰当的，”张珍无可奈何地苦笑了一下，“周先生是什么样的人，你还不清楚么。”张珍现在也在考虑周先生的真正去向，周先生埋头学问，在教学之余，致力于塞上民谣的搜集与研究，他恪守孔孟之道，信奉君子之交淡如水，由此看来，今天下午来找他的那两个人也不会是什么狐朋狗友。周太太说周先生的朋友本来就不多，寥寥的几个她都认识，但那两个人她却从未见过。周太太说话的时候，目光里凶多吉少，张珍一边安慰她，一边暗自思索，他不认为这事与谋财害命有关，周先生为人古板，家境清贫，学校里又连续几个月没发薪水了，当然没有人会因此打他的主意，除非那个人是个傻瓜。……难道是出了别的什么事情?

夜深了，周围安静了下来，傍晚以来先后亮起来的灯光正在逐渐减少，像一束束寿命短暂的花朵一样很快都凋落了，到最后，只剩下张珍一家还亮着灯光。周太太带着满腹疑问与迷惑离去了，钟芸一直将她送了出去。钟芸在黑暗中站在一棵树下，目送着周太太回了家。树梢上似乎挂满了风声，簌簌作响的风声听起来十分萧瑟。周太太进门的那一刻，钟芸看到她的衣服被吹拂得飘飘欲飞。

钟芸在树下打了一个冷战，急忙回到屋里。她对张珍说："周太太来咱们家，是想向你讨个主意，宽宽她的心，你倒好，你显得比她还没主意，比她还慌乱。"

张珍说："我是那样的么，我一直都在考虑她说的事情，脑子里一刻也没闲着，我看上去真的比周太太还没主意吗?"

钟芸说："你自己当然看不见你自己，我和周太太看得清清楚楚。"

"我这会儿非常头晕。"张珍说。

钟芸关好房门，落下插销，她忽然若有所思地对张珍说："哎，我想起一件事情，你说周先生会不会……"

"说什么傻话，睡觉。"

张珍满脸倦意地在灯影里躺下，侧着身体，伸出一只手在背后捶了几下。这会儿，他感到腰部又在隐隐作痛。

早上出来的太阳带着一种水蒙蒙的雾气。张珍在睡梦中突然被钟芸用力摇醒，他昏昏沉沉地闭着眼睛，没有理会她的近乎粗暴的动作，他还想继续蒙头大睡，连日来的疲劳使他感到心力交瘁，他渴望能够长睡不醒。他在心里埋怨钟芸，这个女人，竟一点也不懂得体谅男人。

“还睡?”钟芸说，“你起来看看，一夜之间发生了多大的事情——”

钟芸刚从外边回来，她的身上沾满了早晨的寒意。黎明时分，她忽然听到一阵枪声，起初她以为是持续不断的梦境在延伸，不久以后，她听到了另外的一些声音。她悄悄起来。那时候，窗外似乎有不少人正在走动，奔跑，窃窃地低语，大声地喊叫 。一阵锣鼓声突然在附近响起。钟芸看了一眼睡在身边的蜷曲成一团的张珍，她伸手抓过自己的一件衬衣，飞快地穿上，一种模糊而执着的征兆使她突然意识到，外面发生了不同寻常的事情。锣鼓声响在正月十五与除夕之间的任何一天，都是正常的，但现在已是正月十七的早晨……钟芸穿好衣服出来，跟在几个人的后面来到街上。走了没有多远，这时，她忽然看到一些“庆祝解放”的横幅标语正在早晨的空气里缓缓飘动，她立即惊讶地停下来，开始抬头仰望，她闻到了早晨甘洌而清冷的气息。不久，她看到身边的一些人也像她一样在抬头仰望，视线中的标语如渐渐聚集的飞鸟一样似乎越来越多，有些人感到手忙脚乱、目不暇接，他们的头像向日葵一样随着出现在四周的标语而不停地旋转，改变着方向和角度。有些标语从树梢上垂悬下来，有的出现在房屋的山墙上和高高的屋脊上。

钟芸来到街上的时候，街上已到处都是人，钟芸对那么多闻风而动、黎明即起的人感到难以置信，与他们相比，她起来得太晚了，而她的丈夫张珍此时却仍在熟睡不醒，像一堆没有知觉的衣服。沿街一带的房屋前站满了早起的人群，街上传来隆隆作响的声音，在徐徐而行的吉普车与蒙着绿色帆布的卡车后面，城外的部队正在有条不紊地入城。钟芸看到了乌黑的枪口与骑着白马的军官，驮着辎重的马匹像骆驼一样缓缓地穿过城门……

鲜艳的红绸在地上旋舞。

早起的人们正在奔走相告……钟芸突然看到了一个忙碌而熟悉的身影，他风尘仆仆，像一个旅途中偶尔停下来的行人，正在煞有介事地向身边的几个披红挂绿的人交代什么。他注视着一队载歌载舞的县立中学的男女学生，伸手摘下眼镜，擦拭着蒙在镜片上的水雾。

钟芸想起了此时尚在家里熟睡的张珍，她觉得有必要立即回去叫醒张珍，外面如此喧嚣，仿佛一切都已乱了方寸，而他却破天荒地睡得像一头死猪，像一个中了蒙汗药的珠宝商人，张珍以前可从来不是这样的，每天早睡早起，谨小慎微……钟芸从人群里闪身出来，开始向自己的家里走，她围着一条红色的围巾，嘴里不时呵出一阵寒冷的白气。这个温柔贤淑的少妇，一点儿也没有意识到自己白净柔滑的脸上正滞留着一种久驻不散的红晕，她在回家的路上，只感到自己的脸颊在隐隐灼烧，像当年第一次初识张珍的时候那样。

在大门一侧，她遇到了国文教员孙促，孙促拎着一只冒着热气的水壶，正在匆匆地向外走。钟芸叫了一声老孙，但孙促没有听见，孙促似乎根本没有注意到她。她一边向家里走，一边想，老孙看上去很忙。

钟芸回到家里，生着了火。不久，锅里的水发出了吡吡吡的声音。她走到炕前，轻轻地摇晃着熟睡的张珍。她从颈上取下围巾挂到一边，屋里弥漫着水汽使她渐渐感到润泽而温暖。

“让我再睡五分钟，”张珍含糊不清地说道，他的头在枕上摆动了一下，“靳县长回来了，县里今天又要开会了……”

“军队已经进城。”她说。

张珍身上的被子滑落到一边，她的冰凉的手指触到他的裸露在外的肩膀时，张珍突然浑身哆嗦了一下，睁开眼，翻身坐了起来。

……

现在，张珍打开窗户，远远地从窗口望去，张珍看到了那片熟悉而亲切的显露在树枝中间的院落。此刻，在那片灰色的屋顶上面，一面红旗正在迎风飘扬。

“我看到周先生了。”钟芸说着，将那个小方桌摆到炕上。

一个女人从窗外走过，嘴里唱着：“猪啊羊啊，送到哪里去……”是周太太。张珍叫了一声：“哎，周太太……”

钟芸将早饭放到小方桌上，对张珍说：“吃过饭，咱们去看秧歌去——”

“不，我不要……”张珍回过头来，愣了片刻，突然惊恐万状地向窗外的那棵树下跑去。张珍紧紧地抱着发黑的树干，眼睛望着钟芸手里的一只饭碗，他说：“我知道你，你端的是毒药……”

原载于《锺山》一九九四年第六期

阴　沉

清明节前的一天，树枝还没有发绿，在灰蒙蒙的天色里，有一个人来到刘小秋的家里找刘小秋。刘小秋的邻居吴门礼在自己的家门前劈木柴的时候，听到一个尖细的声音从隔壁的院里飘了过来。吴门礼劈开一个木墩子，当他再停下手里的斧子时，隔壁院里的那个尖细的声音已经消失了。吴门礼握着斧子，竖起耳朵，他的手忽然猛烈地抖了一下，斧子差一点儿砸到自己的脚上。

天黑以后，刘小秋从外面回来了。刘小秋一边在自己的院子里干活儿，一边低声哼唱着。后来，刘小秋无意中抬起头，忽然看到他的邻居吴门礼的一张脸出现在两家之间的墙头上。吴门礼站在院墙的那边，脚下踩着一架梯子，将一张脸搁在墙头上，目不转睛地向刘小秋的院里看着。吴门礼的那张脸很苍白……刘小秋朝吴门礼笑了一下，又低下头干自己的活儿去了。

过了一会儿，刘小秋起身去找一把榔头。他抬起头以后，不无吃惊地看到吴门礼的那张苍白的脸还在墙头上，刘小秋听见自己的脑子里嗡嗡地叫了两声。吴门礼睁着两只眼睛，但样子分明已经睡着了。刘小秋笑了一下，开始到处寻找那把榔头。刘小秋知道自己的脸上此刻没有笑容，他的一条腿刚才蹲得有些麻木。有些事情使他感到奇怪，比如现在，他的内心一直在笑，可那种由衷的笑意就是不能在脸上表达出来。比如吴门礼，这么半天来一直趴在墙头上干什么呢？既不说话，也没有什么表情，以前他从来不这样。……刘小秋慢慢地在自己的院子里走着，到处看着，像一位初来乍到的客人。榔头他没有瞧见，他在菜畦的一边找到了一个无柄的木槌。木槌没有什么用处，安上手柄也没有什么作用。天越来越黑了，许多东西都看不清了。刘小秋边走边想，要不是还有我在院里来回地走来走去，这个院子会一点儿声音都没有，所有的一切都像是死了。活着真是可怕呀，没有人的日子真是可怕呀！吴门礼的那张脸像是一张面具，什么作用都不起，要起也只能是某种坏作用。

晚间的炊烟在他们的头顶上面散去以后，两个邻居正在黑暗中说着话，一个在墙头上，一个在墙头下。刘小秋仰起头，他看不到吴门礼的脸，只看到墙头上浮现着一个黑乎乎的东西，那就是吴门礼的头。更高处，是深蓝的夜空，是他们永远都无法看透的地方。

刘小秋站在院墙下面仔细地听着，吴门礼把上午发生的那件事对他说了一遍。吴门礼说的那种“尖细的声音”把刘小秋吓了一跳。那会是谁呢？刘小秋在黑暗中想道，他的舌头飞快地跳动着。他不知道谁会来找他。

“你真的没看见那是谁吗？”刘小秋仰起脸朝上面问道。

“没有。”吴门礼在黑暗中说道。

刘小秋的脖子有些酸困，他垂下头，一个人低声地自言自语。一些含糊不清的声音飘入他的邻居吴门礼的耳中。

“你真的没看见那是谁吗?”刘小秋又仰起脸朝上面问道。

“没有。”吴门礼在黑暗中说道，“你问过几遍了。我没看见。”

“我平时天天在家，从没有人来找我。”刘小秋说，“今天，我有事出去了一下，偏偏就有人来了……他喊我的名字了?”

“当然。不然我怎么会知道有人来找你?他就用他那种尖细的声音在叫你，他说，‘刘小秋’……‘老刘’……‘你出来一下老刘’……又喊了几声，他的声音还是那么又尖又细，可越来越低了。”吴门礼趴在墙头上说着。

刘小秋仰起头朝上面看着，他看到墙头上有一道白亮的东西，像半把梳子。他想，那一定是吴门礼的牙齿。

“你敢肯定他不是一个女人吗?”刘小秋说，“那么细的声音……”

“我听着不像。”吴门礼说，“你今天干什么去了?一白天都没看见你的影子。”

“你觉得他会是谁?”

“我觉得?我没觉得他是谁，我连他的影子都没看见，我怎么敢肯定他是谁?”吴门礼说，“他那么压低声音叫你的名字，叫得我心烦意乱。等我后来拿着斧子，顺着梯子上来以后，他早就不见了，他跑得比鬼……”

“你拿着什么?”刘小秋说，“你站在梯子上，手里举着斧子?”

“是呀。”

“你站在梯子上，手里举着一把斧子?一把明晃晃的斧子?”

“怎么了?不让我拿吗?我正在院里劈柴,不拿斧子拿什么?难道我应该端一只碗吗?”

“唉,唉,你拿一把斧子干什么呢?”

“你是说我把他吓跑了?他以为我要杀他?是不是?”

“难保他不那样想。你想想,这个世道是多么险恶,每个人都像是惊弓……”

“不管多么凶险,那也轮不着我下手。不管什么世道,你,我,咱们能保证不被人杀,那就烧高香了,哪里还轮得上去杀别人?我为什么要杀他?我连他是谁都不知道,我只听到他在你的院子里像鬼一样叫个不停……”

“你没错。”

“咱们做了二十多年的邻居,你是了解我的,我连只鸡都不敢杀。”

“不说他了,好吗?既然他要找我,他还会再来的。”

这以后,吴门礼顺着梯子下去了。不久,刘小秋听到吴门礼的院子里传来一阵泼水的声音,接着是关门的声音,吴门礼嘟嘟囔囔的自语也最后消失了。墙上的一根青藤忽然飘拂起来,在刘小秋的脸前打了一下。刘小秋捂着脸回到屋里。前天上午,刘小秋的老婆带着他们的五岁的孩子回娘家去了,临走时发誓说永不再回来了。女人走了,刘小秋不曾在意。发誓算什么呢?这个世上的人哪个没有发过誓?发誓只不过是热血涌到了脑门上,迫不得已说一两句过激的、强硬的话,过去之后,该干什么照做不误,谁让她们是女人呢,刘小秋想,天下的女人都是一样的,大同小异。想想她们生气时的那种激愤的样子,难道不可爱吗?是的,没有什么大不了的事情,痛心疾首也不起什么作用。

他在黑暗中躺下。

不久以后，刘小秋没有吃晚饭便不知不觉地睡着了。梦中的景象平静而神秘。一开始，邻居吴门礼的那张苍白的脸浮现在两家之间的院墙上，看上去如一种祭祀的供品。刘小秋痛哭流涕，逢人便说，真是可怕呀，活着真是可怕呀！真是想不到啊，想不到吴门礼会成为恐怖的象征，成为一种不祥之兆。吴门礼的身体像一张纸，在单薄而充满裂缝的竹梯上飘动不息，仿佛没有人能够用手按得住，谁都无可奈何。沙子湿漉漉的，到处都能看到那种又湿又红的细沙子。两个女人在沙子上扭成一团，她们在互相撕扯，都想吃掉对方，但情形极为亲密。两头健壮的母兽。

那时候，有人正在拼命地敲打吴门礼的房门，刘小秋被惊醒以后发现窗户被吹开了，一些凌乱的帷幔在黑暗中飘舞着，发出连续不断的簌簌的声音。刘小秋感到自己在虚浮的帷幔中出没着，像一片起伏的树叶。敲打吴门礼房门的那个人深夜出来找人，找错了地方，他摇摇晃晃地进入这条巷子以后，几乎敲遍了沿途经过的每一家的门。他看到每一处房子都似曾相识，但敲过房门之后才发现每一处又都不是他要找的。渐渐的，随着夜晚的深入，巷子里差不多所有的房屋都被他敲遍了，但他始终没看见有一个人出来。深夜敲门的人愤怒了，他忘记了自己的麻木的手指，开始用头和肩膀拼命地撞击那些死气沉沉的房门。

巷子里灌满了风声。刘小秋站在窗户前，望着外面的漆黑的夜色。也许天快亮了……他想道。被风吹动的帷幔这时从他的头顶上面滑落下来，像一条长长的围巾一样搭在他的脖子上，刘小秋毫无察觉，因而，丝毫谈不上什么体面或惊悸，垂落的帷幔没有给深夜伫立的刘小秋带来什么。他听到那个人的头在吴门礼的房门上撞破了，敲门的人声音沙哑地惨叫着。敲门的人一定是个夜不归宿的醉鬼，刘小秋想。一个人只有彻底醉了，才会这样不顾一切。是的，他醉了，也许他一直规规矩矩，一直在夹着尾巴做人，这算是破天荒的头一回，难得一醉，而眼前的情形……他的头撞破了，黏稠的血遗留在木质的纹路里，甚至门环上。在没有灯光的夜晚里，血是一种漆黑而腥甜的液体，黑暗掳走了它的红晕，它艰难地流动着，无声地渗漏着，像一摊倾翻的水墨。

刘小秋正要关上窗户，这时，他忽然听到隔壁的房里传出吴门礼的声音，吴门礼用一种气急败坏的声音对那个不知疲倦的敲门人说道：

“别敲我的门！我不在！”

听见吴门礼这样说，刘小秋在黑暗中笑出了声。

他伸手扯过一条帷幔，捂住自己的嘴。帷幔上的灰烬和尘埃使他想起了一些尘土飞扬的日子，大风将周围的道路刮得干干净净，没有花朵，没有叶片，沿途的枯枝像干涩的蜡烛……是的，别敲我的门，我不在，我什么时候都不在。庭院里满是过去岁月的灰烬，水槽倾翻了，一个人的枯槁无神的影像浮现在发黄的雨水里，沉浮，漂泊，随波逐流……燕子的巢在滴血，像钟表一样不回头地走动着。生命苦短，时蹇命乖，此后的日子里，此后的每一天、每一年，再也不会与哪一个女人发生可笑的龃龉了，不是自己的老婆，不是某一个女人，而是所有的女人。天意苛刻那是另一回事。一个与女人都无法相处的人，有什么可得意的，有何荣耀可言？活着不如死去……刘小秋关好窗户，伸手在自己的脸上抚摸了一下，脸上的水迹使他吃了一惊，他不知道那是什么。隔壁院子里吴门礼的声音消失了。房子里的某个角落好像在漏风。受潮的木器……生锈的铁……裂痕隐现的瓷器，……尘埃下的纱……从头至尾，没有什么值得骄傲的东西。

现在，那个人从吴门礼的门前离开，来到巷子的尽头，敲响了刘小秋的门。

“老刘，”那个人停住敲门，压低声音叫道，“你在家吗？”

“吴门礼不在，”刘小秋说，“我也不在。”

“吴门礼是个王八蛋，难道你也是吗？不敢学他那样。”

“我真的也不在。”

“是的，你在家里，你在。”

“我不在。”

“唉，我敲了那么久，没有一个人给我开门，这个世界上好像到处都是墙。老刘啊，你在哪里？我怎么看不见你？”

“你用不着看见我，我对你一点儿用处也没有，知道吗？”

“唉，你这样说话让我感到很难过。老刘啊，你不知道我活得多么没有意思。”

“你用不着找我，我活得也没有什么意思。我一点儿也不骗你，我说的是真话。”

“你当然是在骗我，谁不知道你活得很热闹？表面轻松，内心得意，什么事都想插一手，向别的女人献殷勤，对自己的老婆既吵闹又安抚，那不是意思又是什么？”

“那也能叫意思？那是没有办法的办法。就算那是活着的意思，以后也越来越少了，我再也不会向谁献殷勤，也不会与谁吵闹了。”

“老刘，你出来一下好吗？”

“不好。”

“老刘你出来一下。”

“我为什么要出去？我不出去。”

“你应该见我。你要是想活过明天，你就应该开开门，大大方方地出来……我在来时的路上遇到一个哭泣的女人，她是你爷爷的老婆。”

第二早晨，刘小秋刚睁开眼睛，就听到隔壁的院里又传来了吴门礼劈木柴的声音。刘小秋一边吸烟一边想，吴门礼这是怎么了？昨天晚上已经劈好一大堆木柴了，整整齐齐地码在窗户下面，今天早上一起来怎么又噼噼啪啪地劈开了？准备那么多的木柴干什么呀？劈柴也会上瘾？

刘小秋穿好衣服以后，没有给自己做早饭，一个人在院子里走来走去。早晨的空气很新鲜，有一种微湿的带土味的下雨后的气息。昨天夜里也许落过一阵小雨，几分钟，十几分钟，还没有将地皮打湿，雨线就又突然断了。是的，夜里的情形一定是那样的。刘小秋仰起头朝空中看着，没有阳光，又是一个阴天。隔壁的院子里，吴门礼劈木柴的声音听上去很不集中，东一榔头，西一棒槌，他的咳嗽声倒是接连不断，一鼓作气的。

很多人活得都像一些瘟鸡一样，刘小秋想。天黑了，上床睡觉，早上一睁眼，首先想到的就是要吃饭。吃饭干什么呀？完全可以免了。刘小秋低声对自己说。是的，今天早上我就不想吃饭，坚决不吃，说什么都不吃，谁劝也不行。是的。木柴、粮食，都去它们的，我没有心情摆弄它们，哪怕它们都发了霉！吃饭是一件多么麻烦的事呀，即使只喝一小碗粥，也得首先把火生起来，不是吗？吴门礼不断地劈木柴，正是为了一次又一次地生火，一顿接一顿地吃饭，不至于青黄不接。

暖水瓶里空空的，刘小秋使劲摇了几下，从里面倒出一股黏稠的白浆。于是，他端着一只空缸子，踩着梯子爬到墙头上。这时，他看到吴门礼蹲在地上。刘小秋吃了一惊，早上一睁眼他就听到吴门礼在使劲地劈木柴，可是现在看上去，吴门礼并没有在劈木柴，打扫得很干净的院子里连木头渣子都看不到。真是奇怪呀！我怎么会听到劈木柴的声音？刘小秋端着那只空缸子，呆呆地站在梯子上。

吴门礼蹲在地上，很久没有动一下。他们的院子收拾得很干净，洒了清水。吴门礼不像是因劈柴劳累而停下来休息，倒像是在研究地上的蚂蚁。蚂蚁有什么好看的？刘小秋迷惑不解地想道。吴门礼是一个很谨慎很精明的人，怎么会把自己的时间花在那上面？有点不对头呀。刘小秋在心里对自己说。他眯起眼睛，仿佛看到了一些来自隔壁家庭内部的缝隙或暗穴。这时，他忽然发现自己的手里拿着一只空缸子，他低头看了一下，感到有些莫名其妙，他不知道自己怎么会拿着一只空缸子来到墙头上。是的，肯定不是为了接雨水，天是阴的，但并没有下雨。

吴门礼的身后放着一碗水。不久以后，刘小秋看到了那碗清水，他忽然感到自己的身体被什么东西狠狠地拽了一下，他急忙用另一只手抓紧了长着青草的墙头。他的脸上露出一线笑容，仿佛一次成功的脱险。许多早已或正在涌到他身边的事情他没有去多想，他站稳身体，继续望着隔壁的院子。他想，观看无疑是一种幸运，一个人可以没有职业、没有家庭甚至姓名，但不能没有眼睛，就算你拥有一切，但只要你的眼睛什么都瞧不见了，那一切就不能都算是你的，你不知道别人在你的身边或眼皮底下干什么，你连他们坐着或站着都分不清，财富与心计帮不了你的忙，努力想象也丝毫……

刘小秋收敛起脸上的笑容，他看见吴门礼的女人从屋里出来了。刘小秋吃了一惊，他一直以为她不在家里。他的女人不辞而别，他以为所有的女人也都弃家而去了。大多数的女人，她们的头脑像茶叶一样很容易串味，很容易被改变，这个女人难道是一个例外吗？……吴门礼的女人来到吴门礼身后的那碗清水边，她的并在一起的几个手指突然松开了，刘小秋无比惊愕地看到一种白色的粉末状的东西落进了那只水碗里，紧接着，吴门礼的女人又变戏法似的拿出一根筷子，在碗里轻轻搅了几下。

那是什么东西？糖？盐？毒药？刘小秋听见自己的心咚咚地跳了起来，身上的血不住地涌到脸上，漫上头顶。真是可怕呀！我看到了什么？吴门礼蹲在那里一动不动，像一个又聋又哑的死人，那碗可怕的水就放在他的身后，他只要回手一摸……刘小秋感到自己的喉咙里有一只虫子正在慢慢蠕动，使他忍不住要大声叫喊起来。谁说吴门礼精明过人，我看他像个傻子。刘小秋想。就要出事了！马上就要出事了！多年的老邻居，他的一只脚已神不知鬼不觉地进到另一个世界里去了。在这样一个空气湿润的早晨，他的老婆悄悄地来到他的身后，完事后又悄悄地离去，作为一个不乏谨慎的活人，他难道一点儿察觉也没有？他的女人在施行罪孽的时候显得不慌不忙，分寸不乱，比很多男人都强，以前的那些年真是轻看了她了。了不起呀，她像是什么事情都没有发生过一样。

现在，吴门礼回过手端起了身后的那碗水，放到嘴边。

“不能喝呀！”刘小秋突然在墙头上情不自禁地叫了起来，他绝望地看着那个准备喝水的吴门礼，“千万不要喝！”

突如其来的声音使吴门礼吓了一跳，他抬起头，看到刘小秋踩着梯子，上身趴在墙头上，手里举着一个十分斑驳的搪瓷缸子，满脸晦气。吴门礼笑了一下，对刘小秋说：

“你今天起得比哪天都早。”

说话之间，吴门礼一口气喝尽了碗里的水。吴门礼将碗放在旁边，他看到刘小秋的表情很难受，仿佛一种冥顽的暗疾正在发作，扩散。“家里没个女人真是不行。”吴门礼看着刘小秋，不禁设身处地地想道。

刘小秋的身体在墙头上轻轻地摇晃着，他的嘴张得很大，昨夜的敲门声使他的梦变成了梦魔。吴门礼蹲在院子里看上去倒是很平静的，可那又怎么样呢？不是照样糊里糊涂地把一碗骤然间变得复杂无比的水喝下去了吗？是的，把谨慎和精明这样的词强加给吴门礼是不妥的，非常不适合的。谨慎什么呀，有何精明可言？等着收尸吧。

刘小秋注视着吴门礼的一举一动，留意着他脸上的所有变化。吴门礼没有什么反应，仍旧蹲在那里，像不久前一样。

“这么好的天气，他一直窝在那里干什么？为什么不站起来四处走走？”刘小秋皱着眉头，暗自思忖道，“是不是药力……也许，靠他自己一个人的力量，他已经站不起来了吧？是的，他一定很想站起来与我攀谈几句，是的，他有这种愿望，问题是他的双腿已经发软，周身无力，他不便轻易暴露自己眼前的处境。愚蠢的人呀，为什么不及时发作起来？你这时候要是发作起来，被立即送往医院，或许还有救……是的，要强是一种多么害人不浅的东西呀，就像榜样一样，为了顾及声誉，连停下来休息一下都不行，只能一刻不停地向墓地走去。

刘小秋说起了昨夜的那种殃及整个巷子的敲门声，他明显地流露出一种因被惊扰而没有睡好的迹象。野蛮的敲打，失败的睡眠，损人害己，故弄玄虚。吴门礼蹲在院子里听着，他的脸上渐渐浮现出一种疲倦困顿的神色。在刘小秋说话的同时，他偶尔插上一句，简短、软弱、含糊不清。说起那敲门声，他显得很是吃惊，像一只陀螺一样转了一下。

“有这样的事？”吴门礼说。

“药劲可能上来了。”刘小秋看着吴门礼，暗自想道。刘小秋听到自己的心怦怦直跳，脑子里传来嗡嗡的响声。吴门礼的反应是迷惑而淡漠的，他不曾听到昨夜的敲门声，在刘小秋看来，如果吴门礼不是在撒谎，便只能是药性使他丧失了记忆，他做过的事、说过的话全都不记得了。周围现在多么安静啊，一切似乎都不再发出声音，一切都像是死去了。

可是，奇怪呀，他怎么还不见倒下去？在地上翻滚，折腾，口吐白沫，面色发紫，七窍流血？她在那碗里下的是一种什么毒？西方有一些毒，进入人体以后，一两年，甚至十年以后才开始生效，置人于死地。难道……

这时，吴门礼突然从地上站了起来。

刘小秋惊愕地看着吴门礼。老天！他怎么又站起来了？竟然还能站起来？吴门礼的身体摇摆了一下，刘小秋的心一下子悬了起来。真是可怕呀！最后的挣扎？回光返照？是的，一只兔子临死前还要长长地悲鸣一声，何况是一个满腹心事的人，他的几个孩子尚未完全长大成人，女人也还不太老，财产、梦想，一切都让他放心不下。

吴门礼稳住身体，刚才从地上猛然站起来的时候，他感到天旋地转，眼前一片漆黑，现在，那一切正在慢慢过去，消逝得很快。他重新看清了自己的熟悉的院子和屋里屋外的大部分的东西。轮廓是清楚而牢固的，一切都不曾改变。他也看见了墙头上的刘小秋，刘小秋手里拿着一只十分斑驳的空空的搪瓷缸子，看样子是因口渴而要讨水喝，奇怪的是，他竟一直没有说。他不解地看着刘小秋。几十年的老邻居了，难道讨一杯开水也值得羞羞答答、不好意思？他是一个怕羞的女人吗？女人也不应该这样呀。女人们适当地羞羞答答一下很有必要，也能够被人们理解，可要是一味地推行或施展……这时，吴门礼忽然听到刘小秋对他说道：

“你怎么了？”

“可能在地上蹲得久了。”吴门礼用手捂着额头说道，“猛一站起来有点儿头晕。”

“老吴，你应该回屋里去躺下。”刘小秋隔着墙头恳切地说道，“你听我的，你这就回去躺下，啊？你需要好好休息一下，补补身体。早上一醒来，我就听见你在劈木柴。”

“我不想躺。这不是什么病，很多人都有这种一站起来眼前就一阵发黑的毛病。”吴门礼活动了一下胳膊，对刘小秋说道，“我想出去到镇上去走走，咱们一起去？”

“不！我不能去。”

刘小秋又一次对吴门礼说起了昨夜的情形。那是一个多么漆黑一团的夜晚，那个敲门人告诫刘小秋，明日是你的劫日。刘小秋躲在暗处，听着那冰冷的话语，帘子飘到他的脸前，打酸他的眼睛，缠住他的身体，他也毫无察觉。

“他说你半步都不能离开自己的家?”吴门礼说，“一离开家就会逢遭不测，就没命了?他是这么说的?”

“我当然不信他那一套鬼话。”刘小秋对吴门礼说，“可是，我后来越琢磨越觉得有道理。这种事情，宁可信其有，不可信其无。不就是在家里待一天吗，不就是二十四小时不出门吗?我能做到。权当是病了，躺在家里养病；权当是在街上调戏妇女，被警察拘留了一天。”

吴门礼笑了，没有再说下去。

吴门礼在院子里站了一会儿，不久以后，他隔着窗户，对他的女人说，中午我不回来吃饭了，不必等我了，有人请我小酌。说罢，便摇摇晃晃地出门去了。

摇摇晃晃的吴门礼多么像一个初来乍到的新手，他好像虚脱了，需要接风洗尘。谁会请他吃饭，随意小酌?阎王派来的人?

刘小秋拿着那只空着的搪瓷缸子从梯子上下来，他紧闭街门，一个人站在自己的院子里。真正的虚静降临了，就在眼前，就在周围。他的四肢酸楚而麻木。院子里没有他的影子，他不停地行走，最终也依然还是他一个人。他想起在天气晴朗的时候，在光线强烈或柔和的时候，院子里常常飘满了他的影子，有时映在墙上，更多的时候贴在地上，匍匐在门前。

现在。刘小秋一个人坐在门槛上，他垂着头，看着脚下的青砖，他开始相信世界是一个有知觉的世界，任何一个地方，任何一种东西，只要触动它，它便会伸缩、蠕动，遇到灵性充沛的时候，会产生相应的反应。是的，世界像一个巨人，你触摸他的脚心，他不一定马上发出寻常人的笑声，但他的鼻翼却在微微振动，那就是他的笑，经过引申与转化后的笑。平常人不具有的种种特征，在他那里含而不露地汇聚着。真是不可思议呀！刘小秋一遍又一遍地回想道。我刚说没有心情，不想生火做饭了，耳边就不断听到噼噼啪啪的劈木柴的声音，还没有睁开眼的时候，那声音就已经响了很久了。

他坐在门槛上不断地安慰自己。无论从哪个方面来说，一天的时间都不能算太久，很快就会过去的，他能够让自己做到足不出户。是的，出去干什么呀？难道有什么引人入胜的去处吗？没有。到处都是垃圾，街上飞扬着尘土，有些认识的人也仅仅只是认识、熟悉而已，根本谈不上什么深交或友情，那么，一个人孤零零地出去干什么呢？是的，完全没有必要去冒那个险。你的家都留不住你吗？你想到哪里去？

走在别人的街上，观看人家的婚事或葬礼？

大约中午的时候，一个女人的哭声远远地传来。刘小秋的蜷曲成一团的身体猛地向前一倾，之后便突然惊醒了。他睁开眼，吃惊地看到自己依然坐在门槛上，满脸潮湿不堪，睡梦中流出的口水将半截袖子都湿透了。

他慢慢抬起头，附近一带的徐徐上升的笔直或弯曲的炊烟使他感到惊喜。他从门槛上站起来，在院子里轻轻地走着，踮起脚向远处望着，已经中午了，再熬不了多久，天就黑了，这一天就算过去了。他喃喃地说着。真是没想到呀，一上午的时间这么容易这么快就过去了？时光多像一个滑冰的孩子，转眼之间就已经不见了，滑到谁也找不着的地方去了。活着多好啊，天天都在滑冰，时时刻刻都在移动，神不知鬼不觉地朝着前面走了一程又一程，熟人、菜园子、家门、村庄，都远远地落到身后去了，越来越模糊，渐渐的终于什么都看不清了。

那样的一种感觉，仿佛一个在外浪迹多年的游子，终于回到了阔别已久的故乡，不停地在自己从前住过的屋子里和院子里走着，这儿看看，那儿摸摸，一切的旧物，标志、迹象，都在一种远非从前的心情的关照与注目下，变得像一种书本上的故事一样不痛不痒，徒具观赏之美。看到贫穷依旧，也不致太过伤心，一声伤感的叹息也就足够了。目睹殷实甚至华丽，也不致手舞足蹈，狂态毕露，心只在安稳与远虑——隐隐的远虑，轻描淡写，不足于伤及身心——之间跳动，扑腾。

他想到该给自己准备一顿午饭。这个时候，差不多所有的家庭都笼罩在湿闷的蒸气之中，日常的器皿用具互相磕碰，叮当作响。多么诱人的食物！多么短暂的一去不复返的时刻！去年的这个时候，还围坐在一起边吃边说，而今年却再也凑不齐了，有的人已经不在了，永远消失了。是的，谁也不可能重现昔日的某个济济一堂的时刻，不管他是谁，所有的本领只剩下一种回忆。

他在一只小筐里找到一些又干又硬的蘑菇，取出几只泡在水里，晚上当它们发胀变软以后就可以食用了，现在却无论如何不行，冒着热气的午饭距离他竟相当遥远，简直不知从何谈起。

冷水。黑锅。

午后的天色依然阴沉着，没有风。刘小秋从屋里出来，在院子里四处看了看，然后踩着梯子出现在墙头上。吴门礼家的屋门开着，一个女人的声音在小声唱着。是吴门礼的女人，刘小秋在恍惚中看到了她的侧影，她好像正对着墙上的一面镜子在梳头。刚吃过中午饭，她梳什么头呀？刘小秋想。他一手扶着墙头，很响亮地咳嗽了一声。很快，他看见那个女人从里面出来了，站在门口，看到墙头上的刘小秋时，她笑了一下。她的手里果然拿着一把梳子。

“老吴真的没回来吗？”刘小秋说，“早上出去，到现在一直没回来？”

“没有。”女人说着，拿起手里的梳子在头上轻轻梳了一下。

“我还以为他是开玩笑呢。”刘小秋说，“他干什么去了？谁请他吃饭？”

“我不知道。”女人说，“你吃过饭了吗？你的烟囱里好像一直没冒烟。”

真没看出来，真是个心细的女人，居然注意到了我那死气沉沉的烟囱……刘小秋吃惊地想道。不冒烟的烟囱算什么？不过是戳在房顶上的一个难看的摆设。

刘小秋说：“你没出去找找他吗？”

“找他干什么？”女人说，“又不是三岁的孩子，还能丢了他么。”

刘小秋点点头，他的目光在她的身上来回流动着。他说：“你穿得这么漂亮，要出远门去吗？”女人靠在门框上，似嗔非嗔地撇了一下嘴。她的嘴唇多么红呀！一定涂过什么。这个年纪的女人，不经过涂抹与装点，是不会这么鲜艳的。是的，放着那么多的美丽的颜色，为什么不涂？一定要涂。稍微修饰修饰就比原来好看多了，毕竟谁也不是常青的树。谁能永远都是二十岁，一直豆蔻年华，姹紫嫣红？那是传说中的妖精。但妖精们也有尊长老幼之分，不是吗？——在那传说的山中，白雾漫卷，露珠奔跑，小妖敲着锣，老妖坐着轿。

越过她的身体，从这里望出去，能看到远处的从黄到绿渐渐过渡的树林和白亮的河水。天上的白云、乌云，山间的破落颓败的古寺，路上的马，水沟，都能看得清清楚楚。

多么安静的一天呀！没有人朝这边走来，四周一片寂静。一个疑问渐渐在刘小秋的脑子里浮现，凸起：翻墙过去，到吴门礼的家里去坐坐，算不算出门？是否犯忌？从多年来一贯的情形来看，他们无疑分别属于两户人家，财产、成员、来历、结构、日常习俗，各不相同，一家姓刘，一家姓吴，初看起来，连亲戚都谈不上。可是，一旦将两家之间的那道院墙推倒，拆除了，他们在形式上不就变成一家人了吗？是的，一切都连起来了，一切原本都是能够连起来的。这个时候要是遇到战乱或灾荒，他们两家也许早就过到一起去了，不是吗？远亲不如近邻，那说的是什么意思？方便，近捷，声息相闻，一切看上去都对我们有利。想想看，我们之间是多么的没有距离，缺少隔阂，真正的近在咫尺呀。我知道你能听到我夜里喘息、磨牙的声音，而我常常知道你会在什么时候教训你的孩子们，你的手掌啪啪地打在他们的身上，有时候隔墙听上去像是在制作年糕。是的，我很清楚你们夫妻何时在肉搏，何时处于胶着状态。一只碗从柜子上掉下来摔得粉碎，那意味着什么？我很理解，不言而喻，这些日常生活的声响在我们之间长期地流动，碰撞，反弹，我们模模糊糊，清清楚楚，我们都醒着，我们在叹息，睁一只眼闭一只眼。种种的努力都试过了，一些知道的或不知道的花样也用过了，就是难以达到满足，不能说是美好，万事如意。……吵什么呀？生那些闲气干什么呀？有什么真正过不去的吗？我们自己，我们相互之间过的是一种什么日子，我们明白一点，但并不完全清楚，有时候连一知半解也谈不上。实际的情形就是这样。

吴门礼的女人将那把红色的梳子从头上取下来，对刘小秋说：“你怎么了，愣在墙头上干什么呀？后悔吵架了？去把她接回来呀。”

“我不去接她。”刘小秋说，“我还有事呢。”

“别嘴硬了，”吴门礼的女人说，“你以为我不知道你们男人在想什么？”

“什么？说出来我听听。”

女人的目光从墙头上离开，看着紧闭的街门，门边的一棵树上挂着稀疏的鹅黄的叶片，女人的眼睛里有一种水一样的东西，一直流向那里。刘小秋看着她。

“你怎么能知道我在想什么？”刘小秋说。这会儿，他脚下的梯子仿佛在渐渐地升高，他回头看了一下，梯子仍然放在原地，并未移动，院子里也还是空空的，只有他一个人。

“想过来你就过来吧。”女人对刘小秋说，“别把我的梯子踩坏了。吴门礼会不高兴的。”

笑容在刘小秋的脸上渐渐离开，仿佛水中的涟漪。多么寂静的一天呀！耳边什么声音都没有，一切都像是睡着了。幼小的毛毛虫睡在蜷曲的树叶里，像一些不懂事的婴儿，把它们摘下来，扔进水沟里，顺着水流走，流得远远的，它们也没有什么知觉，更谈不上抵抗。老天！我好像管不住自己了。他眼前一阵阵发黑，就要从墙头上栽下去了……至少现在，刘小秋感到自己的目光里充满了罪孽，他的心思从她的脸上滑到她的饱满结实的胸前，很快又在她的身边完成了一次迅速的盘旋。

“有人警告过我，”他用一种打趣的口吻说道，眼睛里带着微微的笑意看着她，“让我一直在家里待着，说不能出来。”

刘小秋从墙头上翻进吴门礼的院子里以后，吴门礼的女人并没有感到吃惊。刘小秋没有弄坏他们的梯子。他是从墙头上直接跳进院子里的。事情的结果使他感到满意。吴门礼是个勤劳而务实的人，心疼自己的每一件财产，无论巨细。刘小秋知道这一点。

他们的院子收拾得非常干净，井井有条。屋檐下——雨水淋不到的地方——堆满了码得整整齐齐的木柴，桦树皮和裁成小块的油毡卷在一起。窗台上没有浮土，玻璃一尘不染，真他妈的勤快呀！刘小秋边看边暗自思忖。照吴门礼的那种勤劳劲儿来看，说不定给他一块炭，他也照样能给你洗得雪白而明亮，让人气短。是的，人的一切禀赋都是天生的，有些东西想丢都丢不开，别人也学不来。

“够烧就行了，劈这么多木柴干什么呀?”刘小秋站在吴门礼的屋门口，对吴门礼的女人说道，“好像要备战备荒。”

吴门礼的女人说，吴门礼天生是个闲不住的人，一天到晚找活儿干，这里整整，那里抠抠，一点儿也不觉得累，心情舒畅。可是，要是一没事的时候，他就要生病了。

“怎么，他有病?”刘小秋吃惊地问道，“哪方面的?”

"心上的病。”女人说。病因来自于因没活儿干或无法干活儿而产生的焦虑和不安。她说，整治吴门礼，最好的办法是把他供起来，养起来，什么也不让他干，什么也不让他插手，而且，还要事事都让他看在眼里，眼看着别人把一件事情干得尘土飞扬、乱七八糟、一塌糊涂，那情景能把他急死。

“有一个人是个瘫子，除了五官和两只手能动，其他哪儿都不能动。”吴门礼的女人对刘小秋说，“他的女人当着他的面，与别的男人在同一个屋里的另一张床上睡觉，就是要让他看，每一次他的眼睛都瞪得有鸡蛋那么大，可是他不能动呀，他想起来一下还得靠人家扶着。没出一个月，他就死了。”

“怎么死的？活活地急死了呗。”女人说。

“换了我，我……他难道不能合上眼睛不看吗？”刘小秋说。

“合上眼睛也不起作用。身体废了，心还没有废。合上眼骗谁呀？那是在骗自己。”

“是的，换了我，我也会急死。光听一听，就让我感到急躁、上火。那真是非人的日子呀。”

他们坐在屋门前，一人一只凳子。女人坐在刘小秋的对面，腿分得很开，透过她的薄薄的裤子，有一道山岗似的曲线明显地微微隆起。他妈的，吴门礼的女人，竟然是这样的？刘小秋抬起头，他吃惊地听到一个低沉的声音从自己的身体里飘了出来，如一种手术后的分离。“谁在说话？”他暗暗地问自己。女人的两条腿一会儿在他的眼里变得浑圆健壮，一会儿细瘦得令人吃惊。那是怎么回事呀？在一起住了几十年，今天好像才头一次认识她。她看上去对什么都不在乎，身上释放出一种懒散而又飘忽不定的东西。……不知不觉中，刘小秋的一只手伸了出去，他看着它，像看着一个与己无关的东西。

“别这样。”

坐在对面的女人轻声说道。她把放到她腿上的那只手推开。

怎么回事？我这是在干什么？刘小秋仿佛从梦中惊醒一样，突然缩回了自己的手。他盯着它。真是可怕呀！它是什么时候悄悄离开我的？一个小时以前？别人吃午饭的时候？

吴门礼的女人将两条腿并拢起来。不久以后，大约是感到有些不大舒服，又分开了，与先前的时候一样。她轻轻叹息了一声。

“怎么了？有什么不顺心的事吗？”刘小秋看着她，“难道，你们也吵架了？”

“早上，”女人说，“我听你跟吴门礼说，昨天夜里你做了一个什么梦，梦见有人敲你的门？我猜，你的老婆快回来了。”

“怎么是梦呢？不是梦。”刘小秋急躁地说道，“真事。真人真事。”

“真事？”

“那个家伙，他妈的，他先敲的是你们家的门。”刘小秋说，“那时候我还没有睡，一个人正在屋里坐着。他不停地敲你们家的门，一开始用手敲，后来就拿头往门上撞。我听见吴门礼对他说：‘不要敲我的门，我不在。’吴门礼一定是被他吓糊涂了，才说出那样的话。”

“我怎么没听见？”女人说。

“你当时也在？女人们一般睡觉都很轻，有点儿动静就醒了，可是，”刘小秋笑了起来，“一旦要是干活儿累了以后，那就很难说了，她们往往会睡得很死，有时候比男人还死。因为，她们真的感到乏了，整个身体全垮了。”

“你胡说什么？”女人说，“我们没有，我们已经很久……”她忽然不再说下去了，嗔怒地看了刘小秋一眼。

“后来他就来敲我的门。”刘小秋说，“他妈的，他把我折腾苦了，整个晚上都不能入睡。他什么都说，满口胡言。”

“你没出去看看是谁吗？”女人说着，露出惊讶的神色。

“他让我出去，我没出去。”刘小秋说，“我为什么要出去？我听他的调遣，听他的吩咐？他算什么东西？万一……他是鬼呢？”

“鬼？”

女人注意地听着，情不自禁地将身下的凳子向前挪了几步，她的两个浑圆的膝盖与刘小秋的腿挨到了一起。

“他说：‘老刘，你出来一下。’我说我不出去，我出去干什么？”刘小秋说，“过了一会儿，他又说：‘老刘你在哪里呀，我怎么看不见你？’我在我自己的屋里。他怎么能看得见我？我心里很烦，一天没吃饭，不想见他。后来。他又恐吓我，用卑鄙的手段恐吓我。他对我说：‘我在来时的路上遇到一个女人，她是你爷爷的老婆。’”

“你爷爷的老婆……天哪！那不就是你奶奶吗？”吴门礼的女人惊奇而兴奋地看着刘小秋，说道，“他怎么那样说话？为什么他不直接说是你奶奶，而非得费着劲拐那么大个弯，说是你爷爷的老婆？那是什么意思？”

“什么意思？能有什么意思，精神病嘛。”刘小秋生气地说，“要不怎么叫精神病呢。所有的精神病人都那么说话，拐弯抹角，兜圈子，拿黑布蒙着你的眼，目的就是要把你转晕了，把你领到一个没人烟的地方去。”

女人轻轻地笑起来，他们的腿贴在一起，但他们谁都没有发现。

奇怪呀！又不是炎热的夏天，我的腿为什么感到那么热？刘小秋一边看着坐在对面的女人，一边想道。待他垂下眼帘后，他微微吃了一惊。女人已经不再发出笑声了，四周一片寂静。刘小秋的耳边忽然响起了零零星星的劈木柴的声音——木头被破开，沿着不同的方向纷纷倒下，躺在地上，发出一片雷同的声音；不久，它们又都被施了魔法似的集合起来，堆在一起，那耀眼的白色使刘小秋情不自禁地闭上了眼睛。多么温暖的季节呀！到处都开着花。

“吴门礼快回来了吧？”

“一定有什么事把他缠住了，他肯定急躁坏了吧？”

“我知道他一般总在家里，这儿敲敲，那儿打打，为什么他今天一去不回？”

“我记得早上临出门时，他只喝了一碗水。你在他的碗里放了什么？一小撮白色的粉末。盐？他喜欢喝盐水？每天必喝？”

“他天天盗汗不止？他的身体里需要盐？我知道他剥树皮很有一手，多么难缠的桦树皮，他都能够干净利落地把它剥下来。”

“身体里一缺盐，他就什么也不能干了吗？只得坐在太阳下叹息？他把桦树皮卷成一个又一个的卷儿，像出发前的行李。”

“你看见他那无神无力的样子了吗？你看见了，一定会惊讶地叫出声来；你看见了，一定会垂下失望的头。”

“那么多的桦树皮卷成的行李卷儿放在那里，有多少人要出发？”

“翻墙而过算不算离家出门？我以为不算。解除那顾虑对我多么重要！”

“让我看看你的秘密所在。”

“你能把身体转过去吗？你能把身体再转过来吗？”

“是的，就这样。”

……

起风了，从高处吹来的一些麦秸在空旷寂静的院子里飘旋起来。女人的头发垂到脸前，遮住了她的眼睛，使她一时看不到身边的那个男人了。她的身体倾斜着，像是在躲避，像是在努力放弃什么，毫不相关的麦秸在不远处奔走相撞，热情升温。那是她亲手丢掉的东西吗？多么不可思议的姿态呀！有人在用力推门。认真的流露。麦秸，去年的金黄的麦秸。

不久以后，风刮到他们的脸上，他们站起来，相拥着向屋里走去。在那个过程中，他们周围的光线骤然暗了许多，许多细微而引人注目的东西一下子都不见了，大的轮廓他们忘记了识别。不是忽略不计，而是来不及细看。

世上的东西，什么都能够从容不迫地看上一眼吗？什么都能够想澄清就澄清吗？并不是的，完全不是。

女人率先躺下去，低声而急促地说道："快点！"说过后便迅速地闭上了眼睛。她的一只手像是睡着了，一动不动地停留（倒）在自己的身边，另一只手则明显地毫无倦意，异常活跃，像是一对性格完全不同的双胞胎。

"我很久没吃东西了，两天来连一口水都没喝上。我现在尤其感到虚弱得厉害。"刘小秋站在那里，低声说道。他像一个犯了错误的孩子，正在祈求母亲的宽恕与原谅。他的温顺而闪烁不定的目光小心翼翼地沿着她一路而上，最终停留在她的脸上。看到她闭着眼睛，凌乱的头发垂在枕边，他不禁暗暗吃了一惊。怎么回事？她睡着了？这个时候她怎么有心思睡觉？一个多么粗枝大叶的女人呀！让我说她什么好呢……就在他不知所措的时候，她的一只脚忽然动了起来，分明是在用力蹬他，向他传来催促的信号。

于是，他鼓足勇气又一次对她说道：

"你看，我能不能先……"

她突然睁开眼睛，看着他。

"什么？你要吃东西？你两天没吃东西了？"她充满艾怨地

说道，“难道你也和吴门礼一个样吗？你就不能完了再说？”

“你别生气好吗？”刘小秋低声哀求道，“我并不是特别想吃东西，我只是担心要是长时间不吃东西，人会垮掉，那样一来……”

他像是在为自己的某种迫不得已的罪行做出真正的解释。

“你别生气好吗？你一生气，我就觉得我更加虚弱不堪，像是马上要散架了。”刘小秋说，“你听我说好吗？你听我说，我真的并不是特别想吃什么，两天来我什么胃口都没有，我觉得我很像一个怀孕不久的女人，眼馋嘴懒，又看见什么都恶心。是的，你听我说，吃不是主要的，我只是想多多少少补充一下，恢复恢复体力。……你知道我现在最怕什么？有人警告我，就像下了一个通知，让我不要离开家。是的，你不知道，我就怕中间出错，有什么闪失。”

他说他现在翻墙过来，也不知算不算离开家。说这话时，手上稍稍用了一点儿力，使她感到了疼痛，她扭了几下，很快又不动了。

“去吧！去补充去吧，去恢复去吧！”女人对他说，“水果行吗，能帮你恢复吗？堂屋的桌子上有一只篮子，篮子里有。”

刘小秋如同得到豁免的赦令似的，立即跌跌撞撞地向堂屋走去。他没有找到她所说的那只装着水果的篮子，他的头在摸索的过程中撞到了墙上——眼前闪出一片转瞬即逝的金星，不久又碰响了靠墙放着的桌子。他伸着手在上面摸了一阵，只有一杯水。他的手指感到一阵冰凉。老天！这是一个光线多么黯淡的世界呀！周围的一切几近于漆黑。真不知道他们平日里是怎样生活的？行走起来是吃力的，困难重重，而要想很快地找到一件需要的东西，那岂不是一个笑话？

他从地上爬起来，继续在黑暗（？）中摸索。他依稀看到墙上有一面镜子，但镜子也不起什么作用，反倒像一口幽暗的井一样深不可测。有一些缨子似的东西纷纷扰扰地出现在他的头顶上方，他凝神注视了一阵，但最终也不能确定那是什么。与其他的一些东西一样，很难说它们是怎么回事。他不再想它们琢磨它们了。

现在，他感到先前的虚弱已不再是一个困扰他的问题了。

虚弱什么呀？担心什么呀？他趴在桌子上，轻轻地咬着手里的一个苹果，那咀嚼的声音不免使他吓了一跳。桌子的棱角很硬，紧紧地抵在他的胸前，使他不便走开。“我得移动移动。”他想，“是的，我不能总趴在这里呀。”很难说现在的时光是一天中的什么时候，听不到鸡叫的声音，听不到下雨的声音，咀嚼的声音似乎把一切的声响都压倒了。“怎么回事？难道我在制造巨大的震耳欲聋的噪音？”

真是可怕呀！……假如吴门礼这个时候突然从外面推门回来，我还需要在这里伸着手四处摸索，到处碰壁吗？不需要了，完全用不着了，到那个时候，真要是那样，那就什么都不需要了，有一种东西会照亮这间黑暗狭长（？）的堂屋。有一种东西叫命中注定。

女人的叹息声从里面飘了出来，在刘小秋的眼前像拂动不已的马尾一样扫了一下，他如同被突然惊醒一样，急忙用手捂住酸痛的眼睛。有泪流出来了，他的脸颊上又涩又湿。“她在发脾气。”他想，“她好像已经完全不耐烦了，不想再等下去了。”是的，他在黑暗中也许盘桓得太久了，以至于——在她看来——变得一去不回，杳无音讯。是的，罪孽在我，一切都是我的错呀。

搜寻，补充，恢复。一连串的事情使他感到晕头转向、昏昏沉沉。有一种不太明显但不容分说的东西正在拉他下坠，他徒劳无益地挣扎着，他快要哭出声了，他一筹莫展，无计可施。他忙中出错地抚摸着自己那潮湿不堪的脸，周身战栗不止。真是让人难受呀！多么不舒服的一天啊！天气连续不断地阴沉着，一直摆出一副要下雨的样子，但一直没看见空中有一滴水；曾经积累了很久的黑云不知什么时候全跑光了，换上了镶金边的乌云；是的，乌云不是又厚又重的黑云，乌云是一种介于黑云和白云之间的过渡性的现象，如同混迹于黑鸡和白鸡之间的芦花鸡，如同一张柔软的印花被，不管男人女人都得盖着它，一口气渡到天亮。

可是，不管怎么说，他都无论如何不能再拖延下去了。是的，这就去找她，她躺在离他不远的地方，也许这会儿正噘着嘴暗自抽泣呢。罪过呀！他妈的。

于是，他兴冲冲地、跌跌撞撞地向里面跑去，低声的呐喊一路伴随着他。“来了，我来了！我这不是已经来了吗?”他的声音夸张而过分，严重失真。

他像一只口袋一样倒在她的身上，使她情不自禁地尖叫了一声。

咚咚咚的敲门声就是在那个时候突然响起来的，他们不约而同地都听见了，他们立即起来。街门外的确有人在敲他们的门，还有叫门的声音。他们敛声屏气地听着。

“怎么回事?”刘小秋脸色灰暗地看着女人，“吴门礼回来了?”

“不知道。没听出来。”女人一边扣上胸前的纽扣，一边继续听着。

“果然有事，果然不该出来。”

“你怕什么？没有什么大不了的。”女人说，“你待在屋里别出去，我先去看看是谁。万一是个走村串户的卖豆腐的呢？”

“我知道了，是找我的。”刘小秋说，“果然是祸躲不过呢。”

“我先去看看。”女人说着，站了起来，向屋门前走去。

“你先别去。”刘小秋拉住她的手说道，“不是找你的，是来找我的。”

“不管找谁，都得去开门。”女人说，“他越敲越响，你听听——”

“我本来还打算要告诉你一件非常有意思的事情，”刘小秋说，“现在一切都完了，全都过时了，作废了。”

“你别怕，你不了解吴门礼，我还不了解他吗？”女人对他说，“就算外面真的是他，又能怎么样？他是老鼠的尾巴。”

老鼠的尾巴？那是什么意思？

透过明亮的窗户，他忽然看到了搭在外面的那架梯子，他眼前不觉一亮，急忙踮起脚向外面跑去。他很快踩着梯子爬到墙头上，那边就是他自己的院子了，他欢欣得几乎说不出话来。这时，他看到她也出来了。

女人来到梯子下面，仰起脸看着他，压低声音问道：“你想告诉我什么？”

“现在哪里还能来得及说那个？”刘小秋坐在墙头上，他的一条腿已垂到墙的那边去了，“说什么都来不及了。”他对她说，“明天再说吧，明天我一定抽空告诉你。”

说完，他就立即消失在墙的那边。

这天黄昏的时候，一个女人领着一个孩子来到刘小秋的院里。那是刘小秋的女人和孩子，她是自己主动从娘家回来的。她看到自己家的街门紧闭着，但没有上锁，她伸手轻轻一推，门就开了，院子里静悄悄的。

女人领着孩子走进院里。她踌躇了一下，不想贸然进屋去，想让刘小秋出来迎接她，向她赔礼道歉，只要他说几句软话，她就打算与他言归于好了。事实上她早已消了气，并原谅了他，否则她不会主动地回来。

透过家里的窗户，女人依稀看到刘小秋正坐在屋里的一把椅子上。女人的牙齿轻轻咬了一下自己的下唇，然后弯下腰对孩子说：

“进去问问他，看他还惹不惹我生气了？他要是还惹咱们生气，咱们就马上再走。”

孩子跑进屋里，来到刘小秋坐着的那把椅子前，大声地说：

“爹，我妈问你，你还惹不惹她生气了？你要是还惹我们生气，我们就马上再走。我们就不管你了，啊？”最后的一句话，是孩子经过思索后自己加上去的，他觉得很有必要。

刘小秋一动不动地坐在椅子上。

“爹，你说话呀！”孩子抓住刘小秋的手使劲地拽着，“你怎么不说话？”

椅子就在那个时候突然倒了。

一直站在院子里向屋里张望的女人听到屋里传出的响声后，立即跑了进来，她看到她的男人刘小秋倒在地上，一旁的孩子被吓哭了。

……

不久以后，周围的人们听到刘小秋的院子里响起一个女人的哭声。那时候天已经黑了，住在附近一带的人们，很快就都知道刘小秋死了。刘小秋死去已多时，身上已发出明显的腐味。黑暗中，一些模糊不清的飞禽在他的屋顶上面和院子上空长久而无声地盘旋着。

原载于《花城》一九九六年第六期

手稿时代：对一个圆形遗址的叙述

一

曾经在许多书中反复出现过的阳光，一次也没有照耀过我们胸前和腿部的肌肉。那些不冷不热的阳光总是不失时机地提着裤子努力与时代同步，总是如现实一样不堪入目。整整一个冬天，我都在阅读一本名叫《落日传》的著作。这本书共有十四卷，二百一十三章。书中的每一页都向我们折射出许多不同的阳光。这大约是目前世界上出现的一本最虚幻的著作。这是一本描写古老的大师们的书，中心是描写河流以及流域附近的气氛，大师们在河边背水而立。直到读完这部书以后，我才发现我的身体已被书中的阳光舔得干干净净，然后就如同这著作本身一样平静地微笑着，徐徐上升，满脸霞光熠熠。

有关那些房子的颜色我们也已经再无法回忆起来了。红色似乎是为了我们的记忆，但在某些时候，总有叮叮咚咚的雨声流入那些本身平淡无奇的故事里。就说刻在青石上的那些古老的棋谱吧，从来都呈现着一种苍茫的时刻。每到夜里，那些棋子便如繁星一样，闪闪烁烁。

许多的故事之所以显得新奇，是由于我们同时总在不断地忘掉什么。新奇只是另外的一种遗忘。两支灰衣服的军队越过黎明时的许多丛林后，附近的河流变得十分空旷。

一些土墙还在。

这土墙因为经常在一些书里出现，就被磨蚀去了不少的棱角，生出一些细小的草来。在没有麻雀的时候，天空里总是安安静静地浮现着另外的一些东西。许久以来，我们一直不明白那是什么。有许多东西是属于永远也看不懂的东西，几辈人也看不懂。就说那阳光吧，阳光总是像手电光一样远远地打在这土墙上。

传说是一种穿黄衣服的印象。

一直传说这河流的附近有歌声。

其实，河流的尽头全是黑夜，到处扇动着一些红润的翅膀。最初的某一天，一群割草的女人从某一个名声不好的故事里走出来时，鬓角处的头发被扇得很凌乱。女人们的胸前圆鼓鼓的，明显地呈现出一些奶渍和汗渍，如残缺斑驳的月色。她们后来坐在一个能够望得见土墙、榆树、月亮及河流的地方，坚利的牙齿把手里嫩黄的萝卜咬得咔嚓作响。

几个名字在水流的过程中停住了。我下了车。那时候正是傍晚时分，蝙蝠不时地贴着耳朵的边沿一掠而过。后来我一直以为那天不是傍晚而是黎明时分。女人们看见一只黑色的狗脖子上套着一只圆环似的面饼。狗咬完一处以后就立即在脖子上转动面饼，重新咬另一处。山岗上立着一架年代不详的老式水车。一些路看样子许久没有人走过了，现在走在路上的全是草，一人高的草和半人高的草。几种风干后的白骨走在草的里面。

所有的这些都重复在很寂寥的天空下，并没有触及那个真正的包袱一样的故事。肮脏的沟水日夜盲目地在土地上流着。至于故事本身，小铃子一直探索了好多个年头，都没有任何结果。第一个名字已经在很远的地方像磷火一样开始消失，这是小铃子梦想多年的一次现实。

一刮风，就看见远处的山顶上裸露出秋天的颜色了。草很茂密很高大地摇来摇去。女人们弯下腰，把很肥大的臀部裸露在草尖上。草一倒下，女人们结实的臀部就像圆圆的石头或山顶一样出现在某一种视线里。

癸巳年清明节的傍晚，除了一只黄颜色的巨型包袱外，你还带来一辆能够装运草料的马车。这辆马车当时有四匹马或是五匹，可以是枣红色的马，也可以是几匹雪青的马，总之，它们的毛色都很漂亮。后来你就住在一个没有草的地方。眼看着太阳就要落山了，外面来了一阵风。门晃了两下，你看见那把丢失了多年的伞原来一直好好地挂在门后的一颗钉子上，门背后还贴了一些写满了字的条子。

从那个日子以来，发生了那么多的事情。我几乎一次也没有赶上捕鸟的季节。那时候，天空里到处都是草的形象。我一直无法回忆起河流附近的那种气氛。草倒下一片后，都汗津津的。那些女人们在草丛中脱下裤子撒尿时，小铃子当时并不在场。小铃子一直在一个故事的外面坐了二三年。小铃子伸手摸着那圆圆的草垛，感到故事里的阳光很烫手；小铃子看到一些离他很近的脸远在某一个朝代里，凡士林的味道从很远的地方发出来，路上到处都看得见逝去的模糊的背影。

背影很荒凉地伫立了多少年以后，才想起小铃子是个聪明伶俐的孩子。小铃子的妈把小铃子带回家里时，小铃子的妈感到锅里的饭已经凉了。炊烟正从山川地理般的墙壁上悄悄升起。饭下到锅里的时候，是四月份某一天的黄昏。到了夜里，有几个逃荒的人慢慢走上山岗，在一个干枯的水洼里坐下来吃干粮。小铃子的妈被一种很大的怀念弄得惊惶失措，面对着眼睛里不断蔓延的青草，她感到已无力再记住几十年前的一段历史，马车和村庄都已不再回来。她忧心忡忡地想道，小铃子能不能解开那个包袱，将里面的阳光释放出来，抖落得干干净净。还没等小铃子回来，炊烟里就出现了骆驼的影子。第二天，她发现那支军队已穿过山谷里的乱石，后来才知道，军队是向南边的红色高原上去了。她一点儿也没有料到她宁静的生涯里会出现乱石和骆驼。她想她要做的最大的一件事就是去亲自观看一下那个巨型的故事是否还在。于是她就向后来的那段历史中走去。她觉得小铃子的胳膊又瘦又细，难以弄清那个故事的全部细节。在山岗上背风的草丛里丢弃着一些瓦片般的银元，另外的几个逃荒的人离去时，扔下了一个死去的逃荒人。他的上衣口袋里揣着几封皱皱巴巴的家书。他的脸烂了，蔓延得像一个胸脯一样宽阔。

这个故事从一开始就显示出它的牛皮般的性格。最初的几个名字和最后的几个名字，由于连年的炮火和灾荒时的落叶使它们显得很渺小而黯淡无光，其实本应该是非常巨大的。大家对圆环里的死谜一贯呈现出的冷静的表情感到难以适应。

走动在这个故事外面的始终是一位拐腿的大汉。

小铃子一路上拽着母亲的衣襟，不断地把嘴里的一些唾沫啪啪地吐到四周的土墙上。小铃子反复这样做显然是因为没有任何目的。现在，脚步声里充满了无数密集的雨点，这次麻烦的试验将成为一种难以磨灭的记忆。在小铃子他妈到来的那时，小铃子听见故事里走出一位拐腿的大汉。小铃子的方向感一直不行，其实拐腿的大汉并不是从故事里走出来的，要是如小铃子所想的那样的话，这个故事本身就比现在深刻、残酷得多了。拐腿的大汉其实并不是故事里的人物，他只是多年来一刻不停地在这故事的外面反复地转悠、走动，他有着不可告人的一些目的。但是现在，小铃子把拐腿的大汉当成是故事里的某个人物了，这就使后来多少年的历史变得十分麻烦而复杂了。

考虑到银元的去向，某人便要求我分一半给他。这后来，他的胸脯就死了。临死的时候他反复对我说，“我梦中经常见到”。他还说他生前曾经辉煌过一阵子，杀死了一些带枪的士兵。后来，就出现了你的那只伞。很红的伞像是一种翅膀。你反复说明尖顶的伞是不会将任何一个人刺死的。

说话的时候，某人一直在场。这样做是为了呈现出一种两袖清风般的表情。说话的地方一直有风，有众多的树枝和木柴。以前的一些雨点还挂在伞上，显得漫不经心。出于对事情的目击者的保护，那几个月来，我坐在马车上，河水一直猛涨。临近大雪封山的时候，你曾暗自窃笑过几次。

第二天，拐腿的大汉出现了。

大汉的身上很酸，皮肤上的毛孔眼里哧哧地往外冒着气，不时还有水泡出现。小铃子看见圆圆的草垛被弄得发出一种窸窸窣窣的响动。

在关于流域的历史中，比较详细地记述了那次大雪封山的气氛以及整个事情的全部细节。记载里一再声称那个时候的确连一只鸟也没有。他们把遗失在草丛里的银元给漏掉了，只记下了山岗上的古老的水车以及挂在黑狗脖子上的圆环似的面饼，并做了很生动的描写。至于那些马车和远远近近的红灯笼，我翻阅了整个流域的全部历史以及小铃子的全部生涯，都始终没有提到过。

所有的迹象都明白地表明：拐腿的大汉怀有一种不可告人的目的。他一直慢慢地在故事的外面极有耐性地走动着。当他后来转到故事的某一个侧面时，他就感到自己将要被某个人认出来，然后卷入到某件事情中去，永远地被从有水车的山岗上推下去。

水车在暮色中如一个巨型的罗盘。

月亮出来了。

月亮是很红地从远处的山顶上拱出来的。

二

一直传说那山顶上有东西。女人们在割草的过程中总是抽空直起腰将手搭在眉心处向那山顶上眺望一阵。黄昏时她们的眼睛忽明忽暗。这个山顶，在某种时候曾经是血红色的。这种古老的强烈的色彩，使割草的女人们感到有些不安。山上有一些风化过后的木头。一刮风，土黄色的木纹便飞舞，旋转不止。女人们以为这种木头可以烧火，曾经在过去的一段日子里，强烈地盼望上山。后来她们才明白，这种木头如土，一直烧不起来。

这后来，女人们就结伴相约到丛林里去。她们几个人合伙搬开一些死去的士兵的尸体，将下面的木柴捡出来。前几天刚下过一场雨，那些士兵的尸体如石头一样沉重。在这种情况下，女人们想出了许多种获取木柴的办法。两个女人扯住尸体的胳膊，两个女人扯住腿，四个女人使两根扛子分别去撬尸体的背部和腿部。那些日子里，丛林里总是吭哧吭哧的，不时便响起“扑通”“扑通”的声音。

有一年的冬天，你断断续续地叙述了一个较为完整的故事。这个故事的一半以上的内容已经一文不值了，某人一直隐瞒着他们家族的全部历史。在那种尘封的岁月里，除了一个保镖的死亡和一个奴仆的外逃外，其余所有的东西都成了一种永远也无法解开的死谜。所有的这些都发生在故事之外。告老还乡的那一年，小铃子一瘸一瘸地走在老家的天空下。老家的天空很阴沉。小铃子漫无目的地走过一些开满紫花的苜蓿地，感到腿部有些隐隐作痛。

我依靠着一块不太茂盛的苜蓿地，发现了小铃子他爹的一段岁月。其时，那些密集的军队已在黎明到来之前完全消逝了，苜蓿地的尽头有马车停留过的痕迹，这是因地上有数不清的漂亮的花纹。那时，大约还燃放过一些红色的鞭炮，丛林里的硝烟味始终很浓。这事出现在三十二年前的某个节日里。小铃子一直探索着的那个包袱实际上就是一种鲜红色的现象，在山岗上的水车旁边。乌鸦的顺序排列得就像某种令人不安的文字。但是那天并没有人割草，也没有看见有士兵的尸体。在西方的一种鲜红色的夕阳里，就包含着小铃子他爹的一段历史。这从平静的山顶上是看不出来的。我后来终于证实到，夕阳与军队是没有区别的。小铃子他们家是在一次血腥的兵变中开始出现混乱的，并从此一直沦落下去。

我曾经十分仔细地观察过割草的女人们在夕阳中的变化，拐腿的大汉对那一段记忆非常清楚。这件事剩下的最后的几个名字都是铁一般的事实，有如割草女人的表情，无法出现虚构的东西。

四月份以来，小铃子的爹一共活了四十几岁。但是据小铃子他妈反复回忆后说小铃子他爹至少活了有八十几岁。后来这出入很大的四十年中在流域的历史里也找不到半点有关的记载。就是说这四十年中连一个细节也没有留下。有关的记载中，只有几个地名是可靠的，那就是湖广、陈州一带活动着大量的惊人的大盗。对于十三年以前猝然出现过的一只青色的手，大家一直都刻骨铭心，没有忘记。在流域的后半部分，我们看到，由于连年的炮火和灾难，制造和出售铁锅的生意越来越不好做。为了竖起一家正宗的制造和销售铁锅的名牌作坊，大家在沸腾的油锅前等了整整一个春天。秤砣是四月初投进油锅里的，其时暮色十分苍茫，沿途的河水翻卷着浓郁的胭脂。小铃子的爹从油锅里将半熟的秤砣打捞上来以后，手和秤砣同时都掉到了附近的水沟里，手在当时是焦黄的。事隔多年之后，大家第二次看到那只手的时候，那手已经和书上记载的一样了，铁青色的。

拐腿的大汉在另一个夜里用一根女人头上的金簪子弄醒了正在做梦的小铃子。这后来，小铃了就用舌头舔破窗纸，趴在窗户上看外面的树丛。丛林里正在过兵，一队接着一队，灰衣服的和黄衣服的军队。枣红的、雪青的马跑得踢踢踏踏的。月光从天空里泼洒下来，树影显得很斑驳。

芸芸直起腰看了一阵，以后便不再看了，又重新弯下腰继续割草。芸芸旁边的女人问芸芸看见什么了，芸芸说什么也没有看见。女人听了就吃吃地笑。女人说女人一和男人一起睡了觉，以后就什么也看不见了，只能看见一些有关男人的情节。女人说她小的时候能看见，小的时候那女人看见那山顶上常有一汪一汪的猪油，还有一些颜色漂亮的兔子经常在上面跑来跑去。芸芸听了，就笑。女人秀发如云，一弯下腰，就把很白的裤腰露出来了。芸芸用手分开一些直立的草，听见附近的河水流得很慢。芸芸是看见女人们全都脱下裤子，蹲在草里沙沙地撒尿时，芸芸才开始动作的。芸芸拣了一处草高的地方蹲下来，下面的草像很硬的胡须一样触到了芸芸的肉。在尿的过程中，她忽然想起了一个人，致使整个过程变得艰涩而不安。芸芸尿完以后，咳嗽了一声，就迅速地提起了裤子。

这件事情的结局只不过是一个寓言。有一天晚上下了雨，草垛湿漉漉的。拐腿的大汉问小铃子的爹是谁，小铃子说他爹叫众生。小铃子看见拐腿大汉时，马上感到他想起了某一个人，这个人经常在他的梦里反复出现。但具体到这个人是谁，生活在什么时候，小铃子还不敢肯定。小铃子感到时间是一种不知不觉的无情欺骗。二十七年前的某个仓库一直亮着灯，它建在河的一边，里面正进行着一场关于东西南北问题的无情无义的谈判。后来，八九年以后，穿灰衣服的人先昂首阔步地走了，后来又逐渐离去了穿黄衣服的人，一路上灯火辉煌，人语鸟言嘈杂成一片。秋天的时候，从河流的上游漂下了无数士兵的尸体。这中间，小铃子他爹接到过一封十分冗长的信，写信的人在一个名叫福星客栈的旅馆里等他。旅馆建在一处繁华热闹的地方，它的后院开满了各式的玫瑰花。在旅馆二楼的转角处，墙上有一颗生锈的铁钉，铁钉上挂有一只半新的草帽，草帽上的某个部位将暗示着小铃子他爹的去向和最后归宿。

在有关流域的记载中，这件事只记下了很简短的一笔，但那是关于旅馆老板的一些情况。在浙东一带，拐腿的大汉度过了几年动荡不安的岁月。他怀念家乡的某一个草垛，又习惯于日夜行军，他多次别有用心地观察一些夜间秘密行驶的船只。后来，一只鸟的啼叫声将他惊醒。他记起了那山顶上强烈的血红色已不再存在。

第二天，倒塌了众多的房屋和建筑。洪水从中原大地上漫卷过去。牲畜、人和士兵都坐在所有的路上，天上不停地流逝着各种各样的颜色。司令部的卫队从石头城里开出来，拦截了一些满载着盐巴、茶叶和鸦片的船只。一些名字在从前的日子里消失后，很久便再不会闪现。

到辛卯年，所发生的事情便十分令人麻烦了。一位闽南来的梅毒病患者纵身跳进了福星客栈后院的某个浴池里，与小铃子的母亲共同沐浴了几个时辰。那时，旅馆里玫瑰花的香气无孔不入。在整座旅馆里，到处都堆积着过时的书籍、海报和信件。在经过旅馆二楼的转角处时，小铃子的母亲感到浑身奇痒难捱。墙上转角处的铁钉早已被人拔去了，几条黄纸的标语覆盖了先前的那些事情。

三

我后来记起那只巨型包袱时，是一年中乌鸦最多的一个傍晚。我没有看到一个割草的女人，只看见被割走草的地方就像剃头刀剃过的头皮一样，一片青茬。在山岗上，有几条同样黑色的狗躺卧在古老的水车下睡觉。

有一具缺了一条腿的尸体大家谁也没有理会。到后来所以要去理会，是由于其中的一个女人发现这尸体的下面竟压着五六根很粗的木柴。女人们将尸体摆正以后，芸芸惊叫了一声，尸体原来是她的男人。两只耳朵一只都没了，像是被什么东西啃去的，胳膊上有一些很深刻的烙印。

小铃子曾经不止一次地梦见过这个年代，小铃子梦见山岗上古老的水车转动起来声音很大。几条黑色的狗脖子上挂着圆环似的面饼轻松地穿越一些麦地。这是某个深秋季节，小铃子对他与拐腿的大汉会面的年代一直感到有些不大真实。毫无疑问，在我梦见巨型包袱的某个夜晚，小铃子十分古怪地梦见了我。这事整整延续了一天。到第二天傍晚的时候，小铃子他们一帮人走到了一座城市的外面。他们已打听好城里的某个旅馆里还有八九个空位，当其他的人都走进城里以后，城门吱吱呀呀地关了，小铃子被留在了城外。城墙上的窟窿里住满了燕子、麻雀、红嘴鸦和一些蝙蝠。小铃子在城门外的一个乱草丛中睡了一宿，夜里，他听见城内笑语喧天，丝竹之乐彻夜不休。城内正在杀猪，或者宰羊，宽大的锦缎衣袖舞动不息。天亮时，小铃子发现昨日的城市不知去向，他睡在一条江边，脚上的一只鞋早已被江水冲去。

至少有一点可以肯定，小铃子身边的这条江是真实的。小铃子在一些年代里几乎没有见过一条河，所以小铃子就把眼前的水认作是江。其实，这条江并不是一条江，它只是一条河。但是小铃子不知道这些，他不知道他身边的这条河就是秦淮河。

这天夜里，一个脸上有刀疤的人在黑暗中推开了芸芸的门。

四

另一个住在福星客栈里的人知道这人的右腿里有三颗步枪

子弹，胸脯里还保留着一块红色的弹片。他住在这个很远的旅馆里，远在四十年之前。

他两眼乌青，脸颊消瘦，显然他是每天都在做梦。按梦中的情况来看，三百年以前由云南乘船沿江北上的那个人，很有可能就是现在的福星客栈老板的祖先。这位祖先据推算应该是蓟北人，年轻时做过一段艄公，以后就不知去向。八月里的一天夜里，他将船停泊在一条很著名的江边上。夜里，有很陌生的人轻而易举地走进他的梦里。陌生人的无端出现致使这个安详的梦变得艰险而残忍。陌生人娓娓动人地对他说，明天有一个带着竹筒的人要来乘船，你要向他索价千金。如不肯出，就不要渡他。陌生人在临走时将他一脚踹醒，他感到臀部有些微痛。这个无端的梦使他感到有些不大真实。那时刚过三更，江面上十分平静。他重新入睡后，陌生人第二次走进他的梦里。陌生人依旧娓娓动人地对他说，明天有一个带着竹筒的人要来乘船，你要向他索价千金。如不肯出，你便写下这三个字给他看。陌生人写了三个字，陌生人将这三个字写到船舱的木板上以后便走了。他那时感到很吃惊，但一点儿也不认识这几个字，更无法知道字的意思。

第二天天亮以后，江面上的船只逐渐多了起来，渡船的人都等在岸上。一路上他一直都在留心乘船的人，但始终没有结果。太阳快要落山的时候，有一个人牵着一头黑色的骡子，骡子的背上驮着竹筒来到江边。他将船摆过去后，来人上了船。船至江心，他向渡船的人索价千金，那人听了觉得荒唐，一直笑他。关于船钱的问题他们整整讨论了一个时辰。后来，他拉过来人的手，用指头在他的手掌心内写了三个字。来人被惊得目瞪口呆，随即便消逝得无影无踪了。他仔细看时，见船舱的木板上只留下一滩水。他便打开那个竹筒，里面装着众多的小棺材，每一具棺材都只有手指那么长，里面都贮着一滴暗红的血。他数了一下棺材的数目，共有六万七千四百五十七个。在这整个过程中，船上再没有另外的任何人。前面说过，这事是发生在八月里。

到了十月里，吴三桂谋叛的事情败露了。吴三桂遗留在城中的党羽在一瞬间被全部杀死。六万七千四百五十七具尸体遍布原野。

一具棺材装一个人，这很像是事先安排策划好了的。毫无疑问，在整个事情中，自始至终有一个半神半人的预言家在操纵着一些时间，掌握着一些命运。在他的周周，聚集了大批来自四面八方的神工鬼斧般的制造大师。但是，究竟是谁预言了整个事件的发生并下令精心制造了那六万七千四百五十七具袖珍的棺材，我们永远无法找到一种令人满意的正确的答案。

一具棺材装一个人。那一夜，我对部分的东西得到了证实。所谓的福星客栈就是三百年以前从城里消失了的九州驿站的化身和复出。其时，福星客栈的老板正在芙蓉城里置办茶叶，准备运往北部地区。从四月份以来，我们每天都能从报纸上看到福星客栈刊登出的一则寻人启事。启事的中心内容是寻找一位脸上有刀疤的北方口音的大汉，大汉的头上日夜戴着一顶六七成新旧的草帽。此外，这启事还有一个小小的细节，就是寻找一颗手指那么长短的生锈的铁钉，这颗铁钉多年来一直钉在福星客栈二楼转角处的墙壁上。在后来的某一个阴雨连绵的日子里，这铁钉被人下楼时顺手拔去了。

某一天，割草的女人们发现一支没有番号的军队在一瞬间毁灭了一座青砖的巨塔。这件事发生在庚午年春天，一片苜蓿地的附近。军官们和他们的士兵们原来一直以为这巨塔里有什么东西。但是，当塔被毁掉以后，他们发现里面原来什么也没有，空荡荡的，积满了灰尘。一座塔原来就是许多的砖堆起来的一个空洞的东西。割草的女人们沿着残砖走过去，发现塔身的下面长满了高大茂密的青草。塔倒下后，周围的地形有点像一个老式花园。这个花园有一种无法说清楚的气氛，总之，很强烈。但是，苍老的青砖和附近的苜蓿又表明这不是一个花园。女人们将塔身下面的草割完以后，都产生了一种迷路般的感觉。后来，她们看见山顶上的颜色红了，黄了，直至最后彻底发蓝。在山岗的另一面，出现了几个挖土坑的孩子。孩子们在土坑里挖出了一个又一个的洞穴，布置得像某个朝代的一座宫殿一样。许多的山岗都只有一条路，许多的路都指向一个山岗。乌鸦们跟在黑狗的后面在山岗上轻轻走动。八九个从南边的战场上逃下来的士兵从山脚下走过，他们裸露着瘦伶伶的腹部和生殖器，眼睛深陷。他们的行装像一种复杂的舞姿活动在他们的背上。一路上都是红颜色的山洞，他们漠然地看着，不动声色。山洞在后来越来越多，无数相同的山洞使他们意识到他们是走了一条重复不断的旧路。

到了第二年的暮春时节，小铃子在梦里得到了一本书。这本书自始至终都飘溢着一种茶叶的气息。全书每逢单页，便书写着一些巨大的黑色的名字。这些名字像沉重的翅膀一样令人不安地飞来飞去。书中共有二十四件著名的瓷器，每一件瓷器上的图案都用了一种连环画的形式叙述了一个发生在久远年代里的故事。一些房子里住着人，房子在天空下显得十分渺小。在第一百零四页的一片草地上，刮来了一阵风。先前的那些黑色的巨大的名字便都停止不动了，久久地落在一些岩石上。后半夜，几个黑色的巨大的名字将一只沉重的巨型包袱从书的第七十二页上挤了出去，沉重的巨型包袱顺着山岗上的舞蹈般的纹路一直向山下滚去。鸡叫二遍的时候，小铃子用手摸到了一个笔画很简单的字。

五

在夏天的某个日子里，我们曾经看到了《落日传》里的一百一十八幅插图作品。书的每一页的右下角都不同程度地描写了人们常见的那种质感粗糙的人生和冷漠的情分。从全书的背景和气氛来看，这其实显然是一本关于禁欲主义的著作。自始至终，在这件事情中，女人们都在反复不断地割草。至于女人们割草的目的和动机以及行为的本身，似乎并不重要。这件事情里最令人不安的一点是，芸芸的头发里住进了一窝鸟。除了一公一母两只老鸟外，剩下的全是七八只浑身还未来得及长毛的幼鸟。这件事似乎与周围的其他人无关。夏天以来，芸芸日渐觉得头发燥热奇痒。割草回来后的一个黄昏，她蹲在一条河边洗手。河水很清，远远地看见一只年纪很大的鸟嘴里叼着一只金黄的谷穗从天空下飞回来。芸芸一直亲眼看着鸟匆匆地飞进她的头发里。芸芸伸手一摸，几只出生不久的嗷嗷待哺的幼鸟便一起在她的头发里尖叫不止。

对于这件事的突然出现，芸芸只是感到有些害怕。芸芸不是害怕死亡本身，而是对那些与死亡有关的全部细节感到害怕。这全部的细节从头至尾包括一开始的预言、笼罩、气氛以及将要来临的某种现象。从倒下后的草到永远消逝了的军队，山岗上一直没有出现过哗变的情况。

有一天，女人们在割草的时候无意间抬起头，发现山顶上站着一个石人。但是，这种现象只持续了很小的一段时间，以后就再也看不到了。

夜里，我梦见距离在忽长忽短地延伸。考虑到报纸的功利作用以及战线的南移，某人曾经多次反复劝说小铃子去进行一次远行。某人他所设想的开头比较简单，先让小铃子在福星客栈二楼的某个房间里住一段日子，再慢慢观察形势。据某人讲，他对小铃子提到的拐腿大汉的存在的真实性表示很大的怀疑，他认为世上已经没有这个人了，有的只是类似的另外一种相同的形象。某人说拐腿的大汉很有可能是某一本书里的一个人物。但是我们不能排除这样的一个假设，就是这个拐腿的大汉很容易也很可能会从某一本书里逃出来。他这样做表现了一种顽强和对时间的控制把握。多年来，这个拐腿的大汉一直怀有某种不可告人的目的，在他没有实现这个目的之时，他不会无动于衷，不会坐在书页里不出来，更不可能轻而易举地白白地死在某本书里。

大约在两年以前，我在你的住处发现了一段关于对割草的女人们所使用的砍刀和镰刀的生动描写。在这段描写的前面，他们杜撰了一个愚顽可恶的无赖般的民族，这一段文字毫无色彩，写得肤浅至极。每一个字都像一张僵死的面孔一样固守在各自的位置上，从笔画和字体上来看。这些文字毫无疑问都是正确的无可非议的一次书写过程。这段啼笑皆非的文字让我们很快地想起了某个时代的一次文人聚会。

那些孩子完全从山岗的另一面消逝以后，山岗上留下了无数座空洞而整齐的坟墓，有如六朝消逝后出现过的宫殿现象。

六

在小铃子擅自离开那个巨型包袱出门远行的第二年，那个巨型包袱在某一个黎明到来之时，发生了一种破裂的现象。包袱像是被谁割破的，又可能是自身产生破裂的，总之，包袱是破了，流出一些浓浓的黄色汁液，这中间夹杂有许多的血块。总之，巨型包袱露出了一种十分狰狞的面目。

一只石舫在七月初的一天出现在河岸上。

秦淮河依旧日夜翻卷着厚厚的胭脂和琵琶之音。小铃子的母亲是七月底进入到石舫里的，她浑身的肉都绽开了花朵一样的东西。从七月底到八月上旬的一段日子里，小铃子的母亲夜夜都梦见一些溃不成军的部队，河里飘满了大大小小的商船，密集的枪声不断地穿越一些油菜地。

经常有一些发红的消息从河的上游漂下来。

七月二十八日这天傍晚，一只青色的手伸进了小铃子的梦里。

小铃子听见一些士兵躲在屋檐下避雨，轻声谈话。士兵的烟被雨淋得十分潮湿，他们一支烟也点不着。茶馆里的四壁上贴满了通缉捉拿某人的告示，悬赏大洋五千元，悬赏大洋一万元，依次排列下去。

一些类似泪珠一样的东西从青色的手指间嘀嘀嗒嗒地滴入小铃子的梦里。

出于对历史的眷恋和某种目的，小铃子一眼便认出了这只多年以前的手。青色的手声音呜咽地告诉小铃子，多年来他一直生活在福星客栈二楼转角处的一顶草帽下。在须发皆白之年的某一天中，忽然被弄得无处栖身。

毫无疑问，报纸上刊登的福星客栈的那个寻人启事是由这只青色的手一手制造出来的。在关于流域的历史中，小铃子的这次远行作为一个细节被记载了下来，只是在记载中对福星客栈的叙述多少有些使人不安。

我们不会把这些东西认为是历史，它只具有一种发生和不发生的可能性。这些东西是否在曾经很真实地展开过、发生过，谁也不大明白。

从七月底到八月上旬这段时间里，他们的记忆的领地上一直占据着数不清的阳光。在这样的年代里，小铃子的母亲一直微笑在石舫里。其实石舫的周围并没有令人发笑的东西。她笑得十分迅速，几乎不容易看出来。谁也没有发现她是在笑，谁也没有以为她是在进行着一种永久的告别。某人坐在一棵树下讲了一件丑闻事件，这是发生在一个老式花园里的故事的一种。出门远行的人是按照梦中人的指引在视线内消失了的。报纸在每个星期六的右下角都出现许多神话，这是一个禁区，人的感觉世界被完全尘封起来以后，剩下的可干的事情就是研究和传阅一些带花边的文章。

钥匙在当时只是一个地区，更确切一点来说它只是一个县。有几任公署专员在那里干过。这个地区一向是一个太平无事的地区。某人在钥匙里住下后才发现他对这个地区不断地重复出现的时间感到不能适应。他们在这里建造了一批数量惊人的建筑和距离，因而时间就总在这种相同的形状和数目中不断重复。某人曾经在一封信里真实而感人地叙述这一现象。他经常在白日里听见有一只狗在这个地区的外面叫。狗叫的声音不大正常，常使他觉得外面有鬼或是其他类似的可怕的东西。十二月里的一天，一群衣衫不整的士兵从北部退了下来。其时，一种血气方刚的粉刺正从他的脖颈下蔓延到背部。他搭了一辆马车，在距离一个老式花园不远的地方时下了车。赶马车的人住在山南的某个地方。在花园里，他首先看到了那块著名的上面刻着棋谱的青石。棋谱上隐隐地有哗哗的溪水声流过，不时还响起一两声老态的叹息。叹息如烟，他感到轻烟正由棋子的四周慢慢散去。附近的钟敲响的时候，他已将青石挪到了一边。青石的下面有一个洞。他摸索了一阵，有一个沉甸甸的黄油布包便从里面出来了。

这一下你可输了。

由于激动，他不禁有些结结巴巴地说。

在山岗的附近，我分别用几种不同颜色的笔写了几封信。后来，这几封信由福星客栈的四个伙计分别发出去了。大约一个星期以后，福星客栈在报纸上的第三版里登出了一则广告，说某人已经死了。内中有一封长达数十页的信是写给某人的。在信的第一页到第十三页之间，像留声机那样比较详细而真实地记录了某人的全部生涯。在第四十八页第六十三页里，集中地叙述了他的相貌和身世。信的结尾写了一场梦。这个梦出现在很多年以前的战乱时期。某人后来所做的一切事以及他所到过的一切地方，都曾经在那一场梦里不止一次地出现过。某人听了以后，觉得又冷又热。后来，他就死了，他是在一把椅子上死去的。有人进来送茶时，发现椅子上的人已经不见了，消失得十分迅速，只有椅子背上留下了一滴血。在此之前的一个时辰里，送茶的人进来过一次。但某人说他不想喝茶，他坐在椅子上显得很不耐烦。送茶的人临出门时，听到某人坐在椅子上开始反复朗诵一首诗。

一首诗就可以使一个花园、一个故事永远地从世上消失掉。那一夜，山顶上不断变幻着各种颜色。对于巨型包袱以外的东西，我们一直无法把握。

那场漫长而艰辛的梦结束时，山下的草已被女人们割完了。她们计划着向别处向草多的地方搬迁。做那场梦的人是小铃子。与此同时，另一个远在异地的人在梦着小铃子以及小铃子的那场梦的全部过程。后来，旅馆后院里的玫瑰花开了。是玫瑰花的香气中断了那场梦的继续延伸。那个人被玫瑰花的香气弄醒以后，发现旅馆里先前的那些年轻的伙计都已告老还乡了，一批新来的学徒他一个也不认识。

十二月的中旬，当铃子一瘸一瘸地出现在拐腿大汉的视线里时，拐腿大汉并没有发现他看到了什么。在小铃子的身上，闪烁着一些模糊不清的往事。

拐腿的大汉问小铃子的爹是谁，小铃子说他爹叫众生。在这次谈话的过程中，所谈的内容和情节一直被不断响起的公鸡的啼叫声所涂染，谈话的内容被涂成血红色。在丁丑年冬天的第一个清冷的早晨，先遣指挥官问部队可否撤退，命令下来后已是第二天的傍晚，部队原地不动，整装待命。高级军官称赞士兵们英勇抵抗。无数具横陈的尸体使旷野构成了一种很独特的风景。

暮春时分，许多色彩艳丽的画舫都按照一种习惯停泊在岸边。

这在当时只是一种不太重要的背景。背景的内容是几个人拖着一具尸体在夕阳中远远地向海边走去。妈妈爱小铃子，爹也爱他。爹从出生以来就只留下一段回忆，一种无法把握的概念。爹飞越故事的过程，形成一种距离。我怀疑我们的故事里有不少虚假的气氛和细节。过河的那一天，他们手持着由伪总统签署的荣誉证和十字勋章，以及柄上镶有绿呢的军刀。年代与年代之间的频繁断裂，并没有使大多数的人醒悟到什么。

我缓慢而安静地写作这一过程，左边的一大段空白无疑是留给小铃子的，一九七三年四月二十八日小铃子的死亡，更证明了这种做法的必要性。至于右下角的一处空白本来是属于小铃子父母的，但由于他们为我们展现的是一种弱不禁风的生涯，他们为我们提供了太多的虚假的东西，我们的想象被无情地扼制了。这样，从四十年以后的一个黄昏，几个经历大致相同或近似的人开始陆续地出现在右下角的一小处空白里。这上面是炮声，是飞跑着的农具。下面是河流、丛林。山岗在接下去的几页内反复出现。这一年下的雨很多，所以山岗上总是湿漉漉的。七八页过去之后，是古老的石头城。抛开大批神圣的建筑和阳光不说，单就杂色的历史而言，这座城绝不亚于希腊。在希腊的每一块石头上，都有神写下的文字以及神的声音。在这个地方，城墙倒坍以后，常有许多血红的年代被挖掘出来，无数的鸟如珍贵的瓷器一样，背上都刻有各种符号和有关的叙述文字。鸟翅下面潜伏着的阳光我们有些不大熟悉，但这种陌生和迷离为时不会太远。在某一天的某一页里，我们会发现时光表面上所呈现的舞蹈般的花纹，理解一部分简单的属于日常用语的暗语。但是，对于鸟背上所提供给我们的供我们阅读和使用的文字及其符号，我们永生都无法读懂。

对于那些手持声音的聋哑人，我们已司空见惯。

几支彩色的笔同时在记载上缓缓行走。山岗就在背后。有关战线的一段文字写得无可辩驳，不容置疑。女人们总在山脚下割草，她们的整个过程与报纸无关。一个在书里沉睡了四十年的瘫痪病人并不是这部书最初的原意，清晨的阳光透过树丛照在他的脸上，这是一张早已烂掉了的脸。这个北方口音的大汉，是一切事件的目击者，他愿意将一些有关的人变成梦。

小铃子一放下背上的行李，就发现他又回到了原来的这个地方。他沿着一个巨大的圆走了一圈。这个圆从某一个年代开始后一直在外面画了好多年，现在终于完成了，这种现象似乎做得十分完整，没有出现过缺憾的地方。小铃子对这个圆感到有些迷茫。在他的脑子里，从来没有过一种圆的意识和概念。在距离山岗不远的附近，他看到了一片人坐过的土地，土上面至今还呈现着人的痕迹和印象。在山岗的一个侧面，坐着几个蓬头垢面的人。一个人拨开另一个人的头发在里面仔细寻找东西。一个没有裤带的人自始至终都在十分费力地与旁边的人猜谜。山岗下有一些写满了字的纸片，但他们都没有看见。妈妈，我该去约她吗？我该买一件珍贵的礼物送给她吗？妈妈爱她的孩子，妈妈会对一切都做出回答。

几个人都用各自的方言在一起交谈。小铃子打开行李，仔细地抚摸里面的一套银具。这套银具是福星旅馆里的一个人送给他的，那人只收下了小铃子随身携带着的一本蓝色小册子。一把小银壶，使小铃子具有了一种初步的圆的意识和概念。去年冬天在某个广场上，他遇到了一个自称是他兄弟的南方人。那个人很令人讨厌，像众多的南方人一样。那个人精心无比地为小铃子描述了小铃子家里的一切情景，包括住宅、摆设以及日常用语和一切习惯。他说得十分正确，他最后补充道，在房子的背后，挂着一只米黄色的斗笠，斗笠上的某一个洞用一根红线缝过，一共是十七针。在这个洞的不远处有一处十分焦黄的地方，那地方记载着曾经发生过一场大火，烟从山岗上漫过，附近的一些草被烧去许多。

七

八月刚开始的前几天，在一个石拱门的附近，一位川军里的退伍军官将三套簇新的制服和一沓当时的报纸托人送到了福星客栈的二楼上。旅馆里新到不久的一个伙计接待了送制服和报纸的人。他们的谈话进行了半个下午。到傍晚的时候，来人就从旅馆里告辞了，他要搭乘一条当日夜里的船赶回去。必须赶回去，必须赶在天亮之前赶回驻地去。来人很坚决地说着，并离开了旅馆。

客栈的伙计后来回忆起那位不肯露面的退伍军官时，一直感到军官是一位脸色红润的人，眼睛细长，胸脯消瘦，说着一口地道的川北土话。这位军官在看书的时候喜欢从书的结尾处开始看起，然后一直看到开头和书的题目。他其实可以用好几种行业的术语写出许多不同的信。十一月的某一天，一个从长江的木轮上跑下来的人告诉福星客栈的老板说，川军的某个部队里发生了一次哗变，先前的那个退伍军官已经面色红润地死了，他的尸体与其他许多人的尸体都横陈在一座山的脚下。至于那个曾经来送过制服的人已经不知去向了。

当天夜里，旅馆老板命令伙计们都去睡觉后，他一个人亲自动手，将那三套簇新的制服埋到了旅馆的后院里。

制服埋好以后，旅馆里的玫瑰花依旧生机盎然地在上面生长着。

对于这一事件，小铃子从前似有所闻。灾难其实就是从那个石拱门的下面开始向外面逐渐延伸的。战争开始以后，小铃子参加了西北军团，他们驻扎在中原黄泛区。在一些著名的路口上，干旱和霍乱使许多曾经信誓旦旦的人丧失了能力和幻想。辽阔的空地已经被抽象了，原来一些被遗弃的狭长的地带成了信念的最后归宿，投降的白旗在黎明那时被风刮得有如流行的纺绸衬衫。短短的几个这样的季节连续过去以后，大家都变得互不认识了。

到处都是陌生而猛烈的脸。

他们这样回忆道。

那个石拱门借助了一些无根的花朵，才逐渐显示出它的不祥。十二月的一个傍晚，我从一座铁桥上走过时，附近正游动着一些颜色暗红的翅膀。与此同时，小铃子望见天空里的云彩像无垠的沙漠一样，那是一种质感细腻的缓缓流动的印象。

谁也没有发现，这时候从铁桥的另一头走来一个头戴草帽的人，他举着一只青色的手，衣服上沾满了血迹。他使用的是一种浓重的北方口音，干燥的北方语言使他的锈发如草，衣服上的血迹像几个世纪以前的一件事情。

那天晚上我们谈了很多的东西，小铃子也在场，他一边还为我们烧制鱼汤。他向我们谈起了一些漏洞百出的城墙，还涉及某一条河流。这条河流在七十年代末已经完全干涸了，成了当地居民倾倒垃圾的地方。

三分之二的话谈完以后，他想到了一件事。他缓缓地说，二十八年前在苏州城里有一位姓沈的老板不知你们是否还记得他，那时候的苏州河像一道宁静的月光之河，苏纶码头上日夜都十分繁忙。那年中秋节的夜里，姓沈的老板家里出了一件让人十分震惊的事情。

小铃子在这时忽然把鱼汤端上来了。小铃子似笑非笑地说，夜深了，喝过汤，我们赶快睡觉。

汤后，他拿出一张折叠得很小心的报纸递给我。这报纸上比较真实地记载了沈家在当时所发生的事情。我们先是注意事情的本身，之后才开始留心起文章所运用的语言。好像麻烦就出在这里，那种语言，那种让人眼跳的叙述方法和风格，终于不可避免地中断了我们的谈话。

那天晚上，我们所谈的许多内容都因此而结了冰，永远地尘封在一种遗忘中了。

临睡之前，他忽然对我说，我要寻找一种现象，这是我出来多年的唯一目的。我明知那种现象再不大可能重新出现，但我还是一直不死心。我曾经为无数的人查询过文字和姓氏，我以为这是一种途径。

一些黑体的黏稠的夜色正从他的耳朵里流出来。这种东西涂染了他的鬓发和脸颊，涂染了我们此刻所谈的事情。

他对我说，我老在回忆一个典故。不能完全肯定我要寻找的那种现象是出自这个典故，但至少它与这个典故有关。我们其实至今都说不清山是一种什么颜色，我想谁也说不清这种现象。我们居住过的那座山，就在天边的附近。第二天，他死了。在他的身上我和小铃子发现了无数个细小的口袋。

出于对神秘的追寻，我们拜见了一位典故大师。他在给我们阐释文字的时候，提到了那座山，那是一个十分寒冷的地方，草木四季都呈现着白色，那里的人都习惯赤裸着身体在房子里走动。在他们的背后，生活着一群热爱战争的人。

典故大师平缓而安静地说，他们曾经用几百年的心血培植了一棵长寿之树，但是后来他们很快就把树毁掉了。砍伐的时候，许多的人都掉了眼泪。为什么要砍掉这棵树，他们认为长寿会使大家的痛苦无穷无尽地延续下去，而只有一种现象是最美好的最令人愉快的，那就是死亡。

大师说这话的时候，这个地区的气候始终十分恶劣，忽风忽雨，雪还在有的夜间出现。事隔不久，小铃子就随军走了。这一段军旅生涯十分模糊，无头无尾，很难让人顺利地把握住。

他们从中原黄泛区出发，经过一个月零六天的长途跋涉，春天的时候，开到了黔西南高原上。无垠的红土使他们重温了一次童年的故事。

一月十四日，他们经过了一条狭长的洞穴地带，岩石上刻着唐人的故事和济慈的诗。唐代的舞姿让人想起与战争有关的现象。夜幕一降临，居住在附近的布依人就开始举行婚礼仪式。他们把新娘放到河里，让她的脸暴露在月光之下。不贞的女人会因月光而将脸全部烂掉。

那时候，我梦到一个人正跪在五丈高的城墙下祈祷。他旁边的河流上林立着烛台、铜车马，灯火辉煌。无数红色的石头耀人眼目。后来，城门从里边开了。

面对小铃子字迹潦乱的家书，他们感到无法辨认。山顶上在这以前曾经居住过一个十分淫乱的种族。小铃子他们的一个上司喝了一个瓦罐里的水，不久便发疯而死。

典故大师曾经对漫长的日子忧心忡忡，他从一些高大的佛塔下走过时，我梦见了一个花园。花园里布满了复杂而凌乱的曲线。在我的身体还没有进入到花园里之前，我的眉毛最先获得了一种威胁的信息：它不洁，它的日期是十三日，它是正宗的东方陷阱，古典式的坟墓。

八

芸芸摸到那根眉毛以后，发现那个人被几根树枝紧紧地缠着。这是一个锡兵，他死的时间是几个世纪之前，一个盛大的庆典仪式之后。

时间把一座粗糙的山磨得十分平滑。一条阴道的四壁被水珠浸得潮湿连绵，紫色的沟水日夜从脚下流过。

芸芸认得出他们，他们灰色的身影出来进去，重复着若干年来的种种现象。

寒冷的富人和穷人，同样都喝着时间之河的污水。

芸芸不知道这名锡兵在这里被绑了有多少个日夜。春天一开始，她们就目睹了无数的洞穴和尸体，她们再也找不到一处有草的地方了。她们曾经想到了山，但是山顶上反复变幻的蓝色使他们畏惧，不敢贸然跨上山一步。她们也记起了水边的沼泽，但是月光总是真实地丑陋地描绘她们的身体。有一天，一位高级军官出现在山岗上。后来，又来了一群军官，他们斜披着战时的麦尔登呢军大衣，观察一种美丽的战后现象。

在失去草木的那些季节里，我几乎无处栖身。当我后来偶然地出现在芸芸以及其他女人的视线里时，她们把我认成是一种石器时代的草。她们激动不安地吵闹，使我一直无法入睡，夜夜失眠。

一月十八日，山顶上出现了一个石头的头像。头像的两个侧面，在靠近耳朵的地方刻着一种沉默的语言。女人们在这个时候，都不可避免地失去了判断方面的能力和识别方面的能力。除了山顶上的那个头像外，周围的一切她们都看不见了。那时候，她们根本分不清她们手里握着的是草还是死者的头发。

但这种现象只持续了一瞬间，之后，石像就彻底消失了。

在女人们恢复视力的最初的时间里，我已经跑过了一条著名的河，正在向一种城墙前靠近。女人们只看见我的一条跑得不太及时的腿。

她们开始使用一种比较妩媚的语言呼唤那些消逝了的草。她们站在河流的上下，身体表现得过于丰满。她们的手指甲和脚趾甲都没有用指甲花染过颜色，身上飘出淡淡的幽香，唇红齿白，面部清秀。军官们会在临死之前真实无比地回忆起她们。他们将在各自的墓穴旁将她们杀死，当作替身，以使自己能苟延一二年。

黎明使高大的城墙逐渐发黑、发蓝，最后显示出城墙原有的本色。我在那时初步有了一个认识，城墙不过是按照古老法则和遗训堆积起来的一摞砖。至于城墙的内外镶嵌着的粗杂的牛毛，早已再无任何人追究了。城墙上不允许造门，这话有人曾经说过。说这话的是一位教育家兼哲学家，并不是一位研究防御掌管军事的指挥官。

谁也没有发现在一条古老的法则里会出现一至几个洞口。洞口内阴沉而潮湿，长满了众多的复杂的信念。我穿过一条由文字筑成的狭长通道，远远地便看见了一个巨大的圆形水坛。水坛的四周吹着风。这里有门，门的数目根据人的信念的多少而随时增减。在门的不断增减过程中，有关童年的东西如一把折扇一样花人眼目，一触即逝。

童年，隐秘的岁月。

童年，袒露的季节。

一种徐缓的苦心经营的语言，一直持续到日落黄昏。我曾经讲过一些使人发笑的事情，我这样做的时候始终提心吊胆、手脚冰凉。西边群山的颜色如一场战争后的遗迹，那无数的死去了的人，将他们的血都漫不经心地涂抹到天上、群山上。然后战争的双方都以失败而宣布故事已经到此结束。故事中的人都已各奔东西，都无声地埋入土里，然后由黑暗将一切覆盖。

女人们的一生都被柔软的草所覆盖。

在我的头顶上方，始终覆盖着一块圆形的天空，它空寂而无色。它像一块圆圆的草蒲团一样在原地浮动，但我觉得它可能是紫色的，我在缓缓写作的时候一直这样认为，我看见文字紫色的脸和腿始终徐徐而行，原地浮动，有如梦中的岛屿。

在一个三角形的地区内，存在着一种十分复杂的结构。在全书的关键章节里，这个地区惊人地繁殖着野马和大角的羚羊，还有数不清数目的男人和女人。城墙上辉煌的东西存在了没有多久，黑暗比河流还要更加古老。军官们佩戴着蓝色的臂章，在他们的面前他们看到了一个不愿意为自己的性命担保的人，看到了一个不再对任何的东西都产生兴趣的人。那天夜里，他们在一座雪白的房间里点起了火，唱完歌后又跳起了舞。但是，他一点儿也不激动，他彷徨不定地望着杯子里平静的酒。妈妈，这就是我多年来要寻找的那个无极的终点，它可能就在辽远的北方。他乞求军官们赐给他一个莫须有的罪名，然后流放他到冰天雪地的北方去。军官们红润的面孔、青色的胡楂使他一直昏昏欲睡。他从一些肉色的女人的腿前走过，拉开门以后，他对着黑暗中雪地里的一些栅栏说道：“妈妈，我是牧羊人，我来自寒冷的北方重镇！”

他们拒绝给他以罪名，他们希望他能在花丛中高声朗诵一首保罗的诗。

我不适时地出现以后，他们正在一个院子里研究某人的一册灰色日记。这是朱子的一种遗言。他们说他们一直没有发现周围有建筑物，原因是他们一直对建筑的尺寸和规则不得要领，无法把握。一些圆形的柱子不知出于哪一个年代，这种明火执仗的古老使人的迷茫不断重演。

九

一直传说那山顶上有东西。

二月里的一天，报纸上详细地介绍了一座著名的建筑物被盗的经过以及倒塌的全部过程。那时他正在整理一些战前的书籍。

他的孩子每天骑着驴上学。

他往前走了几步，整整是十八岁。那时候谁也不认识他，长条桌子上日夜堆积着垃圾般的书籍和笔记本。有一个女人在他墙上的镜框里非凡地笑着，相框的四周都镶了金黄的边。我是一个牧羊人，但是我无法接近山，以及所有长草的地方和一切河流。

他打开《落日传》，迅速地翻到第三百九十页。他记得《落日传》有几个版本，最早的古老版本有如小型的墓碑一样大小。而放在他眼前的这本，从形状和重量上来看，都极像城墙上的一块砖头。

兵匪、霍乱、墓穴、诗歌。“芝麻，开门！”记忆是橘红色的，屋顶上的横木在当初运来的时候，上面还带有一些形状如耳朵般的绿色叶片。他忧心重重地想道，如果我们大家都骑着驴上学，那么在不久的将来，我们都将会不可避免地成为兄弟，或表亲。

他在日记里这样写道：

> 梯级和栏杆，悬空地贴着高大的墙壁，在圆顶上部的暗处转了两三圈，没有通往任何地方便消失了。

后来他把这些日记演变成信，他不准备把这信寄给世上任何的人。他说，如果我的祖先们知道我的孩子每天骑着驴上学，他们无疑会发疯，还会将我杀死。但我对此毫不介意。

他在信里认真地写道：

> 她经常为我表演南方的歌谣和舞蹈，我们都把衣服脱下来挂在北方。
>
> 那时，我经常在流域附近她的雪白的房子里横渡一些绚丽的节日的夜晚。
>
> 她有时也放一些鸽子在过道里。她用舌头舔着我的脸说，你的舌头绯红绯红的，如同秋天傍晚时的晚霞一样。那时我对她总是不满足的，她对我也有同感。她每次用探索的目光望着我时，似乎能从我身上发现一种以前没有过的东西。她说，你有迷人的黑色的皮肤，这肤色能使人销魂失魄，以至不守贞操。

后来，她就死了。她已经死去多年。最初的某一天，当有人从她的房子前走过的时候，发现她已经死去好久了。

她的脸部烂了，像一大朵盛开着的玫瑰花。

那时，他正隐藏在一个墓穴里。附近有几名高大的军官正在观察周围的地形。那条不息的河流显然使他们感到很棘手，于己无益。他们观察了整整一天以后，毫无任何结果。就在他们叹着气准备离去的时候，他们发现了那山岗。

山岗上的那几只黑狗都已上了年纪，老得不愿四处跑动了。黑色的狗蜷卧在古老的水车下，神情漠然地打量着激动不已的军官们。

军官们显然也看见这几只狗了。那时，挂在狗脖子上的圆环似的面饼早已吃完了。其中有一个三十出头的军官激动不已地说，瞧那几只狗，那么胖。一位年纪很大的军官冷冷地笑着说，那不过是一些石头雕成的狗而已。中尉，你的幼稚和无知，你的愚蠢和不成熟，将使我们军人的形象和荣誉一落千丈，变得一文不值。

军官们陆续走上山岗，认真地抚摸那架古老的水车。

十

他拿起另外的一封信，上面用宽容和蔼的字体写道：

维拉，请在归去的路上等我。

写信的人有着一双北方人的眼睛和嘴巴。他一生中有将近四十年的时间被排除在他的生命之外。他一生长于计算，但是永远搞不清自己的全部经历。在流域的附近，经常有福星客栈的伙计领取到大宗的包裹和零星的信件。

在我以前居住过的那个北方小城里，每天邮政局的门一开，便有一位深色皮肤的人拖着他的两条假腿准时地走进来。他胸前的上衣口袋里并排插有二十几支笔，他用各种各样的颜色和字体为众多的不识字的人写信。他熟悉各种语气和名词宾语，他知道一件事情该怎样开头又如何结尾，他的特殊的写作风格很令人称赞。每次见到我时，他总是十分谦恭地问道，您刚从那边回来?

三月里的一天，我看见一个骑驴上学的孩子从驴身上摔下来后，被几只狗咬死了。

我到达邮政局以后，许多不识字的都焦急不安地散布在门口。

写信的人今天没有来。

他知道今天是三月的第十二天。有一种可能是他回老家去了。

十 一

春天以来，他开始致力于风光方面的描写。他描写了流域上下一百年间的风光和种种的自然现象。在一个行人稀少的黄昏，他绞尽脑汁涂改一行行的文字。我站在人群之外，旅馆的门大开着。最初，我以为他写的是一种抒情性的文字，但是他多年来沉默不语的姿态又排除了我的设想。

博尔赫斯说，在埃塞俄比亚，猴子故意不说话，以避免被迫的劳动。我认为，由此看来，他的沉默多年的姿态显然是要努力忘掉一些什么，他想把一切发生过的已经遥远了的事情都通过文字来化为乌有，只剩下一些模糊而连续的短暂印象在跳跃。他想建造一种没有记忆没有时间的世界，他觉得只有文字才具有这种非凡的可能性。时间过去很久了，学生们冒着雨从学校里回来，婢女们在暮色初降时刻第一次忐忑不安地在街上迈着初来的步子。

深夜的时候，我从一个老市区里出来，那时候基本上没有看到什么灯光。虽然是这样的季节，但天空却红得过于有些夸张。

第二天，我了解了时间。军官们蒙着面，身上盖着军大衣，安静无比地躺在担架上，等待汽车从远处开来。

那一天，我似乎理解了他的语言。所谓的建筑世界就是指一条静止不动的河流。他运用了文字以后，就再也不会看到这个无比具体无比琐碎的世界了。到了郊外，我看见肮脏的水轮回着流动。

建筑、伟人、不朽的功绩，一个一个地接连消逝，消逝如烟。水是不动的，比起琐碎的生，死更令人想到快慰，想到温暖如初的洁净天空。

回忆多年以前，在一座高而窄的世人不留意的房子里，我缓慢而安静地写作了为数不多的远离时局与战争的文字。我写了有关石头城的故事、维拉的晚年的故事和上山砍伐的故事。在山岗的附近，我叙述了一些神话给她们，以观看她们每天出来割草。这种情景与山顶上出现过的幻影都不会进入到流域的历史之中，而且记载还有意地排除这些。

四十年代后期，北方的某个乡村里出现了一位长于预言的行吟诗人。在此之前，在他出生之前，另一位预言大师在临死前的一个夜晚观察到了这位后来人的种种生命现象。于是，大师吩咐家人为他弹奏一首曲子，大师躺在铺上。歌曲结束以后，他就微笑着走了。语言表明他已完全满足了，他只是有些累。

大师留下的最后一句话是：

> 我现在已经无比轻松，我提前走向幸福，我将第一个看到曙光之城。

据有人说，这位后来的行吟诗人在他二十七岁那年便找到了哀鸣山的地址。他在这里一口气待了有六十八年。后来的一些年中，大家便不再能看到他的影子。那里的建筑一直无法兴建起来，是由于他的神奇的叙述语言一直在哀鸣山的四周缓缓盘绕。

他拒绝一切具体的东西进入山中。他珍惜山中的阳光和水流，他临终谆告的事情就是维护山中的一切东西，使它洁净、崇高。

关于他的故事，我们只能简单地设想是一个巨型的圆环。

十　二

两年以后的今天，一位中原地区的税务官骑在马上死掉了。最初，他骑着一匹别人进贡给他的小公马，他沿着这个城市转了一圈，最后回到了城里，他在马上就死了。地点正好是这个城市的中心，一个很著名的广场，四周还有花园。

传说他是由于眼病复发。

他的眼睛几乎成了两条通道，从里面不住地流出铁青色的液体。

这事出现在二月底，到三月上旬的时候，城市的中心广场还被那种铁青色的汁液覆盖着，这东西像沥青一样，但更滑一些，行人走在上面就会被滑倒，鞋子一触即烂。那时，小铃子他们的军队正好从这里经过。一位排长果然被滑倒了，他的两只手按在地上支撑着身体，手上沾满了铁青色的汁液。后来，部队渡过黄河以后，在一个黎明时分，排长死了。排长被扔在一条河边，他身上的气味使整个军营变成了一片沼泽。

这事把小铃子折磨了好多年。每天夜里入睡以后，小铃子都看见有两条铁青色的蛇由他的鼻孔里窜进去。到黎明的时候，两条蛇又一起出来后，打着嗝走了。它们几乎形影不离，像一对同胞的兄弟。

四月八日上午，第七战区的参谋长委派一位处长审讯了小铃子。

处长问小铃子，她们现在在什么地方？小铃子说：谁？处长说是两名女学生，好多人都看见了。小铃子那时觉得他被虚构在一个故事里面，四周拥挤的面孔使他坐卧不安。

第二天傍晚，她们来了。她们是姐妹俩，一胎而生。她们右脸颊的下面都有一颗红痣。她们告诉小铃子说她们都是国语专科学校二年级的学生。

她们是七月十五日，放暑假的前一天夜里去世的。

我删掉了后面的两个章节以后，时间就变成第二年的七月十五日。小铃子在傍晚时分敲开了她们的门。小铃子那天并不准备坐得太晚。但是后来，忽然下起了雨，小铃子又没带雨伞。这场雨对小铃子有利，使她们不得不留他吃饭，小铃子当然也决不会放弃这个良好的机会。那天晚上，他们谈了一些早已废弃了的建筑。后来，她们又读了一首魏尔仑的诗给他听。

她们的父母均在南方的教育委员会任职。委员会经常有信寄给她们，每年都如此，一次也没有中断。委员会那时还不清楚她们早已在前一年里去世的事。早年，她们曾迷恋于歌德叙述的故事。直到她们去世的前一年，一翻开书卷，就有一种魏玛时期的香水味浮现起来。

九年以后的七月十五日，她们黑了灯，她们看见高高的语言已经完全消逝。

十 三

16日的黎明，这个拐腿的北方人在河流的附近消失了。

冬季战争结束后的最初几个月里，我正好读到了这个民族的比较贪鄙的一面。时间以外的地方是无比洁净的地方，对于一个品质低劣的民族，世代都无法从时间之河里跳出来。就是这个族类，他们永远都那么自以为是。

环绕在这个故事周围的一条河流，实际上就是一种能够缓缓而行的文字。战争使他们的记忆不断倒退。春天的一个早晨，他们看见一艘冥国的船出现在远处的海面上，船工用一种简单易懂的语言招呼他们。他们听不懂更为复杂一点的语言，虽然组成这种语言的文字他们自小就非常熟悉。

我见到她们的时候，她们正在为一只公羊涂脂抹粉。她们显得十分冲动地说，这显然是一篇很有趣的文章。对于听不懂语言的人最好不要期待在他们的大脑上做什么文章。说起战争，他们就理解成硝烟，他们整个种族的人都一致回答说在他们正准备要团圆吃饭的时候忽然听到了枪声。

对于我们的故事来说，他们的情况并不完整。他们并不是某人花费了几百年的精力要寻找的那种现象，而仅仅是一群庞杂无比的乌合之众。他们所有的人都从头到脚一身黑，只有不礼貌的眼珠子是白色的。我从古到今听到过许多关于他们的寓言和笑话故事。他们喜好高谈阔论、自以为是，他们捕杀动物又互相残杀，认贼作父，一副遗传多年的奴才嘴脸。

事情发生的时候，涉及了文字的顺序。夏季还没有完全开始，河流就已经全部干涸了。经过漫长的与人的接触，以及他们的种种习俗，大部分的语言已经开始松散、解体，逐渐消亡。我在五六岁的时候的夜晚里，经常听到人讲述的故事。故事的风光和环境都比较原始、混沌，故事的内容由世代的狐仙鬼怪相继重复。故事的内容每天都在重复，但他们能够出人意料令人耳目一新地改变叙述方法，能够用另一种叙述方法来描写故事发生时的环境和气氛。到我十岁左右的那时，就开始夜夜倾听人的故事了。这显然是一个十分有趣的内容，以人为内容的故事给了我很多的想象和启发。《黑罐里的豆芽》使我第一个感到人是不好惹的。《柳木棍和梦》《马放南山》使我知道人在不久之后都要死去。《他在板凳上打铁》说明人是不可交的。由于时间的不复回头，以前的一些漆黑如铁的夜晚都已经淡化成白天了。眺望那些发白的日子，几乎什么也看不到了，什么也听不到了。在多年以前倾听那些故事是一种十分自然的事情，但事隔多年之后，再去听故事就完全没有可能了。我们都坐在故事的某一个角落里，耳朵内乱哄哄的，什么也听不到。时间的河水虽然一直湿淋淋的，但是没有白白地流过去，这中间发生了许多复杂的事情。我们都已经不在了，离开了最初的那个地方，含着眼泪躺在了一个圆形故事的开头或结尾处的门板上。

尽管战争的故事迟迟不肯结束，但后来的人已比先前的人更长于心机，长于精细的计算。他们注意阅读报纸上某一句话的背景、出处和含义，侧重于地方色彩强烈的作品。小铃子是一位毛发早衰的老军人，七个纵队的九千余名官兵撤退到流域的源头时，北方的一次大风阻止了这次计划的进一步推行。漫天的黄尘挟带着砂粒和碎石把附近的天地搞得一片混沌，这是重演开天辟地时的那类故事。这样一幕历史后来遭到了完全的演义、曲意加工，口授与夸张的叙述，使人怀疑在地平线的尽头真的有一种什么东西在时间之外游荡过，寂寞无比地歌唱过。

演义后的文字这样写道：

> 士兵们的手里举着白薯，从他们安歇的四周听到了一种歌声。
>
> 数万人的合唱团。歌词中的几个单独的字一直在对面的房子里踽踽独行。
>
> 值日官从大衣里掏出手电。圆圆的手电光像某一年中的太阳一样徐徐从流域的每一个重要的地方滑过。
>
> 在这个清冷的早晨，先遣指挥官询问部队可否撤退，获命令后原地不动。高级军官称赞士兵们英勇作战，太阳在第二天会照常不误地升起。

这一段文字显然不是他们的初衷。在距离河水浩荡的两个月之前，他们把恼人的连阴雨换成了北方的黄风，把“遍地的血”写成是“漫天飞舞着的雪”。红色一次次地被白色所代替，演义就是在这样的无穷的反复中最后终于成书完结的。

窗户的外面仍然是那些过去的房顶，还有盲无目的地日夜流淌着的肮脏的沟水，这一切看起来使人觉得难以接受，不大真实。这一天在山中的历史里并无记载，它没有成为记忆，因为一切都寂静如初。

我觉得他们应该逃走，时间从几块圆形的银元上面环绕着流过，银元上的污秽已十分的厚重了。我反复察看了报纸上列举的所有的条款项目，对于他们，这有可能就是最后的一天了。

血很顺利地穿过树桩，在丛林里流着。

十 四

十二岁那年的一个秋天，我看到他们的一个很著名的祖先行走在一条大道上。他告诉我说他此刻正行走在他讨饭归来的一条路上。他向我打听前面的建筑和居住在后面的人。他用十分污黑的手指沾着罐子里的蜂蜜一遍遍地喂我。他有一双玻璃珠一般的眼睛，皮肤上涂满了大量的凡士林油膏。他站在路的左边回忆起了一种距离。他告诉我说那个圆形的水坛不见了。他的腿肚子上画着一个长满触角的面目狰狞的怪物，这是一条龙，他最初的祖先，一个偷了猪油后永生再不敢露面的人，人。他可怜地喃喃地说道，一只手轻轻地抚摸那些杂乱的触角。

我注意到他的背后有一个古老的口袋，口袋里有许多吃的东西。一只黑色的狗远远地跑过来，他抓了一把口袋里的淡红色的小麦撒在地上。望着这条黑狗，他说，这只可恶的时间。

小麦的顺序被他搞得十分复杂，形成一种图案。他激动地喊道，对了，这是可以突破的一点，这就是以前我们住过的宫殿和花园。时间毁坏了它，但是我们现在在废墟上可以突破它了。天空里流逝着的一些颜色吸引了他，他把一把小麦放进手掌里，为我叙述了一张脸。他嘱咐我说，你一定要想尽一切办法梦见他，他的名字就写在他脸的后面，那个地方都是墙，上面的砖头一不小心就会掉下来，好多的人都被砸伤了胳膊和腿。一个曾经自以为是的人被砸出了胃和苦胆。

我十二岁的秋天发生了这样的事情，它使这个年代里的其他的情节纷纷脱落。

接下来的事情是，他为我叙述了一系列语言的燎泡。

他说，有一个人在星期一的早晨发现了一条路。到了星期六的晚上，另一个人发现有一个人正行走在一条路上。星期日的夜晚，第三个人在无意间梦见了两个正在做梦的人和一条路。

第三个人死在三月五日的晚上，他直挺挺地死在了某一个人的梦里。鸡叫两遍以后，他忽然收到了一封情意绵绵的信。信中的字体是用左手写下的，可以说明写信人具有一个非凡的大脑世界。写信的人自称自己是一个牧羊人，住在螺形山上。写信的人用一种优美的字体表达了他的一种想法，他知道四十年前的那场著名的事件。在全信快要结束的时候，他出人意料地写了一句几乎谁也看不懂的话：

石母木不走了，风摸腿。

全部的信在最后的一行真实的年月日之后终于结束了。有人在后来查出来了，这封信是从福星客栈里寄出来的。这个旅馆坐落在中华路一百四十三号，是一个空前热闹的地方。左边是戏园子、报馆、天津寿衣经销处。右边是青楼院、翡翠饭庄和泰山镖局下属的赌场，以及《神州晚报》的广告部。

信是一个叫作禹的房客寄出去的，他住在旅馆二楼尽头的一间房子里。禹平日里总是头戴一顶灰色的兔皮帽，但从来不拖欠旅馆的房租。旅馆的年轻伙计们十分尊重他，他常把零星的钱找给他们。据茶童小顺子说，禹一般情况下从来不出门，总是在房间里吃饭，吃过饭以后就开始整理一些十分深奥的东西。

那个拐腿的人是三月六日下午来到旅馆里的。他提着一个十分沉重的鹿皮箱，他出示了证件以后，旅馆的伙计就带他走进了禹的房子里。天傍黑的时候，拐腿的人和禹都从房子里出来了，两人像刚吵过架，他们显然是在争论一件什么事情，双方都试图想说服对方。禹灰色的兔皮帽子破了几个地方。两个人边吵边来到楼下，禹掏出一个黑色的皮夹子与账房上结算了房租和饭费以后，禹就一个人走了。

禹走后不久，拐腿的人也出了旅馆的大门。他在路边叫住一辆黄包车后，也走了。

车夫把一条紫色的毛巾搭在肩膀上后，回过头问他去什么地方。拐腿的人坐在车上不耐烦地挥挥手说，花园路九号，从第二个门进去。

福星客栈的老板在那天夜里梦到了一片三角形的血迹。

他讲完这些以后，从口袋里翻出一本没有封皮的书。许多的淡红色的小麦被夹在书页里。他捏起书的一端用力抖掉了书页里的小麦，他读了大约七八分钟的书以后，抬起头说，这件事的前前后后，从头到尾都只是一个梦，这个漫长的梦是由许多人共同完成的。

我十二岁的秋天一直比较凉爽，白天连着黑夜，所有的行政图和地形图几乎都用红笔精心地勾画过。在地图最为发黄的一角上，大量地繁殖着骆驼和驴。孤孤单单的烟从它们的背后升起来，化入秋天的山中。在人口密集的绿色地区，肮脏的水像镜子一样映出无数拥挤不堪的脸。

他告诉我说，那道明亮的水就是苏州河，至于那片绿色的地区，可以肯定它就是苏南平原，它总是像一片粘贴在门牙上的绿色的韭菜叶一样散发着饭后的某种气息。

由于某一个女人的突然造访，致使整个季节变得拖沓而十分漫长。我所遇到的女人当中，几乎没有一个不喜欢这种漫长而缠绵的方式。她们在蝉声不断的正午，能心情很好地始终如一地辨认扇面上的故事和基本的情节，精心地回忆人物的习惯和日常语言。她们不断地叨念起一些河边的刺绣厂和工艺美术厂。

在此之前，他已经走了。花费了整整一个上午的时间，他组织起这样一种古老的框架。手抚着老式的结构，他清晰无比地听到了时间的顺序。

他把一罐子蜂蜜遗忘在了我十二岁的秋天里。

十五

四十年以后，当我回忆起那个久远的秋天时，天空十分晴朗，路上的行人神色匆匆。我回忆起那一罐曾经喂养了我瘦弱童年的蜂蜜时，表面的皮肤平滑潮湿，舌苔的下面充满了蜜的感觉。我远远地眺望那只质地粗糙的远在四十年之前的一个秋天里一动不动的蜜罐，罐子的四周长了草，蚂蚱成批成队地钻进钻出。修长的蚂蚱之腿，远在四十年前的秋天里就曾经呈现出一抹粉红色的印象。

回忆如烟。

整整一个秋天，我从故事的北部跑到故事的南部，找到了一大批数目惊人的地址和有关的背景。有一艘满载着尸体的大船，它行走的时候，河水自动地向两边分开缓缓退去，阳光使那些水手变得如同神话里的乐师，肃穆而专注。河的下游有一个羽毛加工厂，成千上万的羽毛都被粘在几个巨大的圆形铁桶上。我唯一的目的就是能够比较顺利地穿越时间，这路途不但坎坷而且遥远。第三个人去世的当天夜里，第四只涂满灾难的手正在盲目地按动门铃。他完全忽视了这个季节里的环境和周围的一切现实，门在他的眼前展示出皮肤一样的光斑和弹性。在经过一些仿宋体的碑文前的时候，我想到了从前在山岗上的漫步，在旅馆里花影下的睡眠。许多的事件都源于一个典故，出自一个玩笑。纪念性的言语都清晰万分地写在门的正反两面。

时间从蜜罐旁开始出发，到达中途的时候正赶上了一个著名的节日。我在这个名声卓越的年代里穿过一片山坡空地。这是一个荒凉寂寞的新式年代，仿佛是一本书的某一章节。湿漉漉的人物运动单调的步伐，迷失的脸还多多少少地保留着一些收割时期的残余的曙光。我看见挂在黑狗脖子上的圆形面饼早已吃完了，水车的顶端挂着几根羽毛。丛林里有帽子，一件褪色后的上衣挂在一棵树上，枯枝般的手指从空荡荡的袖筒里僵硬地伸出来。时间是一种不容易把握的颜色，遗忘了这颜色里的黑白部分就是迷路的预兆。

一双孤独的眼进一步下陷到了一口枯井的深度。

这个季节的一开始，到处都缓缓地飘动着金黄的民间草帽。谷穗被四十年前的太阳照耀过，一道锈迹斑斑的铁栅栏横在故事的另一端。我知道往事就是指那一扇扇曾经被人推开过的门。他看见我带领着我的手几十年如一日地行走，寻找我所认识的那个冬天。

他指出了一些需要说明的动作，他几乎是一针见血地对我说，他说我的两只手多年来一直没有地方可放，必要时磨磨刀，翻翻报纸，摸摸画在腿部的伤疤。

我从一些重复不断的房子前走过，大门口的两边都有相对而卧的石头狮子。四十年前的冬天，雪曾经提前落进山里，从铜号里面流出来的曲子有如连阴的雨。那个男孩哭着说，穿大衣的军官踢翻了盛蜜的罐子。

军官站在第二十八年的一个草垛旁，白发从耳朵的背后长出来。太阳照亮了瓷器上的老式舞姿，大衣的下摆被一根朱红色的毛笔画过。

某年某月的时候，我也是军官。手里的弹壳相互磕碰有如医生在用斧子拔牙，有如嗷嗷待哺的幼鸟。我背靠着地图上缓缓起伏的山坡，相当于写了一封语言流畅心情愉快的信。我没收了中尉们的全部军饷，批判了他们的言辞华丽的书面报告，我望着士兵们走向傍晚时的麦地，坐在全书的第一百零四页开会，原地等待命令。

士兵们站起身，悄悄地溜向第二十章的结尾处，在一个黑暗的拐角里撒尿，互相对火，点烟。由潮湿阴冷的文字组成的句型使“炮台”牌香烟不断发霉。士兵们手提裤子，望着起伏的麦地，诅咒天气。

我行走在地图边缘的铁桥上，河对岸的太阳四十年来一直光芒万丈，它曾经照耀过旅馆后院里发生过的那些不可告人的事件。我走下铁桥，看见了路边的没人要的空荡荡的蜜罐。客栈里年轻的伙计送给我一束早晨刚开过的玫瑰花，香气使睡在旅馆里的房客全部从梦里惊醒。禹生着气出了旅馆，消失在一片枪口下。他灰色的兔皮帽消失的时候，我感到深秋的凉意正在地图上形成奶渍似的痕迹。

拐腿的人找到了你的花园。他手提沉重的鹿皮箱，有如一个行动缓慢的长毛动物一般潜入到某个门洞里。他走过圆形水坛和围墙，走过雪和村庄，他看见四十年前的山岗一片碧绿，女人们的镰刀像天空里弯曲的月牙和士兵们孤独寂寞的眉毛。

我梦见了他腿肚子上画着的龙。四十年前的辽阔大道上正匆匆地走着一个人，他走在一条讨饭归来的路上。他七岁时偷了邻居家的猪油，换到了铁匠铺里打造的弓箭和盾。

浮华的文字在土地上平滑地流着，它缓缓地游动有如他低头坐在门槛上反复冥想。帽子挂在枝头上，头顶上夜晚的月亮如遗忘在草丛里的最后一块银元。

那个男孩哭着说，穿大衣的军官踢翻了盛蜜的罐子。

原载于《中外文学》一九九〇年第二期

发 现

肖然不动的阿喀琉斯大步流星

——瓦雷里《海滨墓园》

南方旅馆之夜

一九二八年的暮春之时住进南方一家旅馆的那个人名叫石周山，他的祖先世代种植包括胡麻在内的高寒作物，已逝去多年。石周山住进那家旅馆后的傍晚，在一部尘封已久的旧小说的部分章节里，反复地回响着一种冰冷的金属的声音和一种腥甜而腐烂的气息。

那座扁圆的油罐形的古老建筑全部用整齐的红松和云杉混合搭制而成，其颜色和结构在一九二八年的晚霞中层层推进，变幻莫测。旅馆内部复杂的格局以一种平庸而密封的外表和轮廓呈现在那个时期。

在旅馆的深处，一面镜子，一棵苍老的桂树，用叹息删节着时光。

那天夜里，石周山在旅馆里雪白的床榻上和衣而卧。旅馆临河而建，窗外的桨声灯影、箫管丝竹使他一直难以成梦。从河面上升起的胭脂与肌肤之气总是破窗而入，在夜晚的一些环节里轻歌曼舞。

面对隐秘而破旧的南方岁月，石周山回忆起远在塞外荒原的老家，塞外山区蓝绿两种颜色的植物开得漫山遍野，村庄内外，鸡鸣狗吠，骡马成群，土黄色的炊烟年年不断，白纸的灯笼闪闪烁烁，草绳和藤萝陆陆续续地在一些寂寞的墙上浮动，飘扬。

现在，木制的旅馆如同一头残忍而沉默的巨兽蹲伏在夜幕下的河边，一动不动，毫无生气。深色的河水轻轻地拍打着岸边废弃已久的船只和部分风物。

旅馆里苍白的汽灯亮起来以后，白纱的灯罩映出了天花板上绘制着的一些优美而古风浓郁的莲花形图案，这种优雅的莲花形图案绘在天花板的中央，在花的四周，还分别隐现出龙的身影和凤凰的舞姿。在汽灯白炽的光芒照耀下，旅馆内部的墙壁上浮现出许多处紫色和黑色的斑点——那是南方霉湿时期的蚊子和蟑螂被手指摁死后留下的种种印痕。

在楼梯的转角处——汽灯照不到的几个地方，人为地自然地形成了一些黑暗的部分和无声的片断。

旅馆内部的棕褐色的木板地上水迹斑斑。许多傍晚归来的人正在洗浴，饮茶，他们的手里剥着花生或板栗，一些干燥的方言土语有如缓缓流动着的沙子和尘埃，一点一点地渗透到每一个木头的角落或某一道缝隙里，一直向夜晚的深处坠落而去。

越过那些黑暗的部分和无声的片断之后，仍可见寥若晨星的汽灯一盏两盏地出现在旅馆内部的一些墙壁上。汽灯上的铁钩与墙壁上的铁钩紧紧地咬着，牵挂着，如同结实的牙齿一样相互交错在一起。汽灯附近的木板墙壁上一片温热。天黑以后，一些暗红色的、米粒大小的、身上带有某种隐形条纹的蚊虫一声不吭地飞越在旅馆的内部，间断性地出其不意地袭击着某些梦寐以求的隐秘的部位。

房门被开启以后，一道阴暗的门影在房门旋转的过程中正在逐渐悄然逝去。当房门后来全部打开以后，那道阴暗的门影便逃入床下，完全消逝了。

房门又重新关上了。一道阴暗的门影在门旋转的过程中正在循序渐进地归来，消失。房门后来全部关上以后，那道阴暗的门影又重新布置到房门上，成为房门的一部分。

在房间的一张桌子上，这时出现了一把用白铁皮制成的水壶，在房门关上以后，水壶的壶嘴里就开始向房子里吐出陆陆续续的线条简明而弯曲的白色热气，有如一只吐丝的蚕。房间里出现的这种水壶除了盛水之外，也可以用来浇花，但不适宜盛酒。石周山住进旅店的这天晚上，走廊对面的几个人便用这壶从街口买了酒回来，还有人正在用它浇花。岁月如一张铺天盖地的网，疏而不漏。有时候，一把梨木梳子，一只白铁皮水壶，甚至一只鸟，都能使一些相去甚远的事物变得紧密难分，直至最后一切都面目全非。在民间，这种细小卑微的事物就是神的象征，就是那种源远流长的无所不在的时间。

现在，走廊里先前的阵阵水声已经基本上稀疏了，渐渐地微弱了下去。紫红色的算盘珠子发出噼噼啪啪的声音，从一道高大而漆黑一团的柜台后面传出来，在旅馆隐秘的内部四处溅落，时隐时现。

走廊里的一部分汽灯都先后熄灭了，只有寥寥的几盏还依旧亮着。低暗的光线使旅馆内部的景象变得陈旧萧瑟、昏昏沉沉。时间陷于一种极为混沌的状态之中，天花板上的风景黯淡无光，精致地绘制在上面的莲花形的图案上现在流泻着一种若有若无的雾气，龙和凤凰的身影早已隐退，真相开始趋于模糊和遥远之中，仿佛不久之前天空里集合起来的铅质的乌云。旅馆内部的那些黑暗的部分和无声的片段正在不断增多，蔓延，扩大。

几名从中原地区骑马而来的客人睡去以后，旅馆里的年轻的伙计走出旅馆内部，到马棚里添草加料。骑马的中原客人是在晚饭以后到达的，几匹枣红色的和雪青的马与骑马的主人一样气喘吁吁，大汗淋漓。旅途风尘的侵蚀使他们苍白如纸，疏松如泥，失去了捕捉，拖延时间的能力和机会。晚上，他们没有吃饭就全部倒头睡了。心事和精神的丧失殆尽，使他们不得不自愿地放弃一些必要的和不必要的东西。在此之前，他们曾疲惫不堪地谈论着一件结构相当严谨而复杂的事情——一件旁听者无法介入和参与的事情。几个人就在这种谈论中先后都逐渐入睡了。最后一个人睡觉的时候，听见旅馆里的年轻的伙计用一只白铁皮的水桶拎着一桶饮马的水，嘴里哼哼着一种哀怨婉转的地方小调向马棚走去。这个事实使得他在入睡以后，那张倦意密布的脸上一直保留着一种较为安心的笑容。

几根圆形的柱子竖在马棚的附近。黑暗中，柱子的四周环绕着很重的马的气息和草料的气息，马尾轻轻地扫来扫去。

房间里的熏热而潮湿的空气，常常使人疑心那些木制的墙壁和门窗都在像人一样的出汗。狭窄的百叶窗敞开了一扇。以后又吱吱呀呀地敞开了一扇。在这个过程中，几十只暗红色的、米粒大小的、身上带有某种隐形条纹的蚊子从敞开后的窗户外面飞了进来，它们在房间里盘旋的过程，有如缓缓转动着的扇叶。不久以后，它们全部安安静静地贴到了房间的天花板上，它们共同组成了一个梅花形的圈子。

这时候，一支灰衣服的队伍从临窗下面的街上开过。街灯沉静如水。队伍中的那些挺着胸脯的女兵都穿着卡腰的瓦灰色军装，都描着眉，涂着口红，施着粉，女兵们乌黑明亮的鬓发从帽檐下探出来，有如一朵朵美丽芬芳的玫瑰花。

如潮的步伐渐渐远去之后，街上的声音小了。青色的街灯下坐着一个卖馄饨的老人。不远处还有一个香烟摊子，守摊子的是一个身躯肥胖的老妇人，穿着一件五成新的白色纺绸衫，手持一把竹伞。

不多时又刮来一阵风。风是从河面上刮来的，充满了湿气，中间仍夹带着脂粉和肌肤的气息。几只彩色的在白日里鲜艳招人的画舫停靠在岸边，船上闪烁着红色的灯火和笑声浪语。风从窗户外吹进来，吹皱了屋顶上的那个梅花形的圈子。

时光悄无声息，不断地漫过一些新的地方。现在，整个旅馆都安静下来。年轻的伙计手里提着一只杏黄色的灯笼锁了前门后门。锁子声“咔嚓”“咔嚓”地响过之后，伙计便折回身往里走，不慌不忙地迈着昔日的步子。到了门口，抬起一条手臂，吹灭了手里的黄色灯笼，咳嗽一声后便进去了。

被风吹皱吹散了的那些蚊子在房间里飞舞了一阵以后，又一次集合到了先前的天花板上，这一次它们组成了一个地堡似的阵势，自以为固若金汤、牢不可破、坚不可摧。

一只瘦长的南方的马桶立在门后，提手处缠着十几圈麻绳。

他仔细地望着那只式样古怪的马桶，望得久了，便感到小腹有些肿胀而酸涩。他翻身下来，用两个手指捏住那十几圈成就的麻绳，淅淅沥沥地响了一阵后，仍觉得意犹未尽，便一直捏着不松手，直到后来睡意漫卷而来，方才缓缓立起身子。

木制旅馆里的床铺雪白无瑕，这使所有来此投宿的人都异常满意而安心。到了床边，两只手撑在床边准备跨上去的时候，猛然发现雪白的床铺上印着一只漆黑的手掌。

是南方苗人的著名的黑砂掌。

现在，旅馆内部异常安静，有如一台庞大而废弃多年的旧式机器，空荡荡的走廊里还剩下最后一盏汽灯亮着。

有一个背影很辽阔，不知道是谁。时间之水从临河的窗户下缓缓流过，木质的处所温文尔雅，安详如初。

黎明即起，洒扫庭除。很多年以前的一种穿衣服的声音窸窸窣窣地传来，由远而近，清晰可闻。零散的纽扣在昏暗中叽叽咕咕地响着，有如流星滑过苍茫的群山。

那把乌木的椅子上罩着一层轻纱似的浅显透明的尘埃，椅子的腿上分别挂有潮湿的露珠和干瘪的水滴。

突如其来的事物曾使他沉吟良久，怀想多时。他迅速地穿好早已卸去的衣服，在空着的椅子里坐下，那只漆黑如铁的手掌离他仅一箭之遥，深深的烦恼和不安有如密集的雀斑一样印在他的脸上。记忆中的那些蓝绿两种颜色的植物都漆黑一团了，花瓣坠落在风中，水沟里的水在旷野上盲目地流着。一匹老马颓然无力地守在一堆干草面前。

在南方，一九二八年曾经布置了许多烟雨迷茫的故事和无头无尾的传说，猩红的树叶从黎明常常旋舞到夜晚。

石周山从一个天蓝色的包袱里找出一本可供消遣和逃亡的书，用来遮风挡雨，用来抵消黑砂掌的印象和记忆，用来删节黑暗，打发时光，逃出一九二八年的南方之夜。

现在，四围万籁俱寂，河岸边的灯火随着语言的稀疏而逐渐消亡。石周山背靠老家的天蓝色包袱，手里捧着的是一本题名为《在一九六二年的山谷里》的旧小说。

现在，石周山正漂泊在逃离一九二八年的途中，他站在雨水中的一些石头上，向多年之后的远方久久眺望。

他的视线内，杏黄色的山谷绵延起伏。

在一九六二年的山谷里

现在是临近傍晚的时候，亡旗一个人坐在一道低缓的门槛上读书。

外面是杏黄色的秋天。

亡旗有一张消瘦的铁青色的脸，仿佛翻砂工们手中的某种面具的模型，他的目光里空荡荡的，寂静无声。

现在的季节是秋天，亡旗一个人坐在一九六二年杏黄色的山谷里。在他松软稀疏的记忆里，四周不断地重复回响着一种清脆的筷子敲击器皿的声音，声音里隐隐地浮现出一些眺望的人群，褐色的背影和一些温驯的眼睛。亡旗俯首而坐，他的膝上放着一本没有封面的旧小说，书中的所有章节已完全发黄并趋于褐色，细节和场景使人憔悴不堪。

这个季节里的风宁静而粗粝。

从一九六一年的冬天里起，亡旗就开始逐字逐句地阅读这本小说了。寂寥的天空下面按照某种法则绘制着一些铁器似的事物。在全部阅读过程中，隔三五日之内便有黑色的落叶成群成批地泛起——落下，完成着一种封闭无声的仪式。大雪纷飞的时候，书中不时地有一些生僻而彬彬有礼的情景闪现出来，突如其来的这种描写常常迫使亡旗稀松的想象呈现出空白和一些深深下陷的部分。暮色苍茫，山顶上的云彩呈现出几匹马的形状。形状是一种无情无义的东西，亡旗这样想道。他读这本书读得很累，疲倦吃力而又极不顺心。亡旗感到这本书在当初写的时候便布满了陷阱和各式的机关，后来的人在阅读的时候便不得不倍加小心，唯唯诺诺，光是书中的气候和地址就极不容易把握，没有一种身临其境的体验便会边读边重新退回到前面的叙述中去，造成黑白颠倒、阴阳错位。这是一本用繁茂的仿宋文字写成的小说，又排列成令人良莠不分、眼花缭乱的竖行，全书找不到一处有关诠释和注解的地方。整部书像一块密封的完整的古代城邦砖头，能够找到它的精神脉络和内部光芒的人寥寥无几。至于书中的冥想和梦幻的部分，更是大雪茫茫，不见人影。冬天结束的时候，亡旗惊讶地发现他整整一个冬天的努力全部白费了，他的阅读在不知不觉中非但没有向前推进一点，反而重新又回到了书的开头部分。这时，阅读变得温馨如初。

他看见一条柔韧有力的青麻的绳索长长地伸展着，紧紧地拽着行将逝去的时间，沿路上留下了一些淡红色的痕迹。岁月之门布满重重的绿苔，书中许多陌生的词语典故在黎明的曙光中正襟危坐，牙齿在距此很远的一些地方久久闪烁着，上下磕碰着。

旧历年前夕，一段意境温馨的文字处于旧日灯笼的映照之下，许多熟悉的陌生的脸都烂纷纷地拥挤在夕照的门下。夙愿是玫瑰色的。在夏日的傍晚里，那些肢干发达的躯体都呈现出一种半透明的色彩。

面对那些陌生的语言文字和危机四伏的故事，亡旗如同面对着一群从未见过的远方亲戚时一样，浮泛的表情下似乎潜隐着一种亲切而熟稔的血缘。时间从一九六一年的冬天里开始，一九六二年的秋天到来的时候，亡旗只读完了这部小说的前面两章。这是一部具有无限往返意义的小说，且读且退。

这部小说很厚，有五百多页，结尾早已不知去向。亡旗曾经面对全书翻阅了无数次，全书共有三十六章，不包括已被排除在外的诗词部分。小说最后临近结尾时的几行文字亡旗早已记得滚瓜烂熟了，可是他能够诵咏如流的并不是小说的真正的结尾，真正的结尾，包括那种时间，早在很多年以前便被人撕掉了。

现在，晚霞如一桶酱油一样被泼洒到一些山形墙的房屋之上，鸟的羽毛在远处忽明忽暗，振振有词。

亡旗又看见山墙上的那道紫颜色的裂缝了，它如同一道伤疤或一种过程出现在夕照中的山墙上，令人沉郁而神色黯然。那年秋天的一个黄昏里，亡旗记得有一个平日很厉害的人突然瞎了一只眼，他的眉宇之间从此以后就一直浮现着一道紫颜色的疤痕。以后，每逢天阴下雨，那道紫颜色的疤痕便如同一条寂静得令人不安的山谷，四周回响起阵阵捉摸不定的响声。远在几年前，或者更远一些的年代里，亡旗便目睹了那道裂缝在四季里的种种变化。在这中间，屋檐下的几根柱子被更换过一次。原先的那些柱子都早已风化了，露出了酥松的米黄色的核心，风常常将那些黄沙般的木头碎屑四处吹散。那时，一群放学归来的孩子正从萧瑟的街上走过，铅笔和橡皮的摩擦声使得那个季节微微地涌动着一些暖暖的人烟。白日里的景象已经不太明显了，傍晚的故事正在有条不紊地展开着新的细节，语言逐渐漆黑，固定的场景逐渐冷峭。

晚饭正在进行，过程萧条而令人难忘。

倾斜在远处的一些竹筷正在礼仪周全地敲击着部分澄明的空碗，烧制在瓷碗边沿上的朵朵兰花在筷子的震动下翩翩起舞，含苞欲放。那时候，亡旗正一个人坐在那道杏黄色的门槛上一声不吭地读那本小说。书中的一个钱庄里的伙计因为与夫人的贴身侍女有私，事情败露后正在挨打。杏黄色的竹板噼噼啪啪地打在他的身上、脖颈上，留下了一种玫瑰色的印迹在那些皮肤上。那时候钱庄老板和亡旗都做梦也没有想到在不久以后的某一天里，那位挨打的伙计会逃离钱庄，在附近的哀鸣山中削发为僧。他频繁地云游于市井和乡村，超度无数的宦门闺淑和良家妇女。他死后留下了一部名为《点桃》的禁书。从书的第七回至第四十三回，描写了一千名不同类型的妇女，为他一生中大量的经验与回忆。

一群蝙蝠又飞进那道紫颜色的裂缝里去了。有很多年了，那些蝙蝠每天都从那里面进进出出，晨钟暮鼓，显示出一种风调雨顺、安居乐业的太平盛世景象。

亡旗合上了书。书中的那位伙计已被打完了最后一板子，摇摇晃晃地回西边的厢房里去了。钱庄内外这时安静了下来，大部分的灯都灭了，只有悬挂在大门两侧的两只鲜红的灯笼还依旧亮着。主人在进屋之前，身上的一件海蓝色的长衫在门口闪了一下。昏暗中传来了那位侍女的低低的嘤嘤的哭泣声。

书中的一条街上响起了梆声。

打更的一名跛子这时还行走在一些山墙之间，但梆声早已传到了漆黑的街上。亡旗最后读到的是小说的第二章的结尾，书中描写的黎明即将就要出现在远处的屋顶上了。亡旗合上书以后，听见清脆的梆声已渐渐从钱庄外面远去，断断续续地在另一条街上时隐时现。亡旗现在感到自己的袖筒里和脚趾间沾满了那个黎明里的露水。

亡旗站起身将书夹在腋下往家里走。他记起了书中曾经反复出现过的一条平滑如鱼的黑影，在拂晓之前一直紧密而柔韧地缠绕在屋檐下的一根朱红色的圆柱上面，四周冰凉如水的空地上旋舞着一些猩红的树叶。

他感到露水遍地之时，红白两种颜色的曙光早已埋伏在书中，并在不久之后彻底布置出来。时间上的毛病和场景以及工具上的一些漏洞，使他彻夜难眠。现在，他躺在家里，躺在黑暗中的一把红色的木椅子上，他用一件深颜色的衣服作为屏障和掩体，遮挡住了屋里团团的灯光。这样，灯光就在远离他的地方与灯光下的另外几张脸一起亮着。

“亡旗，你过来，到灯下来坐。”母亲在灯光下，在衣服的那面唤他。

他听见有一个女人正在那道杏黄色的山谷里舞蹈，形同落叶。

“妈妈，我眼疼，我不能看灯。”

他低远的声音从衣服的这边飘起来，远远地荡了过去，这中间如同经历了千山万水。他躺在衣服的后面，在椅子里看到衣服上的一枚纽扣正像一只圆圆的小眼睛一样在黑暗中盯着他，类似的情景使他尴尬而难堪，他扬起一只手推着那件空荡荡的衣服转了几圈，灯光在衣服的旋转过程中闪闪烁烁。

“亡旗，你不能再看那些书了。天气好的时候，到你舅舅家去走走，他捎过好几次信了，他让你去。”

他转过头，看见那个舞蹈着的女人长发飘扬，鼓动着一张鲜艳的唇。

“我不想去，妈妈。”

现在，书中描写的那个早晨已如期而至。山上杏黄色的树木安静得如一座边远地区的小城。山中的历史弥漫着白色的雾霭，杏黄色的门窗和铺面上都仔细而清晰地浮现着木头的条条花纹和色块。

他在那把骨质疏松的椅子上慢慢地闭上了他的苍白的眼睛，他把那本没有封面和结尾的书端端正正地放在并拢着的双腿上，又将自己的两只枯瘦苍白的手放在书的上面，这一切都进行得缓慢而安详，有如他平日里独自一人盲目地徐徐而行。

他的手掌下面压着一个故事，他一点儿也不清楚那故事最终要向什么方向发展，他只感到故事中一些枝蔓和触角正穿越他的手指。他曾经看见故事里的另一个无关紧要的人，那人只是一名漂泊者，他没有想到那个人会控制后半部分的所有时间和场景。在那一段秋风四起、落叶飘零的时间里，往事一片模糊，如烟似雾。一个腐朽的影子被罩在一片淡红色的霞光中，蟋蟀和路上的行人在一些高人的山墙下面无声无息地滑动着，出没着。

他辨别着那时的天空和落日，他听到一道青砖的山墙颓然倒下，这个细节是书中所没有的。青砖倒下后，露出了一些年久发黑的木头的断面。木头上的群像早已苍茫如水，成为遥不可及的往昔。仔细辨认，隐约可见上面刻有开花的植物和农具的形状。

人的身姿和行为在那上面夸张地扭曲着，有如受难，有如舞蹈。

在家族的山上

现在，众多的杏黄色的木头在阳光里显示出一种动荡不安的景象。

早晨已经全部结束。萤火山人站在一排淡黄色的树篱后面，望见田野里绿色的桑麻生机勃勃，一派丰收在望的动人景象。

一条清澈的大河缓缓地从山边流过，明亮的河水从一些青翠欲滴的浅草滩上漫过，河边的青石上晾晒着浆洗后的衣服。

河流的附近，能望见水边浣纱的女子和采药人山羊般的影子。

去年冬天大雪纷飞的日子过去以后，一些饮食和居所的故事还一直栩栩如生地铭刻在当地人的记忆里。在一块菜地的旁边有一座棕黄色小型磨坊，磨坊的四周经常栖落着一些乌鸦和白鹭。磨坊前的水沟里日夜流淌着明亮的水，滋润着附近的菜地和农田。

一架式样简洁的水车在沟沿上日夜缓缓地旋转着。

民间的风水在远处的青山绿岭之间久久地浮现，流动，明媚的阳光里回旋着某种朴素而本分的情绪。砍柴的樵夫沿着磨坊前明亮的水沟走过，水沟里倒映出田野里锄禾的农民弯曲而持久的倒影。

萤火山人坐在那道浅黄色的树篱下面的一块麻石上，他的脸部，长长的胡须和身上的便装如同在阳光里仔细地洗过一样，干干净净、清清爽爽。他的筋骨舒展如歌，仿佛在轻轻地流动。院子里传来的单一而安详的织布机的声音，使他安心而自足。几只美丽的芦花鸡卧在一片明媚的阳光里，羽毛沉静，羽毛漆黑而绚丽。一只黑色的狗轻轻地从辽远的绿色的田野上跑过，狗的脖子上戴着一个银色的项圈，项圈下青铜的铃铛声飘过田野和山岗，遁入天空之中。一架用杏黄色木头制成的纺车发出了一种近乎羞怯的呢喃之声。

翻阅一些黄色的农事，萤火山人的记忆里一直风调雨顺，世事清白，五谷丰登，六畜兴旺。绿色的河水在不知不觉中流经了河两岸一个又一个安静的村落。

午后，穿过一片麻田和桑林，萤火山人身背一只柳筐去西山上采药，挖参。

阳光从树干上移开，全部照耀到了如伞的树冠上。树干失去光亮以后，变得宁静、冷淡，有如逃离红尘后的歌妓。树冠整齐地被阳光照耀着，如同浸泡在阳光里的绿色蔬菜。明亮而单薄的树叶聒噪不休。碧草连天的季节，隔断了外面的岁月。

萤火山人是一位农事诗的叙述者。他如树的一生在漫长的农耕岁月里开始，又在漫长的农耕岁月里结束，这中间的部分苍茫遥远的干旱之年对他至关重要，曾使他炉火纯青。他的一生刻满了农业的色彩，开花的植物和农具的形状。刀耕火种的古老年代已经远去，永不再现了。被天火烧焦后的草木得益于阳光和雨露的滋润，又在某一年的春天里重新泛起，吐出了淤积已久的郁结和农业的绿色情绪，弥补了他的种种缺憾和许多不眠之夜。

有一种故事在民间源远流长，经久不息。那是浩荡如烟的古代小说的一个共同背景。

在萤火山人有限的空白里，唯一能够使他安心沉湎于其中的一项事业就是，在他的亲自督导之下由儿女们共同续写家谱和族史，用以告慰先知，启示后人。他曾无数次地谆谆告诫他的儿女们，不偷盗，不结党，民以食为天。

他沉浸在午后透明的阳光里，一只黑色的手掌浮现在他的眼前。淡黄色的树皮早已剥落殆尽，雪白的树身上铭刻着那只黑色的手掌。眼前的情形和标志使他猝然想到了一种灭亡的过程，有一种极其熟稔的山川地理一直铺陈在他的心中。面对这只冰凉如水的黑色手掌，他清晰地回忆起了那些南方苗人手掌上的简单的花纹和曲线，他们对那种象征着灾难或吉祥的相术极为看重，深信不疑。许多年以前，他们的轮廓分明的首级曾被悬挂在一些树上或高高的城楼上。更远一些的年代里，萤火山人曾与他们有过一些以物易物的交易之情。他们的马帮驮来了苗岭山中贵重的药材、兽皮和金银首饰，然后又驮走萤火山人的粮食蔬菜以及棉麻和布匹。在那些已逝的遥远的清晨或傍晚里，清脆的马铃声和急促的脚步声以及生疏的乡音土语，至今仍然清晰可闻。黑砂掌是他们用以自卫和看家的最后一个绝招。萤火山人此时面对树干上僵硬已久的黑砂掌，感到心潮起伏，难以平静。

“最后一个绝招已在某一年的一天里亮出。”

单薄的落叶纷纷簇拥着他，他想起了一些无情无义的事物。有一年夏天临近结束的时候，他在梦中得到了一本使他终身都痛心疾首的书。书的名字模糊难辨，只依稀看见书的扉页上有一座浅黄色的木结构的住宅。书中的人物名叫雨露，他在书中的那个年代里的一座房子中深居简出。那是一九五〇年，深秋里枯黄的落叶堆积在房屋外部的山墙下面，远处时有辚辚的马车声响起，鞭子在寂寥的天空下滑出一道道转瞬即逝的黑色弧线。

从全书的第一页开始，一直到第十章结束的时候，书中的主要人物雨露在这中间的大段的时间里一直坐在庭院里的一根朱红色圆柱下面看着房上的瓦。房上有许多整齐而青色的瓦，那比较凌乱的一部分仿佛被风刮过。圆形的天空里几乎望不见什么痕迹，一览无余，空得使人慌乱不安。当书中的一些灰色的鸽子栖落到松木的飞檐上以后，雨露便知道太阳已经落山了，日子又过去了一天。

这无疑是一部异常安详的书，各方面的东西都安详得令人难以忍受。写书的人选择了大量的紫色和灰色，还有一部分浅红色，这些边缘性的色彩都是人世间最为宁静的色调，所衬托的语言也具有同样的沉默表情。句子与句子之间的衔接关系异常光洁、自然，很难触摸到一处裂缝或断痕。在这种安详的背景之下，小说中的内容徐徐而行。

在长达几个月的时间里，他一直在这种紫色和黑色交替的内容里起伏沉浮，夜不能寐。书中平滑的语言和宁静的情节使他备受了时间的折磨，而书中不断变换的光影和气候又让他欲罢不能。透过那些寂静的庄稼和具有浓郁地方特色的描写之后，他望见一九五〇年的山坡上草木丛生，郁郁葱葱。一些身穿灰色制服的人手拉皮尺，反复地一遍又一遍地丈量着胜利的果实——土地。一个一个矮小而坚实的木头桩子在地界之间悄然竖起，上面工整而清晰地写着一个个人名和姓氏。

眺望书中丰富的意义，一九五〇年初春的田野里飘满了农民弯曲而欢欣鼓舞的身影和亲切粗粝的语言。无数脱去冬季棉衣的农民正在初春明媚的阳光下大声地咳嗽，扬眉，吐气。脸孔像红高粱一样的农妇坐在杂乱而辽阔的地垅间一遍一遍地数念着金黄的麦种。身穿深蓝衣衫的乡村财主打着灯笼从高大的草垛后面，从一些阴暗的墙外向山中落荒而逃。

一九五〇年，锣鼓喧天，红旗招展，水塘里倒映出欣欣向荣的秧歌的舞姿。

岁月如烟。午后，萤火山人独自步态迟缓地徘徊在古代透明的时间里。他记忆中浮现着的某种形状正日益鲜明清晰起来。很久以前，他目睹过一些出没在雨中的木匠和泥瓦工匠，他第一次产生了建造一座宅邸的念头是在一次阴雨天之时。那天，浑浊的雨水漫进了他的房中和菜园，并漫过了那座小型磨坊的圆顶。面对潮湿的家族和许多发霉的事物，他挥泪如雨，他决心要在一个向阳的山坡上建造一座宅邸，房屋由无数根不同颜色的木头共同构成，杏黄色为主要色调。他找到了一些斧子，曾经无数次地伐木于山中。房屋的形状和结构如梦中所现，如一幅古代阵图。那时候，许多青石的阶梯和秘密的通道，在他的想象中初步形成，并一级一级地上升，又一级一级地下沉。第十二道阶梯上刻有天干地支、日月星辰。以后将陆续出现九龙的身影和粮食作物的图案。屋顶上的那些瓦的断面上都绘有猫的头像（或者传说中的巨兽?），以此象征透明而强大的家族势力和动物般的火力。无数条形迹诡秘的通道由紫色和灰色两种色彩交替出现。

下面是廊。

下面是墙。

下面是裸体的肉身和牧羊之水。

布置在庭院里的那些杏黄色的门窗在一天中随着光影的不断变换呈现出许多不同的深度和距离。每次变幻之后，其形状和格局总令人生疏而难以亲近，久久不能适应。无数道交错蛇形的通道是整座宅邸的结构之一，七十二道拱门低垂如虹。

秋冬季刮风的时候，巨大的回音壁附近声色喧天，光怪陆离。

夜晚如期而至，夜晚如期而逝。

曙光初现之前，一位名叫晏的造型大师从萤火山人的梦里挥手而去，飘然隐没，晏长发散乱，一件青色道袍在风中飞舞，飘扬。道袍的一角上沾满了黎明的露水和旅途中的风声。在此之前，晏详细地向萤火山人陈述了宅邸的外部特征和内部结构，一批潮湿的木料源源不断地由晏的手指间徐徐滑过，萤火山人听到了大树被伐倒后顺着山坡滚动时的声音。晏是一位云游四方的道士。

梦境一片苍茫。大雾退去后，早晨来临，山清水秀，林木葱郁。紫色的燕子从堂前飞过，有如翩翩而来的古代少年。

仆人万安站在萤火山人的面前，他在这一天里神思恍惚，他奉命去寻找那位名叫晏的道人。萤火山人告诉万安，长发散乱，青色长袍的人就是晏。

萤火山人还提供了一个位于东南方向的地址，他告诉万安说那里霞光万道、紫气生烟，晏的踪迹常在那一带出没，浮现。

年轻的仆人万安从此踏上了一条崎岖坎坷的漂泊之路。

一九五〇年丰收在望

午后，雨露的头垂在窗前的一张桌子上休息。他的鼻子抵到了桌子上以后，他看见桌面上有一些雨点般的小坑，眼前斑斑驳驳的现象使他立即想起了某人的一张麻脸。麻脸的人生活在一种稀松的记忆之中，他无数次像父亲一样缓缓地行走在雨露的梦里。梦中的沙地潮湿而狭窄，他声称自己是一位无家可归的浪子。然而，那些斑斑驳驳的麻点使他的面部表情永远难以慈祥起来，永远不具有父辈人的外表和特征。在他的鬓发附近，生长着部分橘红色的虬髯，杂乱而无章，这种细小的标志使他的身世和来历又蒙上了一层凶险的色彩。

私营作坊里的流水声和铁匠铺里的锻打声使雨露的梦一次又一次地绽开，出现了断裂的痕迹。有许多重要的令人难忘的部分都变得难以衔接弥合，残存下来的只是一种断断续续的富有萧瑟意味的形式。

现在，窗户外面的柳树如一位初涉红尘的女人正在缓慢而顾盼流连地梳头，柔软而浓密的枝叶仿佛她如云的黑发在轻轻拂动，飘荡。一种妩媚而妖娆的东西在这个过程中不时地从她的身上分离出来。

雨露的身体与窗前的桌子连成一片，形成了一种低缓的山丘形状。这种人为的鲜明的地理现象出现在一九五〇年的锣鼓声中，在不知不觉中生动地再现了多年以前的一个情景。

麻脸的那个人生活在一本书中，在一些潮湿不堪的章节里时隐时现。那部书有一个雪白的墓园似的封面，四周绘有瓦蓝色的边沿。书的左上角有一座用紫色笔墨绘成的松木结构的古楼，隐约可见后面有一棵枝干弯曲的桂树。这部题名为《南方旅馆之夜》的书，以每天一章的速度连续多日伴随着雨露的白昼和夜晚。雨露仿佛每日静坐在茶园或书场里聆听说书人的娓娓叙述，书中柔软的笔调和纯净的文风使他念念难忘。这部书运用了那种温馨纯粹的叙述风格，全书所有的章节里都没有刮过风，没有遮天蔽日的飞沙走石，没有风声鹤唳的原野和野渡，没有白雪茫茫的庭院和大道，只有南方连绵的阴雨每日下着，雨雾蒙蒙地贯穿着始终。书中的麻石路面凹凸不平，低洼处总是积满了淡黄色的雨水和落叶。在第六章的结尾处，有人在雨中看到了一只冰冷崭新的黄牛皮鞋和一封潮湿褶皱的信，附近的一面墙上贴着一张色彩艳丽的越剧《钗头凤》的大型海报。雨水使信封左下角上的一幅装饰性的《岭南狩猎图》一片模糊，几近难于辨认。

翻阅那些鸦雀无声的章节，书中的内容潮湿而低垂，到处都布满了宁静的语言的紫晕。许多颜色各异的伞如同四季里的花朵一样一起盛开在河边的码头上，或游动在潮湿幽暗的深巷里。深巷两边的老墙上布满了墨绿色的苔藓，悬挂在巷中各家门外的风铃有如一只只孤独的耳朵，聆听着绵绵的雨声。

在南方，在一九二八年，有许多的人都打着一把雨伞，伞下晃动着一张张形同仿宋体文字似的表情抑郁的面孔。

有一个谨小慎微的人物死于书中的第十章，那天黄昏，书中的叙述弥漫着丧事的烟云和白色的飘飘欲仙的引魂幡。雨露望见一些昔日的纷乱无比的脚在不知不觉中都先后踩进了深深的雨季里，绿头鸟蹲伏在附近的几棵香椿树杈上一动不动，似睡非睡。有人捡到了第六章结尾处的那只冰冷崭新的黄牛皮鞋和那封印有《岭南狩猎图》的信件。捡信的人行走在第十章的黄昏里，面部表情里泛着微微的绿色，衣服上淌着水，雨水积满了一口枯塘，当一片茅草被一阵突如其来的冷风吹动着倒伏下去之后，他看见了漂浮在水塘里的一具尸体，死者平静的面部上保留着一种依恋和不尽的烦恼，头发有如灰色的水草。

白日里的内容简洁而疏朗，虚构的那几个情节文辞质朴、平易近人。全书有三分之二的事物全都通过一些意境不同的夜晚叙述出来，内容与题目的某种吻合，是本书的特色之一，这使得所有的阅读者都有一种身临其境的被夸张后的体验与回味，阅读者的头发温馨而温润地低垂着，无边的思绪里烟雨蒙蒙。

第十章里没有浮泛的笑声，没有华而不实的学院派文字和风格，瓦灰色的天空下面缓缓地游荡着一种生生不息的人间情绪。

岁月裸露。石头渐渐地浮出水面，将沉默的脸暴露在雨季里，暴露在几只船的附近。

现在，铁匠铺里的叮叮当当的锻打之声渐渐地消失了，只剩下手工作坊里的流水声还在哗啦哗啦地日夜不歇地响着。沉闷的汽锤的声音在远处，在东南方向一带隐隐地如牛皮鼓一样响起。一张张洗干净以后的皮子飘扬着，皮子上有水珠和碱渍，在太阳下仿佛一个个大汗淋漓的人的背影。

远处的油坊里正在榨油，赤身裸体的榨油工人在水雾弥漫的作坊内闪进闪出，房梁下的石磨昼夜轰隆隆地运转着。

现在是一九五〇年的夏天。田野里的庄稼密集如云，麦苗和谷物纷纷挺拔向上，向空中延伸，预示着不久以后的金黄和沉重。一九五〇年的夏天晴空万里，阳光灿烂，大雁以古老的象形文字的方式优美而严肃地从天空里滑过，鸟的羽毛在远处迎风招展，铜号的声音有如盛开的黄玫瑰，丰收的景象翘首可望。

雨露背靠着一根朱红色的圆柱长久地独自坐着，柱子的阴影在阳光里变得粗糙如风，放射出某种习惯如常的意象，毫无秘密可言。整座木结构的庭院绝大部分都裸露在夏日明媚的阳光之下，房屋外围的用以遮阳和防风的树木很早就消失了，只留下一些矮矮的枯桩。屋檐和柱子，以及山墙和门窗的色彩正在逐渐褪浅，剥落，一点一点地风化，苍老。晚年时的木头在阳光的普照下时常发出一种噼噼啪啪的类似骨头折断时的声音，这种最原始的声音在夜深人静的时候听起来尤为触目惊心，仿佛一个苍老的人夜不能寐，独自抚摸躯体上旧日的伤痕，往昔的时光正在隐隐作痛，铮然有声。一只昏昏欲睡的灰色鸽子出现在对面的一角高高的飞檐上，鸽子飞来的时候，飞檐下悬吊着的风铃曾经丁丁零零地响了几声。雨露背靠着那根朱红色的圆柱，他把自己的一条腿小心翼翼地放到圆柱下面的第二道青石台阶上，把另一条腿小心翼翼地放到圆柱下面的第三道台阶上。雨露这一行动的目的是为了让庭院中灿烂的阳光干干净净地洗涤他的肉体和精神，并加深那种极其细致入微的阅读体验。他现在已能够初步回忆起那些已逝年代里的部分往事了。那天的黄昏里曾经飞来了许多只红颜色的鸟。他听说那个麻脸人的一把红油布伞就挂置在对面的一间房子里。夏日里，那间空房子被一棵槐树的浓郁的枝叶掩映着，覆盖着，雪白的槐花飘舞如蝴蝶。房间里空空荡荡，宛如一幅褪色的没有人烟的地图。东面的那道墙壁上钉着一些坚实的松木钉子，除去麻脸人的红油布雨伞以外，还有几张皮子、一串佛珠和两根雪青色的丝麻腰带，这些都是些没有任何实际意义的东西，但是它们都一一地挂在那些松木钉子上，连同钉子一起，全部尘封在一张铁青色的蜘蛛网里。当初几代创业的老年的蜘蛛们早已枯死离去，化为了残骸或烟尘，只留下一张空寂的苦心经营了多年的丝网，无法言明任何的东西。那是一种没有任何文字记载的往事，那种岁月无人知晓，无法回忆，许多凶险的温情的细部都在一种无头无尾困苦的时间中悄然逝去。阳光晒弯了那棵槐树，仿佛有阵阵艰难困苦的咳嗽和哮喘声从老年弯曲的树身里传出。初来乍到，麻脸的面部上写满了慎微和谦恭的细碎文字——一种工整而规范的蝇头小楷。对于一九五〇年的自然气候和民间风俗，麻脸感到有些难以适应。叫他坐，他也不坐，始终背靠柱子站着。第一片瓦从高高的屋檐上掉下来以后，在庭院中央立即摔得粉身碎骨，形成了一种赏心悦目的梅花形的图案。至此，雨露对那句“宁为玉碎，不为瓦全”的古训感到了不以为然。那些碎片曾经千锤百炼、热情奔放、意气风发，清脆的声响也曾经回荡过整个深深的庭院和广阔的天空。

那只昏昏欲睡的鸽子在屋檐上闻风而逃，羽毛沿途凋零，有如片片陈年旧雪。柱子与飞檐的衔接处荡起了一阵微微的轻尘。

回忆那部朴素无华而含情脉脉的遁世之书，雨露感到那个夏天到处都沉浸在对于往事的回忆之中，充满了事物和时间的种种回声，到处都写满了大段大段的有关回忆和眺望的文字，到处都在用新的方法和方式布置新的回忆和新的往事。风从山谷里刮来，风声中和山谷里写满了回忆的痕迹，高地上站满了眺望黎明的人群，一些脸熠熠发光，一些脸昏暗如云。雪白的槐花纷纷坠落下来，飘进空寂的庭院里。雨露背靠在那根朱红色的圆柱上低声道，我老了，我现在一天比一天害怕那些漆黑的夜和潮湿的木头。

（技艺和风范早已完全消失，油漆的色彩也正在剥落殆尽，雨露的这番话只蒙着一层苍凉的槐树叶片，他一生的颜色和标志都被苍茫的记忆之水覆盖着。）

一片又一片的成熟后的麻田被明亮的镰刀纷纷割倒，歌声幼稚而清脆地从倒伏后的田野上飘起来，有如青麻，有如雨帘。歌声熟稔而真挚，娓娓地诉说着代代血缘和时光以及梦想。绿色的麻秸浸泡在明亮的天空般的水塘里，塘水由清转绿，在秋日的某一天里完全乌黑，形同浓墨，形同暮色笼罩后的庭院。

那天午后，那个麻脸的人被风吹动着，在一座木结构的老式建筑外面仓皇而行。雨雾蒙蒙的麻石路面上，红油布的雨伞时隐时现。在南方，在一九二八年，许多的人都打着黑色洋伞，只有少数的人打着那种红油布雨伞，麻脸的人便是其中之一。雨露用一块毛巾反复擦拭着湿漉漉的头发和脸颊上的雨水，他听见雨声轻轻地敲打着临街的一些窗户，部分高耸的门楼上悬挂有橘红色的灯笼。灯笼的光影中旋转出一些吉祥如意的喜庆图画：肥壮的马、鹤发童颜的老人和熟睡的婴儿，新鲜的水果、蔬菜和粮食。一条曲折幽深的潮湿巷子里，从头至尾都溢满了浓郁的烧煮豆浆的气息，卖花的声音隐隐传来。雨露感到了那种黄梅雨天里的郁闷的气氛，他解开上衣的几道纽扣，露出了一件月白色的柔软的内衣。漫长的阴雨天气使他昔日里的一些信念土崩瓦解，遭到了来自记忆深处的粉碎性的打击。过了没多久，他从那根圆柱下面的石头台阶上站了起来。他走到一段残垣断壁前，站在一个青砖的垛口处向外面观望。雨露在一九五〇年的夏天，在这个青砖的垛口处看见了一些冒着浓烟的工厂和郊外的大片郁郁葱葱的菜地，几处零零星星的坟地和一辆胶皮轮子的四套马车。天空中漂浮着美丽而芬芳的驻颜有术的团团白云。

马车上的农民欢欣鼓舞。

南方旅馆之夜

一九二八年的暮春之时住进南方一家旅馆的那个人名叫石周山，他的祖先世代种植包括胡麻在内的高寒作物，已逝去多年。

石周山住进南方旅馆的那个傍晚，南方的天空里正飘落着无头无尾的蒙蒙细雨，雨水使他有如白日做梦。他记得自己来自于一个草木稀疏的地方。在他苍茫的记忆中，他经常能间断性地隐隐地望见老家那里的炊烟在缓缓升起的过程中如同一些消瘦细腰的古代宫廷仕女，姿态袅袅，莺声燕语。

他住在那家南方旅馆的二楼上，在走廊尽头倒数第二间阁子里。每天起来后，他便光着脚在阁子里的木板地上随意行走，观望着淡蓝色的墙壁和蓝色掩盖下的隐约可辨的木头花纹。这种毫无任何意义的行为持续了一段时间，他现在已经不再注意天花板上蚊子组成的各种图案了。一天中有三分之二的时间他总是躺在墙角里的那张藤床上睡觉（和衣而卧)。床榻上的黑砂掌的印迹已经消失，旅馆的伙计取来了雪白的干净的床单重新为他铺上。

每天还有热水和薰衣草如期送来。

现在，他在床上睁开了眼睛。外面的汽车急驰的声音和轮船从远处驶近码头的汽笛的声音惊醒了他。他躺在床上，透过那扇高而窄的窗户望见了外面铅灰色的天空。天空里单调而寂寥的情形使他无法判断出时间的早晚，无法清楚种种变化。后来，一个报童操着一种奶声奶气的声音从旅馆临街的窗户下走过时，他知道卖晚报的时间到了。于是，他明白现在的天色已接近黄昏，一天又过去了一大半。轮船沉闷的汽笛声使他想起了老家的原野上那些耕牛的哀鸣声。

拿到晚报之后，他又一次核对了那个地址，又读了几条令人作呕的花边文章。明知这样做没有必要，完全属于徒劳无益的重复，但他还是一如既往地不厌其烦地逐字逐句地读完了那个地址。他又一次精心地计算了时间和各种各样的可能性，他相信他此行的目的就要在八月左右实现，他对此深信不疑，但同时又有一种听天由命的感觉。后来，晚报上的一条消息引起了他的注意，那是一条带有广告色彩的新闻消息，排在国计民生的那一栏里的最下角，只有简短的几行字。大意是街上的一些山货铺里现在正在出售东北地区的黄豆，就营养价值方面来说，人体摄入七粒黄豆等于摄入半斤牛奶，等于摄入一只蛋。

最初的那些日子里，他总在街上闲逛，目睹雨中的行人和建筑以及一些招牌，一边寻找着出售黄豆的山货铺子。有一天，他独自站在南方的细雨中久久地眺望很多年后的一座金黄色的山谷。在那座温馨如初的山谷里，一个消瘦而苍白的少年正在夜以继日全神贯注地阅读一个陈旧而魅力无穷的故事，书中朴素宁静的文风令人惊讶，令人难忘。在他的视线之内，那时候南方的一些装饰着红釉和流苏的建筑在细雨中更加鲜艳夺目。

许多日子以来，他过得无聊而空虚，心境一片灰暗。他已经彻底厌倦了做梦，再不愿看到梦中所呈现出来的任何的东西。某一天夜半时分，他被一阵流水声惊醒，他发现他的右手无名指上的那只蓝绿两种颜色的戒指不见了，这使他感到气候十分恶劣。

码头上和街道两旁堆满了流离失所的灾民和难民。饥饿的孩子和妇女像一些固定了的泥塑一样，几乎一动不动。老人昏昏欲睡，却又昼夜难眠。他们正在苦苦地期盼着一种慈善温良的自然现象的降临，但不包括雨水和阳光，不包括满天飞舞的纸花。

在街道两旁以及后面的那些阴暗霉湿的房子里，每时每刻都能听到主妇们刷洗马桶的流水声和相互之间的交谈声。主妇们手中的竹叶的扫帚拍打在木板上，警告那些厚颜无耻的士兵们。这儿没有人知道谁是谁，驻军的士兵和街面上的主妇们共用同一个厕所，有时还相互之间长久地争夺一只马桶。厕所里传出来的尖叫声和街上卖牛奶、售药酒的声音几乎同样刺人耳目。街上的一些店铺几乎日夜都开着，甚至连吃饭的时候也不中断，一直到后半夜行人稀少时方才掩门打烊，时间一分钟也没有被浪费了。从旅馆内常能望见店铺里那些从乡下来的伙计嘴里咬着烧饼，笑容可掬地立在乌黑的柜台后面。

在一些弥漫着烟雾和汗水以及污物的街头小酒馆里，每天夜里都坐满了衣衫不整、浑身冒着热气的码头工人、脚力车夫和失业者。他们醉醺醺地喝着颜色发黄的酒，用污黑的手撕扯着炸鱼和盘子里的焦黄的小动物。几个郊外的农民挑着茶叶和香蕉担子从酒馆外面的屋檐下颠颠地走过，担子里是还没有成熟的绿香蕉。一位当地的烟农带着他的烘烤得褐黄的烟叶在酒馆的檐下避雨。

有无数个夜晚，他常常出入那些低矮、肮脏的小酒馆里。那种时候，他独自坐在那些码头工人和脚力车夫的中间的时候，他感到自己与那些人一样都只不过是一些泡沫，他沉浮在人类的这种泡沫之中，常常感到力不从心。蓝色的雨雾笼罩着狭窄的街面，街灯一处一处地亮着，在地下投出昏黄的光晕。

每隔一个星期左右，便有一名社会活动家或工人运动的领袖来到那些街头的小酒馆里进行宣传和演讲。演讲者掌握着一些极为重要的令人惊讶的数字和思想，他们揭露东印度公司的种种黑幕，列举了失业人数和民族工商业的兴衰过程，以及示威学生的死亡情况。听众中还有一些漫画家和作家，消遣的小姐和肉类加工厂的工人。在这种场合下，有时他怀疑自己是在做梦。大学生驱逐校长和学监的事件时有发生。为此，教育总署和行政立法委员会不得不倍加小心，并且经常在暗中派一些秘密的人化装成工人或绅士深入到那些公众场合之中，充当一位听众。有一天晚上，他听到邻座的一位浑身黝黑、胡子花白的水手模样的老人自言自语地说道："险些儿中了那些婊子养的圈套。"此前，老年水手一直靠在咖啡炉前。

街口的几位盲人夜夜都在用二胡和三弦拉着一支永远欢快的曲子。

他知道剩下的日子已经不会再多了，只有一天天地减少下去。在那些阴雨霏霏的白昼和夜晚里，他似乎一下子发现了许多新的东西，这种发现和省悟胜过他一生的全部经验。面对阴暗诡秘而杂乱无章的南方岁月，他感到自己先前所掌握的东西十分有限，这使得他对昔日的一切进行了种种半信半疑的推敲和冥想。有一段时间，他日夜在一条污黑破碎的河边流连忘返，河两岸是粉墙黑瓦的江南民舍，以及玲珑秀丽的旧式花园。在蒙蒙的烟雨中，这种类似古代中国水墨画一样的虚幻安逸的意境曾差一点儿消磨了他的意志。

从此他不再阅读那些道教主义和隐逸派的小册子，不再与失明占卜者长时间地闲聊。他想在那些盗寇出没的水边和世代阴暗的深巷里找到有关宿世报应的种种传说和证据，那些地方的冤魂比比皆是。有一天夜里，他被一阵悲戚的哭声所惊醒。他看到在一面粉墙的下面坐着一个白衣的女子，旁边是一块青石和一棵香椿树。那女子长长的一头黑发披散着，无法看清她的面孔。这情景使他忽然记起了他早年间在北方的深山古庙里阅读《聊斋》时的印象。第二天他到达那道粉墙下时，一尊玲珑峥嵘的太湖石出现在他的面前。他在那道粉墙下站着，空气中隐隐地有一种香椿的气息，昨夜的那棵香椿树已不知去向，没了踪影。

白日里的时候，他常看见郊外的农民头戴破旧的斗笠或竹箩，挑着烟叶和青菜担子蹲在一些石桥上，注意着过往的行人。河边有几家终年卖汤团的作坊，里面涌出的团团白气常在污黑的河面上飘散消失。

在这地方，他认识了一位耍猴的卖艺人。卖艺人的脸上和手上都疤痕累累，包袱里带着硫黄、剑、响木，以及一部分动物牙齿和金属。那些日子里，他常与卖艺人在一起喝酒，用绿色的生香蕉喂那几只颠沛流离的猕猴。他努力要从记忆里的那寒冷而荒败的塞外荒原里走出来，他要取悦南方的雨季和工笔般的遗风。他在飞越最初的那片荒凉萧瑟的旧地之上时，望见在某个时期的一个黎明时分，一位在南方开有大量票号的北方人在众多灯笼的映照之下无比憔悴。纸糊的灯笼在风中互相撞击，周旋，那个人的脸上写满了轨迹抽象的凶兆和血光之灾。“淫雨连绵”。平常他总坐在一把乌木椅子上，灰暗的日子有如深夜里的敲门声。许多的颜色都在雨中被打湿，褪去了原有的光晕。他怀念清白如水的太平盛世，每日的晚饭他都要面向北方而用，有时竟长达几个时辰。他那时尚不清楚他将在正午时分死无葬身之地，躯体被运送稻草和煤渣的驳船抛进污黑的南方河水之中。在他死后不久，他的远在北方山区里的亲人几乎都梦见了一家淡黄色的南方米厂和一家纱厂。他的手里拎着一个天蓝色的包袱，浑身血迹斑斑地站在一个黑瓦的门楼下，包袱里的血水滴滴答答。家人被山区里哀鸣的牛羊声惊醒之后，时间正是同样的一个黎明。河水由黑转青，越流越红。

午后，雨曾经小了一阵，石周山从一条坑洼密布的麻石路面上走过。石头缝里都积满了水，浑浊的黄色雨水像肝病患者的尿，像酒馆里出售的古越老酒。每隔几天，他便若无其事地绕着那家米厂的淡黄色的围墙走一圈。米厂的情形一如既往，既没有更名改姓，又没有关门倒闭的迹象。这种四平八稳的现象令他欣慰而激动不已。他在空隙的时间里先后拜访了一些深谙古事的民间郎中和江南遗老，从他们的描述中知道了时间的过程和部分细节。现在，他已不再毫无目的地飞跃北方荒凉的山区和乡村。记忆中的高寒地区的植物纷纷倒伏，遍地衰败，浩浩荡荡的黄尘满山遍野。

他坐在南方古旧的屋檐下，雨中他清晰地闻到了一个女人的尸体的气味。气味仿佛来自一道灰色的高墙之下，墙内是一所远近闻名的教会学校，每到黄昏时分便有沉重的管风琴的声音飘出。他曾经听说，距此往西三百里的地方有一个辽阔的夏季牧场，一些体质消瘦的牛羊终日孤零零地在牧场上消磨时光，等待被车船运走。

有一段时间，这个地方人心惶惶，满城风雨。从西南边境线上骑马而来的二十名蛮人沿江逆流而上，所到之处，夺门板，破坟墓，奸淫妇女，拦截运送粮食、珠宝、妓女和武器药品的各种船只。那一段日子，岸边的行人寥寥无几，码头上冷冷清清。他日夜焦躁不安，饮食不思，却又不知为何。后来，在一个漆黑的雨夜，一营灰衣服的士兵捕获了十八名蛮人，另外的两位蛮人因水土不服，早在几天前便已腹泻而死。他们的马匹都被杀死在一座废弃的磨坊前。第二天天亮后，他从旅馆的窗户里看见那十八名蛮人被绳索紧紧地勒着，背后插着象征亡命的木头牌子。恐怖的锁链系着那队剽悍之人从雨中的街上走过。透过灰色的雨帘，他看到两边围观欢呼的人群里有许多张卑劣而邪恶的脸。

那天午后，河边响起了一阵排枪声，十八名蛮人的尸体顺着污黑的河水一直向下游方向漂去。河岸的上空飞满了成群结队的蝴蝶和苍蝇。十八具尸体曾经流经了河两岸的一些城镇和村舍，装饰了一九二八年的江南水乡。

夜里，旅馆内外沉睡以后，石周山把从街上买回来的黄豆重新翻出来。黄豆装在一只潮湿的皮口袋里。他把手小心翼翼地伸进口袋里。他的一只苍白的手轻轻地在豆子里滑行，出没着，试探着，这使他产生了某种类似的快感，他心荡神移，仿佛是在干那种传宗接代、繁殖生命的事情。沙沙地滚动着的豆子使他信心百倍而又心惊肉跳，手忙脚乱。他不敢轻易抚摸那些黄色的小东西，他感到自己面对着的仿佛是一名初涉尘世的纤纤少女，他只能晓之以温柔和极大的耐性，任何的一种焦急和粗暴都只能使事情彻底败坏，土崩瓦解。他知道这是一个流传于民间的秘方，塞北山区的一位盲人乐师指点了他，其中的虚无缥缈的神鬼之术深奥莫测，晦涩而玄妙，令人难以把握，难以置信。漫长的阴雨和霉湿的气候使口袋里的豆子变得潮湿不堪，肿大如枣，有的已经生出苍白而柔嫩的豆芽，有的已经发霉变绿。所有的迹象都不像是好兆头。

他把豆子倾倒出来后摊平到那块蓝色的包袱皮上，仔细地挑拣，久久地审视。他将那些生了豆芽和发了霉的豆子全部清理出去。他在做这些的时候，始终有一种腹背受敌的感觉。眼前的事物和周围的气候都令人难以抵御，难以适应。

这时候他想起了那个姓顾的东吴人，他的米厂有众多的分号，遍布于江南城乡。谁也无法掌握他的真实行踪，他时常在转瞬之间改变一切，突如其来地出现在某一个分号的铺子里过夜，或通宵达旦地寻欢作乐。他的背影与天空相比显得过于狭窄。有一个雨天的黄昏，他撑着一把黑色洋伞，他的白色的丝绸衣衫上印满了无数轨迹缭乱的隐形条纹，状如安于修养的江南书画。夜晚来临之时，尚不知他乘船去哪一个分号里过夜，船停泊在哪一个码头。

那年夏天，有一个姓沈的鸭店老板每天让人挑一担青菜送来。送菜的人始于黎明，终于黎明。天亮之后，门外的一担新鲜蔬菜上总是坠满了露珠，像那位老板暗夜里独自怆然而下的点点泪水。

石周山背向窗户而坐，其实他一点儿也不喜欢这个地方，街道的背景阴暗凄凉，漫长而古老的时间上蒙满了厚厚的青苔。马路上每天都飘扬着一些旗帜，旗帜的构造与色彩频频更换，令人目不暇接、手足无措，来不及更换新的目光和心理。

夜幕降临之前，他望见许多的商船都停靠在污黑的河上。其中的几只腐朽而俗艳的画舫上坐满了荷枪实弹的士兵。

一九二八年是一个风雨飘摇的灾难之年，猩红的树叶从黎明旋舞到夜晚，从五月飘零到年底。雨季里来来往往的军队有如暮归的牛羊。其实，早在很多年以前，吉祥的语言，高山和长河的语言便已永久消逝，永不再回来。

仰望古老而封闭的天空，云彩的情形有如行军途中移动的粮草和仓皇撤离的行政机关。

冒着蒙蒙的细雨，他在那条支离破碎的河边久久徘徊，沉默不语，模样如同一个不谙世事的乡间哑巴少年。

他听到外面的雨声如同轻轻的鼓点，多少年来一直盲目不休地敲着。百叶窗映衬着微微发红的沙漠般的天空，守夜者的灯火风雨飘摇。夜晚中的那些情节由清一色的象征性的暗写的文字杜撰而成。“漏洞百出”这种现象几乎适合于任何一个夜晚。

在一九六二年的山谷里

舅舅是随着傍晚一起到来的，舅舅作为傍晚的一个组成部分，随之而来的还有满天拥挤的彩霞和饥饿的鸟群。

亡旗那时候正一个人坐在一个高高的草垛旁读书，微微发红的草垛映衬着他的一张苍白消瘦的脸，放射出一种瓷晕。

书中的月亮很大，很圆，弥漫着一种油汪汪的气息，有如民间的月饼。

书中的谷仓里流动着新鲜的粮食。

秋高气爽，风轻云淡，这是全书的主要气候和背景。

舅舅在这一年的某个傍晚时分顶着一张浮肿而虚幻的脸出现在亡旗他们家里时，亡旗感到往事不堪回首。所谓的血缘和亲戚只不过是一种建立在民间意义上的简单而琐碎的饮食关系。舅舅住在一个草木繁荣的地方，那里的民舍全部用清一色的圆形的黑石头筑成。那些作为村落背景的远山一直都黛蓝如海。山上出没着一些羊以及比羊大和比羊小的其他动物。有一条古老的河流穿插在那些黑石头的民舍之间，将无数光滑的沙石和几座砖塔留在了沿途。夏天一来，那河里就流满了水。

舅舅是徒步行走了四十里山路之后到来的。沿途多年来一尘未变的自然风光他早已视而不见，早已认为是人生多余而无用的部分，在他途经一个红色的山冈前的时候，一阵风从附近的一片林子里刮了出来，其情形如同古代年间的埋伏于绿林中的剪径人，鸣锣呐喊地杀将出来。风刮走了舅舅头上的帽子，黑色的红嘴鸦在不远处的树上呱呱地叫着。舅舅远远地望着那只破旧而无力的帽子摇摇晃晃地向西边的另一座封闭的山中飘去。

回忆早年间的色味浓厚的酱油和翠绿的蔬菜，四十里僻静的乡土之上空无一人，只有在沿途看到一些稀稀落落的发青的果子，那种饱含着毒液的果子酷似一些饥饿成性的眼睛，舅舅心不在焉地行走在沿途多年熟稔的地理现象中，他的脑子里装满了大批的粮食和醋，他感到自己肩上的担子很重。

舅舅进门的时候亡旗看见了，但那时候亡旗正在读书。书中的这一章还有最后的一小部分，有二十多行。亡旗准备读完了这二十多行以后就进去看舅舅。亡旗知道舅舅并没有发现自己，舅舅只顾低头走路，有许多的东西都没有看到，似乎也并不想看到。

现在，书中的季节正是欢度中秋节的时候。一年一度的中秋佳节，月光如水，树影婆娑，书中的文字疏朗而温情，弥漫着怡人的情调。从倒数第八行开始，全部是对于饮食内容的陈列性描述，书中运用了不少色调明亮而鲜艳的词语，详细生动地记述了中秋节夜晚里饭菜的品种和式样。这些饭菜此时已在一张乌亮的八仙桌上一一排列开来，所以亡旗在阅读的过程中并没有受到厨房里的油锅及烟火的熏陶。亡旗只感到自己口中生津，面若桃花，他仿佛已应邀而至，面对满目的美味在八仙桌边飘然落座，彬彬有礼。

接下去的一段全部是对于整个吃饭过程以及赏月过程的描写，其中涉及了赏月的位置、设施以及月色带给每个人的种种欢愉之情。这中间似乎一直有零零星星的爆竹声在远处响着，月色里夹带着一种好闻的火药味。这一段文字写得神采飞扬而又徐徐如风，令人神往。古典诗词在这里表现了最原始的那种魅力，流尽了她的典雅和崇高。

亡旗艰难而吃力地读着这一段文字，他的胃五彩缤纷。书中句子与句子之间的那种光洁而流畅的关系像条条银色的链索，使他如一只柔弱的无家可归的羔羊一样被紧紧地牵着鼻子，一步一步地走，一个地方一个地方地看。书中的主客们都摇着古风浓郁的折扇，碧绿的清茶在扇子下面如同一湖被吹皱了的春水。石桌上摆满了鲜艳欲滴的果实，盛水果的盘子其实比水果本身更令人难以忘怀、爱不释手，更魅力无穷。

秋天的傍晚，树枝萧条冷落，透出一种生硬的钢笔画的色调。

亡旗合上书，夹到腋下，回到了家里。那座先前曾一度微微发红的草垛像一种已逝的过去的年代，远远地固定在他的后面。

多日未见，舅舅脚上的一双布鞋倾斜得如一叶扁舟，衣袖上还落着几片枯黄的叶子，肩头上有一根短小的草秸，旅途的风尘平息在他的脸上和微微张开的牙齿之间。

舅舅。

亡旗望着舅舅的一只鼓荡着风声的袖筒，轻轻地叫了一声。

舅舅说，亡旗，你表姐和表弟们都想你了，他们都盼你去呢。

我知道。亡旗说。

亡旗那时候一直没有看舅舅的脸，亡旗不知道这是怎么回事。他只听到舅舅说话的声音有如一盘沉闷的水磨。

那时候天好像还没黑，但太阳已经没有了，天空里像是一片人群散去后的空地，只留下了一道道粉红色的晚霞，如绵延漫长的没有尽头的沙丘。

走在回家的路上时，亡旗一直为书中的一个人的名字而激动不已。后来，他就远远地望见家里的门半掩半张开着，里面大部分的情形一览无余。家里的人和舅舅都围坐在一张长桌的四周，长桌上空空荡荡，只有桌面上的一些坑坑洼洼的痕迹和虚泛的木头纹路。亡旗的弟弟正专心致志地趴在桌子上，用一根细小的手指伸进桌面上的一处凹陷的地方里使劲地往外抠着什么。后来抠了好半天以后，亡旗的弟弟忽然笑了，他的手里捏着一粒小麦。小麦是他从桌面上的一个小坑里抠出来的，小麦的颜色像土，瘪瘪的。亡旗的弟弟将那粒小麦放在手心里仔细地端详了一会儿后，就把那粒土色的小麦含进了嘴里。但没有用牙去嚼，也没有吞咽下去。弟弟含着小麦的那种样子，使亡旗觉得弟弟的嘴里含着一块糖。弟弟长久地抿着嘴，不时地发出一种细细的吱吱的声音，脸上的笑容有如一片透明的清水。

后来，亡旗便看见了舅舅的灰色的头发和灰色的眼睛。

天黑下来以后，亡旗的父亲裹着一身黑暗从外面弄回了一些陈年的土豆和红薯。父亲的衣服空荡荡的，一副失魂落魄的样子。后来，土豆和红薯都煮熟了，用一只浅红色的瓦盆盛着放到了那张长条桌上，大家开始围着瓦盆吃。亡旗看见母亲从盆里捡出几个土豆和红薯悄悄地放到了一个黑暗的角落里。母亲对舅舅说，把这几个给他们带回去。亡旗的舅舅那时嘴里正塞满了红薯，他翻着黑灰色的眼睛，声音混沌而模糊地说，不用。

之后，浅红色的瓦盆里一贫如洗，万籁俱寂，仿佛一个没有人烟的村落。

舅舅对亡旗说，我们家房后的几棵榆树上住了十几只麻雀，那些麻雀每次下了蛋以后，你表弟他们就爬上树去掏，有一次竟然掏了二十多个蛋，最大的有核桃那么大。

亡旗笑了一下。

亡旗站在灯后望着舅舅说：

舅舅，我知道你们家里又没有东西吃了，你不会算账。你步行四十里山路来，来回就是八十里，这中间要消耗掉多少粮食。

舅舅仿佛没有听到亡旗的话，只是用手搔了一下灰色的脸。

舅舅对亡旗的母亲说，姐姐，我非常怀念咱们家从前的那辽阔的菜园子和果树林，还有那些存放粮食的仓房。

亡旗的母亲说，那些都是过去的旧事了。

舅舅这时对亡旗说，我不光是为了来吃一顿饭，我告诉你一件事情，我老是在做一个同样的梦，有好多年了，很奇怪的。

你在梦里看到什么了？ 亡旗问道。

一条木头的街。舅舅说。很多年来一直就是从前的那一条街，杏黄色的，整条街的颜色都是杏黄色的。

亡旗说，街两边是不是有很多的店铺，店铺老不开门？

舅舅说，是这样，街两边全是密密麻麻的店铺，全用整齐的护板掩着门窗。

亡旗说，那些护板也是杏黄色的。

舅舅说，对极了，那些店铺的门窗好像从来就没有打开过。

亡旗说，街上总是一个人也望不见，总是那样静悄悄的。

舅舅说，我不知道这是怎么回事，你怎么也知道这些。

亡旗说，我想不起来了。

舅舅说，这事情真让人摸不着头脑。我总觉得我的寿命好像已经到头了，我说不定就会死在那条杏黄色的木头街上，或者那街上的某一间房子里。

母亲对舅舅说，别说了，你走了一路，天不早了，你早些睡吧。

众人纷纷从长桌四周散去。亡旗的母亲吹灭了灯，外面的月光稀稀落落地从窗户上渗漏进来，屋子里白一片，黑一片，斑驳朦胧。

亡旗平日一直一个人在另一间空房里睡觉。那是原来的一间草房，从前的草被腾空以后，亡旗就扛了一扇门板在房里架起来，每夜在那里读书，睡觉，十分清静。这天夜里，舅舅就与亡旗一起住在草房里。

月光下，四周的东西十分虚幻。树和房舍看上去都像是纸扎的布景，只有脚下的石头和沙沙作响的树叶才给人一种真实清晰的感觉。亡旗和舅舅并排着向草房里走。舅舅走路时老低垂着头，弓着腰，从后面看上去就如同一只老绵羊在直立着行走。

舅舅，等过了年，我就到你们那里去。亡旗说。

舅舅边走边说，现在才是秋天，离过年还早，你何必要等那么长时间。你表姐和表弟他们都盼你去。你表姐快要订婚了，男的家里以前开过豆腐坊和醋房，有些积蓄，如今不开了，就做了木匠。

表姐的一张美丽的脸立即浮现在亡旗的眼前。亡旗想起了那张使他浮想联翩的脸，包括雪白的牙齿和乌黑的头发。

舅舅，我听见狗叫了。亡旗说。

在哪儿?

河对面的村子里。

我记得那年我来的时候，这儿还有三间锁着门的瓦房。

前年下大雨的时候塌了。

我记得店主好像是一个罗锅。

他们兄弟两个，一个搬到外地去了，罗锅死了后，房子就空着，那房里从前经常闹鬼，没人敢住。每到夜里就听见有开门的声音、挑水的声音和叹气的声音，有时还听见有人在院子里来回地走，贴着墙根跑。

年久的瓦房都这样。

走进草房里以后，亡旗划了一根火柴，从粗粝的泥石土墙上摘下一盏马灯，点亮了之后，又重新将马灯挂到墙上。

舅舅老了。

舅舅边说边在亡旗睡觉的那张门板上坐了下来，门板吱吱地响了一下。

墙壁与屋顶之间弥漫着浓郁的干草的气息和尘土的气息。很多日子以来，这种连大风都刮不走的气息一直去不掉，驱不散。

亡旗说，舅舅，这地方好不好？

好地方，唉，真是一个好地方。舅舅坐在门板上，四处打量着说。又暖和又凉爽，还有一股草味。亡旗你不知道，舅舅这一辈子最喜欢闻草味儿了。

舅舅，我看了一本非常好的书。

舅舅听了亡旗的话，一直没有说话，只是抬起眼睛望着亡旗，又望望南墙上的唯一的一个窄小的窗户，窗户上钉着几根稀疏的木棍子，有一指宽的间隔。

后来，舅舅就说，亡旗，你比我那年来时瘦多了。

我现在觉得啥都没意思。舅舅说。

舅舅，我知道你心里想什么。那本书里写到了不少的粮食，还写了各种各样的饭菜，你不想听吗？亡旗从墙上摘下马灯，一边擦着灯罩，一边对舅舅说。

舅舅说，书上写的都是假的，就像唱戏一样空对空，能让死人重新坐起来。

那时候夜已经很深了，亡旗与舅舅说了一会儿话以后就打算睡觉。舅舅对亡旗说他们两个人可以挤在一起共同睡。亡旗说不行。亡旗说门板太窄，两个人挤不下，弄得谁也睡不好，而且还有可能从门板上滚下来。于是，亡旗就让舅舅一个人睡在门板上。亡旗走出房门后，从外面的一个草垛上抱回一捆干草铺到了地上。他理平了草躺上去以后，对舅舅说，这真舒服，干草让太阳晒了一天，这会儿还十分暖和。亡旗说完话之后，便发现有一阵子没听见舅舅说话了，就以为舅舅因白日里旅途劳顿而睡着了。于是，亡旗便从草铺上爬起身，吹灭了墙上的马灯，草房里顿时黑了下来。

月光仿佛是过了一会儿以后才透过那个窄小的窗子透进来的。亡旗刚在草铺上躺平了，就听见那张门板吱吱呀呀地响了几声，舅舅在门板上坐了起来。

舅舅说，亡旗，我刚才听你说你看的那本书上写了粮食，还有各种的饭菜，你念一会儿，我听听。

舅舅，你没睡着？

没有。你念吧，你多念一会儿我就睡着了。舅舅说。

于是，亡旗又从草铺上再一次爬起来，走到墙边摘下了马灯。亡旗将马灯点亮后便拎到了他的草铺边。

先念哪一段？

亡旗坐在簌簌作响的干草上，借着马灯的光，边翻书边问舅舅。

先念粮食吧。舅舅说。我听听都有些什么粮食，书上写的不一定对，说不定能把麦子和高粱给闹混了。

亡旗翻开小说的第三章，用一种徐缓的娓娓如诉的语气开始往下念。

舅舅披着衣服，在门板上正襟危坐，毕恭毕敬地注意倾听着。小麦、玉米、水稻、豆类、萝卜和薯类等一系列的农作物在亡旗安详的阅读声中依次闪现，栩栩如生。每出现一种粮食的时候，舅舅在黑暗中便发出咕的一声或咝的一声，脸上的颜色由黄转青。

书中的各种粮食都散发着成熟时的浓重的新鲜气息，暖风穿越谷场，树上挂满了红黄青紫多种颜色的果实。

亡旗，你念得再慢一些。舅舅眼巴巴地望着亡旗说道。

舅舅，这一段已经完了，你要是还想听，就再念另外的一段。那一段更好，主要写饭菜的种类和吃饭的过程。

舅舅，你还听不听？亡旗问道。

听，听，我听着呢。舅舅如梦方醒似的说道。我一点都没误。

亡旗省略掉了前面的一些对于自然风光描写方面的文字，他估计舅舅对这一段文字不会很感兴趣。他从那张摆满了杯盘碗盏的八仙桌上读起，这中间又省略了《西江月》和右调《月照梨花》两节古典诗词。

在亡旗读完第四道菜的时候，舅舅忽然挥手说道：

亡旗，且慢，第二道菜里放没放辣椒？

亡旗望了舅舅一下，之后便去翻书。书页如风，如低远的落叶。翻过之后，亡旗对舅舅说，舅舅，书里没提到辣椒。

舅舅叹了一口气，说道：

错了，这道菜完全做错了，厨师一定是个肥头大耳的没有用的家伙，这道菜要是不放辣椒，就一点儿意义也没有了。第四道菜要浇上滚热以后的糖油。

亡旗说，舅舅，你不要插话。这说的不是书上的事吗，下面还有呢。

我就知道总要出错的。舅舅嘀咕了一句后，便不再吭气了。

亡旗于是便又接着往下念，这中间出现了家庭成员以及室内布局。草房的屋顶上一片黑暗，马灯的光照不到那里，只能看清一半以上的屋子。房顶上时有一些泥土之类的东西掉下来。亡旗坐在草铺上，身子下面的草在簌簌作响。当亡旗读完书中关于赏月的一段文字以后，他听到了一阵沉重而暗哑的鼾声。他抬起头，发现舅舅已经半靠在土墙上睡着了。舅舅灰蒙蒙的一张脸在昏暗的光影里变得更加模糊不清，难以辨认了。

那时候外面只能听见草丛里和墙根下的那些隐姓埋名多年的蛐蛐儿吱吱地叫着。除此之外，好像再没有任何别的声音。灰白的月亮正顺着西边的群山一点一点地往下面的山谷里滑，滑得很慢。寂寥的夜空像一块无边无际的毛蓝布料一样铺展得很辽阔。

亡旗吹灭了马灯，将书枕到了头的下面。睡在松软而暖和的干草上，亡旗就觉得是睡在了虚泛的阳光上。

那天夜里，亡旗梦见表姐了。

在家族的山上

古代一片苍茫。

天近黄昏，夕阳低垂，一队大雁聒噪着从山岗上轻轻掠过。

仆人万安心情颓废地行走在古代的社会制度里。暮色苍茫，四野沉寂，一些晚归的农夫带着农具在万安的视线中匆匆而过，晚风鼓荡着他们的衣襟和头巾。

三年前的那个早晨，仆人万安辞别了荧火山人，按照荧火山人描述的路线和方向去寻找通晓阴阳和建筑的古代道士晏。万安穿过一种起伏不定的地理环境之后，踏上了一条平坦而风光绚丽、行人不断的民间大道。

时值一位新的皇上登基大典，免除一年的税捐杂赋，特赦天下囚徒。太平年景，清平盛世，各地应试、赶考的举子络绎不绝，或独自一人，或三五成群地混迹于沿路的一些布匹、珠宝商人和卖菜的农夫之间。

沿途的茶铺幌、酒幌迎风招展，猎猎飘扬，令人欢愉而安心。天气正值一年中的暮春时节，阳光柔和，绿茵遍地。踏青的、进香的宦妇和淑女彩裙飘舞，金莲轻移。车声辚辚，人语花香，马蹄声隐隐可闻。

仆人万安随着来往不绝的行人商贾鱼贯而行。东南方向一带紫气丛生，霞光万道，那里正是仆人万安要去的地方，营造大师晏就居住在那里的一溜茅草屋中。门前、墙外有几枝稀稀落落的红杏和残枝，附近还有人栽种着绿杨和垂柳。遍体通黑的狗蹲在谷仓的旁边，守护着粮食和天气，守护着流年岁月。鸡和马有如画中的景物，逼真而安详。

万安到达那个紫气丛生、霞光万道的地方以后，只遇见一位白发的老翁在河边放猪，神态安详质朴。在河的上游，有几名浣纱的妇女，衣裙素洁，发髻高挽。一名牧童穿过一片浅浅的竹林，笛声在青翠的竹叶之间低绕徘徊，流连忘返。营造大师晏的三间茅草屋都虚掩着矮矮的门，昔日的气象依然如故。四周的树篱墙上落有凋零的铜钱大小的红杏。眼前温柔安宁的自然气象和生活格局使万安如归故里，但晏却早已离去，不知去向。

放猪的白发老翁后来告诉万安说，风水先生晏离去的时候正值一个阴暗潮湿的黎明。那时，天上下着雨，河流上下烟雾茫茫。风水先生晏在那个烟雨苍茫的黎明时分独自出门去远行，晏只带走了一支随身用的紫色的梨木手杖，他的蓑衣和斗笠依然如从前一样留在茅草屋中的一面墙上。

在那条闻鸡起舞的河边闲住数日，仆人万安没有找到一丝一毫有关风水先生晏离去的气氛和迹象，至于晏离去的真正原因，更加深不可测。那时正值河两岸采茶的季节，河岸边时常停泊着几只运送茶叶的木船。

仆人万安面对着缓缓流逝的河水和船头上升起的煮饭的炊烟，他感到一筹莫展、走投无路，皱纹就在那种时候悄悄地窜上他的面部和四肢，成为他生命中的一些不可磨灭的符号和无可奈何的标记。

某日黄昏时分，一只上面晾满了衣物的木船抵达岸边，有当地在外做生意的人回来说，看见风水先生晏住在萍水城内的一家驿馆里，每日在街头测字卖文，卜卦度日。仆人万安听后便立即驱步赶往萍水城。

那时候天空里乌云密布，四野如铅。河边和田野上一个农夫也望不见，只有一些瓜棚和草垛沉寂阴暗地堆放在视线之内。路边的池塘里水色墨绿，不住地泛出阵阵温柔敦厚的蛙鼓之声。沿路上大部分的地方都刻满了风雨的古老痕迹，那种剥蚀之后的破旧的情景正是岁月的流逝所致。以后，夜色渐渐浓重，天空如一只黛青色的锅，万安行走在锅的下面，他的脑子里反复地浮现着几个至关重要的地址和人间符号。晚风夸张着他的每一个脚印。

野渡无人舟自横。夜深的时候，万安非常清晰地目睹了那种由来已久的古老景观，视野中的茅草疏松而漆黑。

仆人万安抵达萍水城以后，时光已是三日后的一个午夜。

萍水城如一架破败无声的机器，城内清冷如水，砖瓦冰凉，木头和竹器散发着潮腐的腥甜气息，仿佛一座无人迹的空城或一幕虚假的骗局的背景和场所。所有的店铺都紧掩着颜色深红的高大木板，石狮子随处可见。白日里的茶、酒和饮食的气息仍旧在一些街角里继续飘散，余味无穷。穿过著名的“南岳”“广陵”中药店，穿过一座座茶庄和酒楼，街对面的“宁馨”号棺材铺的大门漆黑如铁，一声不吭，门楼上苍白的灯笼映照出门口的几级乌木的台阶和一块青色的下马石。

三更天之后，仆人万安找到了风水先生晏居住的那家灯火通明的驿馆，万安无比惊异地发现那家驿馆原来竟是一家妓院。妓院里共有烟花女子二十八名，每个人的名字中都占着一个“兰”字。其时午夜已逝，青楼上仍有几只妖艳的红灯笼在亮着，楼内的叫声和笑声经久不息，使万安望而却步。

万安取出随身所带银两，通了各处关节。管事的一位婆婆告诉万安，风水先生晏已在三个月之前丧生，死于一场盛大的酒宴之后，几个同乡和旧友早已将其装殓下葬，埋到了城西的叔阳山中。

是夜，仆人万安心灰意冷，独自坐在青楼下愁肠万结。拂晓之前，一位名叫香兰的妓女下楼送客人，返回之后望见了抱头而泣的万安。众人劝说一番，万安又取出银两付了管事的婆婆，当下便随同妓女香兰上了楼内客房，身后响起了一阵笑声。

幽亮的红灯和低垂的纱幔使万安有如做梦，使他产生了一种类似迷路的感觉。万安想到今生今世再无颜面见萤火山人，连年的奔波和漂泊使他身心颓废，惶惶不可终日。而周围陌生的情景和气息又令他畏缩不前、盗汗不止。多亏了那位名叫香兰的世事洞明的女子百般温柔，渐渐使他显出一些平静。

万安的头仰卧在一片蜡烛的阴影里。她乌黑的头发披泻着，她的气息有如故乡的轻风，使万安一路平安，魂归故里。一道粉红色的纱幔有如拂地面过的天幕，有如宁静的晚霞垂落在他们的四周。一片蜡烛在即将逝去的温柔之乡里星星点点，光影摇曳。黎明的景色中充满了浓重的蜡烛气息。

之后，他舒展如歌。

他知道了那位名叫香兰的女子是他的同乡，都在广陵乡下。但他那时一点儿也不知道身边的这位与他共度了半宵的青楼女子竟是他的亲妹妹，他更不知道他的妹妹早在几年之前便已染上了风靡江南的花柳病和伤寒绝症，她将不久于人世。

曙光初现之时，他发现了一切。他无心去推敲，他从床上滚落下来之后，失魂落魄地抱头逃离了青楼，在萍水城黎明时空寂无人的麻石路面上跌跌撞撞地跑动起来。

他望见了一棵洞穴漆黑的老树。

张三是萍水城里为数不多的几个屠户之一。张三的肉铺坐落在城东的一条十分繁华的街上。早上天不亮的时候，张三便起来去河对岸的村庄里买猪去了。

河的两岸白雾茫茫，掩去了一切的风物和传说，只有一只乌黑的船头伸在雾外。一只鸭子浮在船头前的水里久久不动，四周是凌乱的绿色水草和雾气丛生的树。

田野上是南方古老的耕种制度。

张三穿过黎明中的弥天大雾，雾中回响着张三勤劳的脚步声和吱吱呀呀的车轮声。猪的喘息声时起时伏，猪毛上挂满了晶莹玲珑的露珠，如同老年人的颤颤巍巍的胡须上的水珠，如洞房花烛之夜的泱泱春水。

张三推着一辆独轮车从河对岸的村庄里运猪回来后，萍水城内依然沉寂如水，行人寥寥无几，只有一些卖早茶、早点的店铺开了门，睡眼惺忪的伙计正在生火。早晨的炊烟弥漫在萍水城潮湿而空寂的麻石路面上，在众多拥挤的房屋之间，在幽深狭窄的暗巷里回旋，飘散。在烟雾的深处，能望见几个早起的行人仓皇的背影，沉香寺红色的檐角隐约可辨。

走至自家门前的一道树篱边上时，一只猪突然挣脱了绳子从独轮车里窜了出去。猪在清晨的烟雾里嚎叫着，抖动着满身湿漉漉的露珠向门前的一棵树下跑去。

那是一棵年代久远的枯树，早在很多年以前便已不再吐青，不再泛绿。枯死后的树木颜色酷似铜枝铁干，时光的流逝和变幻使树身上的洞穴变得漆黑而幽深，雨水和落叶常常叠压着浮动在里面，并夹杂着阵阵凄凉的蛙声。张三那时候听见猪突然发出一种晦天的惨叫声，声音刺疼了他的眼睛，声音使他回到了遥远的童年岁月。他的视线模糊而迷离，他听见门前的那棵枯树被折断了，但听不到丝毫的伐木声，有一个沉重的东西在树断裂倒下的同时也砰然落地，听声音像是一口袋粮食。

张三后来用一只脚踢到晨雾里的那棵树时，他感到自己的脸上浮满了尘土，尘土的颜色和气息一改他平日紫红色的面孔。树干横在地上，树洞里的积水和落叶发出一种久远的呛人的腐烂气息，一只肢体残缺的青蛙在灰白的晨雾里袒露出灰白的带有黑色斑点的肚皮。溅落在树干上的鲜血有如梅花点点，鲜红的猪血涂染了萍水城的角落和部分晨雾。一阵潮湿的风刮过来时，张三看见了那个躺在树干下的人。那个人企图吊死在树上，脖子上套着一条麻绳，腐朽的树干和猪的狂奔使他的梦想遭到了粉碎性的打击。张三看见那个人灰色的面部和眼睛里飘满了一种由来已久的烦恼和深深的绝望。

午夜时分，萤火山人梦见仆人万安手牵一匹白马，浑身血污地站在一片荒城之外。万安的神态如同一个迷途难返的浪子。萤火山人呼叫着从梦中醒来后，天上的月亮很大很圆。

手下的人告诉萤火山人，仆人万安此时正在山下的新宅里守夜。

一九五〇年丰收在望

一九五〇年的天空里飞翔着众多姿态各异的农具及它们的影子。

翻身后的土地争奇斗妍，硕大的农业的花朵挂满了视线。

天空里和大地上几乎印满了那些闪光的和生锈的农业器械，农具们在缓缓飞翔的过程中，发出了种种尖利而明亮的哨声。那种金属和木头的声音呼啸着，使平原和山地上的那些曾多年世代租押土地、拖欠贷款的农民感到无比着迷。飞翔的农具的哨声响彻在山区和平原上的那些蒙有土坯和茅草的农舍中，使得无数急于摆脱贫困和剥削压榨的佃户们感到了极大的甜蜜和满足。他们都俯身在初春的田野里，与自己手中的农具正在轻轻交谈，语调温柔而情意绵绵，胜似同兄弟和夫妻之间的情分。最初的那些日子里，姿态各异的农具曾经由他们粗粝的手中而出，不知去向，最终却又回到了他们的手中。他们的手里握着刻有自己姓氏的农具，如同捧着属于自己的肢体时一样兴奋而不可抑制。多年冷却萎缩了的情感在他们的面部和体内重又沸腾起来，变得炽烈而通红，以至于有些急不可耐。他们盼望群星稀微的夜空，又急于在太阳的光芒里尽情地发挥他们的肉体和想象。新一代的农具在他们的手中。时光磨蚀了他们的感觉和农具的棱角，他们仍旧抱着农具和牲畜一遍遍地呻吟，狂奔至黎明。

公路上土黄色的干草越来越多，部分的茅庐和羊徜徉在其间。阳光使一些皮毛变得松软透明。有一个身背褡裢的农民正面对着一堆干草撒尿，远处有一辆满载着女人和陶罐的马车正在渐渐驶近，天空很蓝，鞭声很远，鞭声如成熟后的山区扁豆裂开时发出的脆响。

远处还有一些冒烟的工厂。

雨露每次望见那些乌黑的浓烟之时，便感到胸中抑郁难遣，雨露眺望着那些高耸的烟囱和烟囱里吐出来的黑烟时，便会无端地想起“明人不做暗事”这句古老的俗语。雨露还望见田野里的农民正在大声地说话，咳嗽，相互借火点烟。在一些渠道整齐、灌溉系统良好的菜地里，有嘹亮的童年的歌声飘起，如同嫩绿的菜叶。儿童们胳膊上戴着红袖套，手里握着雪白的柳木棍组成了护青队，一遍一遍地在一九五〇年美丽的田野上巡逻。他们穿过如水的阳光和摇曳的青苗，丰收的气息明晰可闻。

在一些洒满阳光的村庄里，鸡鸣狗吠，白云舒卷，房屋错落有致地起伏着。雨露望见广大的劳动人民翠绿的情感澎湃起伏，兴高采烈的笑脸热情洋溢，如同一株株金光四溅的向日葵。眺望偏僻而隐秘的北部山区，一些恶贯满盈的地主汉奸提着灯笼，挟着紫红色珠子的算盘，逃亡在一九五〇年之外的一些地区里。在此之前，他们曾经转移过粮食和财产，掠夺过当地的风水。在一些翻身之后的马车上，车辕和马鞍上都贴满了象征喜庆和吉祥的红色对联。马车的铃铛声激越而嘹亮，日夜回响在农业的岁月里。走过每一座城镇和村庄，热情的笑脸比比皆是，星罗棋布。近郊的一位身穿山羊皮坎肩的富裕中农将他的瓜皮小帽扔向空中，坠入污水之中。之后，又将他喂养多年一只声名狼藉的恶狗吊在朱漆的门楼上，高声喊着：“为人民打狗！”狗皮铺晒在低矮的短墙上，在阳光的照耀下嗞嗞作响。鞭炮声一串接着一串地响着，红色的纸屑飘满了天空，如同无数红色的树叶。那天夜里，雨露彻夜难眠，失眠一直持续到天亮。雨露听见有一些面色苍白、举止猥琐的人正在缓缓地翻阅着一些灰色和蓝色的笔记本，掌心内虚汗如雨、潮湿不堪。灰、蓝两种颜色的笔记本里记录了农业和纺纱业的漫长历史，其中的部分章节凌乱而残缺不全，词不达意，字迹模糊到了一种令人难以辨认的程度。在关于陶瓷业和制铁业的记录中，他们厚颜无耻地杜撰了一个十分著名的瓷部和一个铁矿生产基地，那一段文字写得丧心病狂，写得浅薄轻佻而颇有色彩，只是毫无才智可言。他们喜欢用“蔚蓝色”“青翠的”这一类型的字眼。对于世纪初的酿造业，那上面只有很短的一节，寥寥数语便使昔日的某一个风格浓郁醇厚的历史时期黯然失色，失去了无数芬芳而明亮的部分，一大批酿造工匠都被掩埋在那段文字以外的烟雨中了，直至永远化为乌有。记录这一段文字的人名叫周楚，他是京城里的一位市侩，在修辞学方面的才智使他声名远播，他还具有惊人的概括能力。他的两名助手唐盾和沈稻村都是江南一带的世家子弟，声色犬马无所不能，都能写意境优美的诗，都能涂浓淡相宜的江南水墨图。世上总有许多东西生活在文字之中，却消失在时间之外。另有一些文献中找不到踪影却总以其独有的方式存在于世代的流年岁月之中，这部分内容往往相沿成习，经久不息。

写作一部具有无限意义的小说，需要掌握若干个僻静的场所，并需要记录一些场所内外的有时甚至是闲置无用的东西，如一条飘扬着的绳子，一把雕花木椅，甚至一棵披头散发的生长在后院的树，这是雨露在阅读《南方旅馆之夜》时的体验之一。在那座旅馆的内部和深处，众多的恍若隔世的风物标志都令人惊叹不已，难以置信而又倍感亲切。

黎明之时，雨露推开湿漉漉的帐幔，他听见农民们吆喝着牲畜从外面走过。

在一部农业小说的结尾处，遍地的玉米都怀着一腔翠绿的情分，一位种玉米的人放声大笑，之后成为熊熊大火。

现在，雨露在深深的庭院里岿然不动。然后，他缓缓地行走在一条具有装饰性的市井格局的大街上，有如月光下的一条河流。

街两边的店铺如同一本书的目录。

一阵焦黄的烧饼的气味和烤白薯的气味混合着，远远地飘了过来。雨露望见那个卖烧饼的人满脸麻子，身材短小，下巴处长着一小撮土黄色的山羊胡子，腰间扎着皂青色的围裙。炉中的烧饼由白变黄，逐渐趋于焦熟，缀落在烧饼上的点点芝麻，一如他脸上的麻子。他一声不吭，安安静静地守候在烧饼摊子旁，几乎一声也不曾吆喝过。在他摊点的斜对面有一家生意兴隆的"赤县酒府"，过往的客商、行人和应试的举子都在那里饮酒、交谈。几位白发苍苍的老人坐在烧饼摊子旁，相互间说话的声音微弱而稀薄。早上天不亮的时候，卖烧饼的人便被他的婆娘从屋里赶了出来，他肩挑着烧饼挑子惶惶如丧家之犬，他的额头上堆放着一个鸡蛋大的血包，两眼乌青，他的万紫千红的脸颊上遗留有深深的利指的印痕。

街上的行人如鱼，如缓缓涌动的潮水，市声持久而嘈杂。街上流动着饮食、农具、瓷器以及布匹绸缎的气息。一位锔锅匠的嗓音本身就像锔锅时发出的声音一样沙哑而粗粝刺耳。"茂源"棺材铺里的几名青衣的伙计抬着一口巨大的黑漆的楠木棺材步履匆匆地向城东的一家钱庄票号里赶去，微风掀动伙计们皂色的衣襟，飘扬的衣衫使他们如一群黑色的蝙蝠。

雨露走在大街上，四处张望，市井上嘈杂的乡音使他有如做梦。街两边的木楼越来越多，布局和格调不尽相同。有一些木楼的窗户的格局和色调曾使他久久不能忘怀。阳光混合着市声，有如普照在唐宋年间的市井之上。雨露从一家久负盛名的武馆的大门前走过时，伫立在大门两侧的武士和石狮子使他怦然心动，他想起了很久以前的一家镖局、一家由八名女流共同主持的“翔远镖局”。一阵浓郁的脂粉气息飘然而落，仿佛淑女含笑回眸。雨露正在诧异之际，就听见头顶上方的一座临街的木楼上开了一扇细长的窗户。雨露退至街边，仰面观望，见一个云鬓蓬松的年轻妇人乌黑的头发下有一张粉白的脸，她将一半秀美的身子从窗户里探出来向街上眺望之时，雨露看见她穿着一件葱绿色的锦绣衣裙，薄施脂粉，双眉细如裁出的柳叶。一方雪白的云罗绫绢在她的手中飘扬之时，雨露看见一个年纪很轻的道士穿过下面的重重店铺直奔那木楼上去了。那位年轻的道士年纪不过二十，生得眉清目秀，只是面色有些苍白。雨露栖身于一家茶楼内以后，发现那扇临街的窗户已经关闭，窗户上挂着一只红灯。

午后，年轻道士摇摇晃晃地从里面出来，在一个铺子里买了些东西，用纸包着，之后便缓缓地向城外走去。雨露随着道士穿过拱形的城门来到城外，一直目送着小道士消失在一座山中。雨露望见那座山中白云缭绕、林木苍郁，许多的洞穴都掩映在一丛丛茂密丛生的灌木中，山中清亮的泉水如泣如诉。

街市上的人潮缓慢地流动着，一朵状如篝火的云彩穿越一些空隙之后，由北部的旷野里悠悠飘来，在那座临街的木楼上空停下后便再也不动了，仿佛一片会飞翔的草皮屋顶。

眼前的情景使雨露情不自禁地想起了那些绣像的话本。

那天夜里，天上下起了蒙蒙细雨，雨雾使一部分沉积已久的东西渐渐明晰起来。雨露透过苍茫的灰白色雨线，看见一些身强力壮的中年的和年轻的道士、僧人长久地出没于一些宁静的居所内外。他们的手中不住地玩弄着一些颜色各异的药丸和一些飘扬着的药方。在那些曲折迂回、温馨而隐秘的居所之内，日夜都在酝酿和发生着一些饮食及其器械的故事，故事的背景姹紫嫣红，一路平安。这一类的内容使得那些一向循规守教、冰清玉洁的良家妇女都不同程度地滋生了一种甜滋滋懒洋洋的感情，深长的药力回荡在她们的四周，常常令她们情不自禁，魂销九天。在栀子花怒放盛开的那些日子里，空气中始终弥漫着一种令人沉醉的长夜漫漫的气息。

就在那天夜里，他看见一名中年的道士将一条湿漉漉的白色汗巾小心翼翼地投入一只火盆之中。之后，便听见有无数赤裸裸的婴儿在火中嚎啕大哭，彻夜不休。汗巾在火中燃烧的过程有如翩翩起舞的鸟群，有如绚丽的夜晚的情节。

那年的雨水漫长而遥遥无期，很多人都以为是城中时常回荡着的女人和脂粉气息的缘故。一个夏天的黄昏，土改工作队队长刘青宇被人从梦中摇醒。原来是别有用心的人假扮他的身份与模样划着一条小船，护送着两名地主的妻妾驶进了一片苍茫无际的芦苇荡之中。土改工作队队长刘青宇自那个夏日的黄昏之后便一生落下了夜晚失眠的毛病。他们徒步穿越过一些破败颓废的旧式房舍，冲上一道长满了紫云英的山岗。那个时候，雨露就坐在那个深深的庭院里岿然不动，他背靠着那根朱漆剥落的圆形柱子，一条腿放在圆柱下面的一片阴影里，另一条腿放在阳光中。几只喜鹊和乌鸦蹲伏在红色的飞檐上，目不转睛地盯着阴影里的那条垂死的腿和阳光里的那条温馨的腿，两条腿的距离那时候正在阳光与阴影之间大步流星。他听见黄昏的芦苇丛中铺满了彩色的锦绣似的晚霞，清澈明亮的水流漫过一些劳顿已久的情节，将几具芬芳四溢的胴体轻轻托起，起伏沉浮。野渡边有一辆墨绿色的国防牌自行车，此刻就胡乱地扔在一片草里，那时候骑车的人都没有锁车的习惯，几只灰色的野鸭子围着那自行车来回走动，不住地发出一种叽叽咕咕的如同水纹似的叫声。

许多的人物都依靠着某种方式和文字生活得久而久之，都一味地苍白而弱不禁风，一阵风便能将他们的一切吹落得无影无踪。野渡边的一只小舟仿佛一只贼船，处于某一个阴谋的控制和笼罩之下。

那一段出没着河水和青草的民间传说里始终沉寂无声，偶尔可见剪径的黑衣人的身影隐现在其中。

南方旅馆之夜

雨季如此漫长。

连绵的淫雨耗尽了他的精力，他现在突然有了记忆。往昔的时光令他孤立无援而又难以平静，他感到自己在一次又一次的雨后渐渐地衰老了。红嘴鸦常常随意出没，凋落下漆黑的羽毛。一部分整洁的衣带和许多不规则的土黄色丘陵在他的视线中被风吹得杂乱无章，造成了种种的假象。很多年以前，曾经有一支队伍从最初的某一个地方出发，途经那些低缓的丘陵去远方打仗。连绵的淫雨和飞舞的风沙使他们感到生命毫无任何意义。他们像一些顽皮而胆怯的孩子一样将身体探出城壕之外，观看城墙下的蚂蚁似的士兵和徒劳地滚动着的车轮。在一次又一次的喊声和火光交替重复的过程中，他们一举攻下了一座空城，之后又立即甩手放弃了那座空城。沿途的自然尽管已不同程度地烙下了风雨的嘈杂的印迹，一位石雕的勇士伫立在那种灰黑色的背景中，花白的眉毛上布满了暗红色的铁锈。他们穿过了几个地方病十分流行的农业地区，沿途看到的都是三尺高的无枝无叶的老树和种种陈旧不堪的风光。许多的大骨节病人、佝偻病患者、麻风病人、“天苍”及红斑狼疮患者，还有众多的乞丐都在沿途列队欢迎到来的那支队伍。盲目而凶狠的蝙蝠成群结队地在灰暗的天空里盘旋，摇摇晃晃的姿势有如梦游，仿佛无数件农业地区的黑色的棉袄棉裤被随意地抛向了空中，以一种荒唐无比的姿势呻吟着，旋舞着。

白日里的一切都如同一种随遇而安容易渗透的水分一样漏进梦里，石周山跟随着一群人进入八月份的天气里后，睡意常常不期而至，梦中的尘土和苔迹遮盖了他的眼睛，空气中飘荡着令人心旷神怡的桂花的芳香，仿佛有无数个妖娆的女人在水中尽情地涂脂抹粉，尽情地放浪形骸。一些干净的和不干净的水流夜以继日地在千疮百孔的土地上继续漫无目的地流淌着，有如病体中绽破而出的脓血。

夏秋之间的距离相隔着如泣如诉的雨声和频繁出现的花期，雨水和花朵使一部分事物变得高大而厚重，使另外的一些东西支离破碎，难以成形。经常看见一些人修理被风吹毁后的篱墙，加固潮湿的地方，用绳子和稻草切割着岁月，删节着时间。

雨季改变了事物的形状和性质，远处常有沉闷的汽锤的声音传来，有如提示或召唤。平静的昼夜里，石周山打听到了一些祖坟坐落的位置和方向，在城外的一座月亮形的环行山上伫立着部分碑文，每一块碑都曾经是一副春风得意的鲜活的面孔，都曾饱浸过风月，以种种的姿势策马而行，风雨吹动他们的衣衫，露出密布的阴谋和诡计。

进入八月的那些日子里，石周山深居简出，他常像一个孩子似的倾听着缜密的雨声，注视着桥下的流水。他深知事关重大，一切的世仇宿怨能否烟消云散都取决于他的信念和行为。他感到箭在弦上，他几乎每天都要由于过度的紧张和焦急而尿湿裤子。我再也支持不下去了，他们的从容与安详使我生命的页码在急剧地减少，凋落。在一片肃穆而大片起伏着的紫叶草中，他东倒西歪地到了山下。他的内心被一种激情贮满。在他走上一座拱形的石桥以后，他低头看见桥下的水里漂动着几只雪白的汤团，以及他手中的天蓝包袱的倒影。在更远一些的地方，他看到了明亮的蜘蛛网一般的古老的江南水田和灌溉系统。

石周山东倒西歪地向山上走去。烟水四处弥漫着，包袱里的潮湿的黄豆使他感到了时间和事物的重量。他听见那家公馆里人声嘈杂，纷乱的脚步声使一些守候在大厅内外的人盗汗不止。人的影子围着红釉的茶碗和雕花木椅团团打转。盼子心切的米厂老板在一株叶子泛黄的吊兰旁无望地挥动长长的烟枪，视线内默念梵语的尼姑离他越来越远。他挥动烟枪，打落了吊兰。

在山中的一丛茂盛的马蹄莲旁边，石周山与一位赤足的道士不期而遇。雨水使他的消瘦的脊梁明晰地突起。老道士由最初的一个黑点化为人形，此前，雨水和腐烂的草根曾使他饥肠辘辘，他的赤足上涂染着龙舌草暗绿色的汁液。老道对石周山说，解除恩怨与制造恩怨同属一种浊流。朱红色的钟声飘起飘落之时，石周山望见不远处的一座湿漉漉的寺院，几名和尚和工匠正在修补寺院的红墙，从远处看上去荒唐而虚假，有一种极其不真实之感。老道离去之时，风将他的皂袍吹作一团，紫红色的里子飘扬起来。

此时，石周山突然有了记忆。老道被风鼓荡起来的下山的姿态使他感到从前曾一度嘈杂的公馆里现在平息了下来，他听到一名婴儿在通往来世的路上哭叫不休，粉红色的双腿出没在沿途的风雨和草木中。

雨季中的南方战事频繁，城墙阴暗，许多的河流支离破碎，尸骨遍野。眺望阴郁而低垂的年代，一些事物的表面上都贴着混乱不堪的时光的标签，毫无任何顺序可言。昼夜运行的日子有如腐烂的菜叶。

河水里木船上棕色的草包迎风展开的旗帜消解了石周山的疲倦。在山下匆匆行走着的老道看见石周山出现在山上的一尊墓碑前。他注视着带有魏晋遗风字体的碑文。当他打开那个天蓝色的包袱以后，他的脸上滴满了水。包袱里的冰凉的黄豆与那本旧小说散发出阵阵酥烂的霉味。碑文上明晰的年代被一层绿锈凸现出来，漫长的雨季和战事使他丧失了从前的书写能力，他甚至忘记了字体的笔画顺序。他把手中的黄豆撒向墓碑，恍然中看见墓碑上显出惨淡的血迹和光影。血痕渐渐地漫过碑文，湿透了精雕的文字和年月。

老道看见他做完这一切后，又将天蓝色的包袱皮揉成一团，扔到了寺院墙外的一条涧水里。墓碑后面突然出现的两名黄豆大小的僧童没有阻拦他弯成弧形的手臂。他们的谈话使他又重新失去了记忆。

石周山突然失去了身边的书，他的肢体不断地在墓碑周围的一些地方消失，浮现。几名黄豆大小的僧童提着水桶和雨伞从一些残败的旧日石桥上匆匆走过。炊烟上升，人影下坠，每一处风物上都悬挂着雨水和风声。忙碌而自在的小僧童们穿过一些昔日的稻田和排水沟，将一座座黑白分明的房舍远远地留在身后。僧童们谈话的声音稚嫩无比，谈话的内容涉及了从前的一只晾满了衣服的乌篷船，几个命薄如纸的旧人，还有很多年以前的一场著名而为时冗长的官司。有阵阵轻松的笑声不时地穿插在他们的交谈中，致使谈话显得图文并茂、栩栩如生。僧童们注视着漂流在涧水中的天蓝色的包袱皮，一个手持毛藜扫帚的僧童看见石周山出神的脸上空空荡荡、痕迹皆无。远处，两名抬水的小僧不住地抖落着湿漉漉的僧衣。石周山感到雨水将碑文上的事件和时间泡得渐渐松动起来，血污和雨点逼到了忙碌而自在的僧童们的脚下，他们丢弃了手中的水桶和雨伞，在通往寺院的一条小路上跑动起来，手中的工具随着速度和姿势的变化而逐渐放弃，散落在沿途的草丛里和水坑中。曾一度聚集在墓碑下的黄豆这时都在雨中纷纷滚动起来。浮肿而透明的黄豆噼里啪啦地滚动在同样大小的僧童们的身后。他们从几座建在半山腰的白色的舍利塔旁跑过——里面安葬着已故高僧们的肉身和灵魂——他们袖珍的僧衣在奔跑的过程中如同一片片孤立无援的树叶漫山飘舞，他们的稚嫩如豆芽的喘息声回响在雨中。

石周山在老道专注的视线里显出满脸倦意，他像一只衰老无力的鸭子和田鼠一样被团团围困在浮肿而透明的黄豆之间。潮湿的衣服紧贴在身上，现出了他的峥嵘的筋络和瘦骨嶙峋的骨架。石周山看见跑在最后的两名小僧童的肩上还各扛着一把雨伞，一把黑伞，另一把是红油布伞。贮满了雨水和风声的雨伞使两名小僧童跑起来东倒西歪，摇摇晃晃。他们跑至寺院的墙外时，先前曾一度忙碌如蚁的僧人和工匠们早已收工，阴雨使他们不得不提前返回寺院，结束了修补山墙和加固檐角的事情。雨水将涂在寺院墙上的朱红冲刷下来，形成了一道道破碎的血流，那些涂满油彩的没来得及安放的木头楔子都浸泡在水里。

朱红的山门早已关闭。

下半年的气候似乎一如既往，雨中常常浮现出那家淡黄色米厂的冷落的门庭和阴暗的日常生活。大雨中的祖坟出现了难以弥合的水土严重流失的现象。碑文四周栖落着的乌鸦常常饥饿而死，或暴食而亡。固定在雨季里的是山下的几只乌黑的木船和一座废弃已久的磨坊。那些木船的上面依旧残存着几片破烂不堪的篷布，时常垂落在雨中，或飘扬在风中。磨坊前的水沟里能听到鸭子的叫声。

那个麻脸的男婴从孩提时代就一直沉默不语地活动在老道的视线之中，他的面孔总是时刻罩在一把红油布伞之下，他无悲无喜地出入于公馆和载米的码头，每日走访城中的一些伞店。他时常撑着那把形影不离的红油布伞站在南方烟雨苍茫的码头上独自面河而立，久久地眺望。黄昏在风中展开以后，他在幽暗而潮湿的深巷里蹒跚而行。那把红油布伞就罩在他的头顶上方，或斜挎在肩上。他的种种行为弄痛了老道的眼睛，老道感到自己的视线越来越窄，日渐模糊而迷茫。很多年以后的一天，他终于走出了老道的视线。众多的从远处飞来的鸟雀一路伴随着他。秋日的寒风将北部山区的一片麦地和一片西瓜地连接处的一块洼地里的荒草吹伏以后，草棵和浮尘，不断地飞起飞落的鸟群一如从前，并没有使他们感受到什么不同的事物，他们只在秋天的光晕中平静地翻晒着粮食，脑子里折腾着一些简单而日常的事情。

一九二八年秋天，石周山提着那本旧小说里反复出现过的一种工具，肩上斜挎着一把满是褶皱的红油布伞，步履匆匆地逃离了诡秘而冗长的南方岁月。雨雾中的石周山如一只慌不择路的丧家之犬，广安寺嗡嗡回响不断的钟声使他东倒西歪地闯入了一九六二年的那条背景深远的杏黄色的山谷。昔日的一切记忆和经验在他盲目行进的过程中都被山谷里的一些形状各异的风物和枝蔓一一地牵挂住并滞留了下来，都一丝不剩地从他的身上分离出来。

在石周山失魂落魄、一无所有的视线里，面色苍白的少年亡旗正坐在一棵披头散发的树下反复读书，书中的天气阴暗如铅，书中的人物稀稀落落沉默寡语，相互之间的言语十分贫乏而萧条。在亡旗的对面，有一座早年间废弃了的石灰窑，窑前丑陋的不规则的地段上堆放着一些粗粝而凌乱的劳动工具，但劳动的姿态和意义早已消逝，不复存在。

一切都在反复进行，回忆成为那一年里的主要活动方式。反复地运用同一种类型的词语，反复地再现某一个时期的同一个场面。那些有关回忆的语言都密密麻麻地铭刻在那个时期的风中，在秋日的阳光里明暗均匀地奔走，飘扬。回忆性的文字使一无所有的石周山有如望梅止渴，在他弯腰采捡山谷里的部分碎片和禾秸时，他听到了呼啸的声音，昔日沉寂多年的石灰如死灰复燃，纷纷扬扬地蒙住了他的眼睛。

少年亡旗坐在那棵充满回忆的树下，那些缺乏想象力的树枝如一支支腐朽的手臂，他周围的风景是虚构的，他自己也被虚构在石周山无望的视线里——

在一九六二年的山谷里

沿街两边的店铺都早早地关了门，都掩上了各自的褐黄色的木板。

整条街上望不见一个人影和一件事情。褐黄色的木结构的街面整洁如初，僻静无声，只有木板上的花纹在飘走，狂奔。

夕阳西下的时候，一个灰黑色的捡垃圾的人物出现在街的尽头，他从一座有着狭窄窗户的房子后面走出来。

灰黑色的捡垃圾者在宁静而整洁的褐黄色街道里盲目而行，他的出现显得十分虚假而浮泛，有一种极其不真实之感。但他的一双不断转动的眼珠子和他脚下传出的那种迟缓的“哧啦”“哧啦”的脚步声却使他的出现和存在变得确凿无疑，而晚风中飘来的从他身上散发出来的一种腐烂的腥甜气息更使他有血有肉，真实如铁。

一切都入木三分，栩栩如生。

亡旗在这个残阳如血的黄昏里感到自己衰老的眉毛上长满了铜锈，风声呼啸着咝咝地穿越他牙齿之间的空隙，如同一些被摧毁后的杨木栅栏。夕阳蒙着他的眼睛，故乡的一道道低缓的褐黄色的门槛有如众多的纵横交错的田埂和水渠。许多部小说里的生活气息和写作背景都像疏密有致的蜘蛛网一样笼罩着他的脸和远行的计划，松散的文风和僻静的叙述覆盖着他的回忆与想象，支配着他的黎明与黄昏，暗写的情节和星罗棋布的想象使他的衣服不断地出现飘扬的现象或冰冷的状态。他被许多种小说的风格同时困扰着，影响着，他在季节和昼夜交替的空隙里用手指按住飘动的书页，但杏黄色的酒旗仍在一些隐晦的门楼上飞舞。对于形状和色彩方面的运用与把握，在不久之后亡旗便已炉火纯青。对于小说中工具的记录和描绘，以及工具所发出的劳动的声音也日趋完美，并能为所有的器具都找到合适的堆放地点和劳动场景，就像那座早年间废弃后的石灰窑前堆放着的凌乱而粗粝的各种工具一样，那是一种貌似漫不经心实则困难重重的堆放才能，它的里面充满了激情和心计。

黄昏里单调而熟稔的声音使亡旗产生了强烈的睡意。昨夜的一场大风吹落了榆树上团团的雀巢和山墙上的燕窝，继之而来的是遍地作响的落叶和干柴。亡旗面色苍白地在家乡古老的褐黄色的门槛上俯首而坐，枯黄的落叶纷纷逼至他的脚下。面对众多的一一向他展开的小说生活场景，他的记忆里第一次出现了淋淋的汗水，汗水有如陈旧而古色的铜钱。

夕阳使他的脸变得模糊而吃力。

在一条没有风声的歧路上，亡旗感到自己久已失去的记忆重新恢复了，书中的故事在进行到第四章的时候出现了重重的困难，故事停顿着不再往下进行了。路两旁的花朵和行人，失修的马车和沉闷的水磨随着停顿不前的情节变得越来越稀疏了，直至最后完全消失。第四章里全部是对于几处生活场景的精心描写，中间也涉及了一些必要的自然风光和气候方面的事情。第四章里一个人也看不到，视线之内只是那条僻静而整洁的褐黄色的木结构街道。那个灰黑色的盲目而来的捡垃圾者此时就像是那宁静画面上的小小的一个污点或指印，他的出现和存在来自于一种不慎和疏漏。

南面一家封闭的店铺门前堆着一堆鲜红的橘子皮，严谨而整齐的褐黄色木板赋予它一种如火如荼的轮廓和意义，它如一堆冷静而规范的篝火，但不具有丝毫的温度，类似的火堆在民间的夜晚里一直十分普遍，代代相沿。深夜焚烧纸张和祭品，对死者的声声呼唤和劝慰的纪念性的景象在民间经久不息。

北边一座房屋的门前没有堆放红色的橘子皮，却有一堆不久前刚刚倾倒出来的草药的残渣，黑色的形状各异的药渣堆积在一起，如同一座停火后的瓷窑。

亡旗按照顺序，依次向街里走去。沿街两边悬挂着各式的灯笼，却看不到茶馆的牌匾和酒楼的幌子。有一家屋檐下悬吊着几副血肉丰满的猪下水，红黄的水珠滴滴答答地滴下来后，在地上形成了一种风起云涌、变幻莫测的异常复杂的图案。

对于沿街景象的仔细浏览，使得亡旗的记忆受到了阻碍，他感到眼前的事物正在重叠起来。透过严谨而密封的褐黄色木板，亡旗看到了那些房屋里正在发生的古怪的事情，突如其来的这种现象使他再无法进行回忆。他在这个残阳如血的黄昏时分，突然感到眼前的这条他身临其境的街道似曾相识，有一种令他熟稔而亲切的气息正在缓缓地无形无声地反复涌动，浮现。

这时候，亡旗突然想起了舅舅，他觉得在这样的一个地方很可能也很应该遇见舅舅。在一株迎风摇曳的夜来香旁边，舅舅身上背着几十斤醋和一部分稀少的粮食日夜孤孤单单地行走在一种模糊不清的历史背景中。舅舅的一只耳朵被路上的风吹得又低又矮，像一只露出土层的陶罐一样呜呜作响。对于粮食成色及重量的回忆，使他接连多日总是不可避免地踩碎昔日里的一些日常器皿。众多的地堡似的谷仓几乎耗尽了他的精力和心血，他不得不坐在一些土围子的外面残喘定息。远处辚辚的车轮声隐约可闻，河边的风将他拦腰斩断。他喝着乡间明亮而圆形的水，迟钝的水纹有如他的笑容。接下来，他在水中看到了自己虚幻而吃力的脸，水纹和笑容刺痛了他的目光。

对于舅舅的松散的回忆，使亡旗感到街上还流淌着一种让人难以却步的温情脉脉的东西。舅舅背着来历不明的一小袋粮食和几十斤醋被一阵风从亡旗的记忆里吹落以后，夕阳的位置深深地凹陷了下去。与此同时，沿街两边的那些重叠的掩有黄褐色木板的房屋顿时高大阴暗起来。从街口突然出现的一阵风吹散了先前的那一堆宁静而鲜红的橘子皮，终于使它变成了游荡在傍晚里的星星点点的磷火。它的出现，使亡旗感到昔日的一切即将全部结束，消解。他已走到了尽头，看不到任何的一行文字了。他吃力地撕开衣服的里子，越过细密的针线和母亲的裁剪技艺，他吃惊地看见了自己的生卒年月——那一行龙飞凤舞的笔迹使他如释重负，心静如水——

亡旗走着走着，便想起表姐了。

表姐在家中静坐，在一个看不见风景的位置上仔细地梳头，百叶窗的光影将她的头发弄得十分蓬松而凌乱。乌黑的头发让她感到无比孤独。在她的身体四周堆放着许多柔软而温暖的事物，疲倦和饥寒使亡旗不知道那是什么东西，亡旗的这种样子看上去就像是一个伤痕累累的人。亡旗看到表姐修长的十指弯曲着，如同某一部小说的一个结尾。亡旗知道表姐有许多柔软而芬芳的衣服，他一个人躺卧在那些衣服里时，街道上的那些房屋的数目和重叠的次数突然变得清晰起来。亡旗听到了天的声音，他听到天上有金属、木头、绸缎、瓷器和水。

亡旗走着走着，就想起表姐了。

亡旗走着走着，就听到天的声音了。他听到天上有金属、木头、绸缎、瓷器和水。

——那年夏天，在那座废弃的石灰窑的附近，亡旗被一阵低低的呼啸声惊醒。他穿好被风吹散的衣服坐起来以后，看见一个麻脸的外乡人正坐在一棵高大的绿杨树下面，身边和脚下的无数的蘑菇簇拥着他，使他看上去如同一根虽死犹生的树桩，似乎他仍有足够的水分和精血使众多的蘑菇赖以生存。他在亡旗的视线里吃着一包风干后的荷叶牛肉。

亡旗看见斜挂在外乡人肩上的那把红油布雨伞时，目光突然肿痛起来。亡旗似乎已经知道这个人是谁了，只是想不起见面的地点和场景，山中昔日的石灰的旧痕使他犹豫不决。在他一起一落地将荷叶牛肉送入嘴里的过程中，亡旗看到外乡人的手臂上镌刻着许多豆粒大小的褐色的斑点。有一条小河那时正在距离他们不远的一个地方缓慢地流着，河水轻轻地漫过一些石头，发出一种娓娓动听的声音。外乡人将一只空空的酒壶倾斜到蘑菇丛中时，壶中不久便灌满了风声，呜呜咽咽地响了起来。酒液使他脸上的麻子越来越白，手臂上的褐色斑点呈现出浓重的紫色和红色。他的目光停留在石灰窑前面的那些腐烂的工具上，有一些草和紫色、白色的花从散乱的工具之间生长了出来。外乡人面对着亡旗，扔掉了手中的荷叶和油纸之时，脸上露出了笑容。亡旗将那张油纸在风中展开以后，才发现原来是一部小说的封面，书名已被油污和辣椒所涂染，使人无法读出它的声音和含义。封面上仅存的一幅图画使亡旗感到这就是自己期待已久渴望已久的那部小说的封面。其时天近傍晚，暮色如铅。风将亡旗手中的封面纸吹落以后，一桩往事浸入了他的记忆之中。他看见那个外乡人穿过一些麦田和孤坟，许多地方色彩很浓的但没有任何实际意义的符号在他的四周隐现着。那种类似萤火虫一样的细微事物使外乡人变得慌不择路，身体在一片高矮不平的房屋之间飞舞着。时隔不久，有人在一片西瓜地和麦田相接处的一块洼地里看到了外乡人蜡黄的尸体。许多的草被压折在他的身下。一个清早起来赶牛的老人最先发现了那片东倒西歪的草，老人还看见有几垄红色的麦子很鲜艳地穿插在众多绿色的麦苗之间。奇异的生长现象使老人对麦种的成色产生了短暂的疑惑。老人抚摸着温驯的牛角，他望见四周比较平静，满地的西瓜有如众多绿色的头颅低垂着，熟睡着。清晨的山风吹不动任何一颗头颅，只能吹动那些耳朵一样的绿色叶片。几条绿色的蛇蜷曲着盘旋在外乡人的身边，蛇伸出粉红色的尖细的舌头，在外乡人袒露的胸脯上一下一下地舔着。蛇从外乡人的裤筒下面钻进去，又从衣领后面爬出来，地上布满了蛇的混乱复杂的阴险轨迹。赶牛的老人那时无意间发现了一种垂死挣扎的现象，外乡人在临死之前可能试图要在身边的土地上写下一行什么字，但最终却什么也没有留下。赶牛的老人后来用鞭子的一头撬开了外乡人紧握的拳头后，发现他手里原来什么也没有。那时候，远处的地里已渐渐可以望见一些稀疏萧条的人影——

亡旗一个人在街上走着，烧饼焦黄的气息和烤白薯的甜丝丝的气息远远地飘来。接下来的时间里，他看见临街的那座淡黄色木楼上的一扇久闭的窗户被打开了。亡旗看见表姐正用一根木尺将窗户支稳加固，街面上穿檐而过的燕子使亡旗没有看到悬挂在窗户外面的那只红灯笼。亡旗望见表姐穿着一身妃红云罗绣裙，满头的黑发依然如故，肌肤依然雪白如凝脂。更晚些的时候，亡旗踏上了那座临街的木楼。楼梯口的一个角落里堆放着几件陈旧的不成形的东西，似乎一触即溃。亡旗知道这些锈迹深重的东西都是表姐夫早年间的木匠工具，散发着一种难以言诉的雨水气味。

亡旗触响工具的声音惊动了呆坐在一盏灯下的表姐夫。这个昔日的木工已经拉不动任何一把锯子了，他常在睡梦中被一阵弹拨墨线的声音惊醒。岁月的流逝和生活场景的不断变幻已使他忘记了斧子的正确持法和木尺的用处。在昨夜短暂的睡眠中，他没有听到任何的声音。此时他听到亡旗触响斧子的声音后，绝望而灰暗的记忆立即摧毁了他的脸。

姐夫，烧饼的生意还好做吗？亡旗望着表姐夫的一簇焦黄的胡须问道。

还好。表姐夫说。那些当兵的和衙门里的人，还有街上的一些泼皮子弟，他们都给你表姐留着面子。兄弟，有你表姐在，我就什么也不怕。

亡旗微笑着听完了表姐夫的叙述。秋风吹动窗棂的声音使表姐夫不住地谛听着外面的动静。表姐入室沐浴出来，洗净了身体，手里玩弄着一条雪白的绫绢。

表姐夫对着窗外出神了许久。亡旗看着表姐夫的身影，感到一些铁锈正在剥落，他凝望了好长时间，才看清了表姐手里飘扬着的白色绫子。在表姐的注视下，表姐夫吃力地挑起烧饼挑子走下了楼梯。表姐夫是去赶夜市，他矮小的影子在出门后不久，便被紧随其后的一阵风吹得无影无踪了。

一辆华丽的马车在夜色里遥遥远去，留下了一道冗长的呛人的灰尘。表姐夫跪在街头，一个一个地拾捡着四处滚落的烧饼，他的影子渐渐地湮没在夜色里。

那时候亡旗和表姐两个人谁也没有发现在楼梯口站着一个表情阴郁的人，楼道里的风使他的身体在亡旗的视线里飞舞起来。低垂的纱幔和摇曳不定的烛光使亡旗无法看清那个人的手中是否有刀。亡旗叫道：

“舅舅。”

“淫贼看刀！”亡旗的叫声使一道刀光呈弧形地切入了自己的头颅。

那个人试图掀起粉红色的纱幔时，低头看见一股血水已逼至他的脚下。难看而荒唐的脸色使他迅速地后退。他在楼梯口擦亮了那些杂乱无章的工匠工具。之后，成为熊熊大火。

表姐的一条腿从那些柔软而温暖的故事堆里伸出来后，腿上布满了亡旗生前的种种语言。

那是一些关于回忆与想象方面的暗写着的文字。抚摸那些字句，表姐听见远处回响着无数婴儿的哭声。

在家族的山上

秋天里的一个黄昏，营造大师晏风尘仆仆、千里迢迢而来，他散乱的长发中夹带着旅途的风声。一路上，他不时地停下来在沿途的河水中洗手。

更晚一些的时候，他日夜行走在众多简洁疏朗的木头之中，他望见无数青色和红色的砖瓦重重叠叠，无边无际。营造大师晏应邀修筑一座巨大而别出心裁的迷宫式宅邸，其结构和建筑风格以五世纪初期惠灵王石定国的府邸为蓝本，之后，再由萤火山人与晏两个人共同策划修订而成。

在他们经历了无数个不眠之夜，初步拟出了第一批隐秘而复杂的地下工程的方案之后，萤火山人突然大病缠身，卧床不起。

工程平静地停顿了数十年。

病中的数十年，平凡而琐碎。

萤火山人真正恢复精力和神智是在很多年以后的一次午睡之时。一位云游的高僧拂天而过，随之而来的一阵呼啸声将正在午睡的萤火山人惊醒。他比从前更沉默寡言了。云游高僧的袈裟在他的思绪中飘扬，他仿佛梦见了高僧手中的佛珠的数目。经过无数次的发现和彻悟，他落下了口讷的毛病，木讷的姿势锁隔着他心中众多的东西。在他努力回忆一些模糊事件的细节时，风水先生晏送来第三批工程的草图，那些曲折蛇行的通道和光影莫测的内室使他胆怯而虚浮，许久没有弄清房屋的数目和回廊的位置。数月之后，一座苦心经营的巨型迷宫已全部落成，栖落在红色檐角上的鸽子使它从外表看上去只是一片普通的砖木结构的民舍，与众多的住处并无两样。

府邸内外浮现出团团的紫晕之时，萤火山人感到一天的时光行将结束，剩下的时间将短暂而贮满了黑暗的传说。被树影和山色弄乱了的夕阳照亮了花园里峥嵘的太湖石和厅堂的弧形轮廓。风水先生晏摆完一盘残局后，拢起了袖子，收回了黑白分明的棋子。他走到正在纳凉的萤火山人面前，低声说道：

各处都已差人看守，今夜我将率领他们在新宅里守夜。

窗含烟水、远山衔黛的气象使萤火山人没有听见晏的声音。接下来的夜晚风清月明、树影婆娑。当萤火山人的视线里飘扬起晏的灰色道袍时，风水先生晏查点差人的声音早已传入新宅的里面。

萤火山人听见新宅的门楼下人来人往，脚步声轻盈而纷乱。仔细看时，却见一群黄豆般大小的小人正在往新宅里搬运东西。他们低声地说着话，相互之间打着各种各样的手势和表情。萤火山人听见了他们谈论丝绸和节日的声音。其中仿佛有许多异常珍贵的物品，有不小心摔坏或磕碰了的，搬东西的人便会立即招来一阵低沉而有力的呵斥声，但却看不见发话的人，找不到呵斥声来自何处。小人们有着与黄豆同样色调的皮肤，都慈眉善目，都轻声说话，小心翼翼地走动。

过了许久，先前曾一度轻盈而纷乱的脚步声渐渐地稀落了，听不见了，大约是已经搬完了东西。众小人都走进深深的新宅里以后，只留下两名小人站在门楼下做瞭望的岗哨和门卫。这时，从远处有一匹白马飞驰而来。骑马的人仿佛在马上睡着了，他以一种十分荒唐的动作从马上下来后，大步流星地走到新宅的门楼下，对站在门楼两边的那两个小人嘱咐了几句话之后，便大摇大摆地走进去了，门楼上的灯光照亮了他彩色的盔甲和腰佩，头盔上红色的缨穗在灯光里飘扬。

更晚一些的时候，数百名衣冠整洁的小人抬着数十口棺材从新宅里面陆陆续续地走了出来。那些小棺材有米粒般大小，通体都漆成一团黑色，棱角分明，周身绘有描金的线条简洁的图案。数百名小人抬着细小的棺材，边走边说着话，有轻微的咳嗽声和喘息声一直穿插在其中。

小人们抬着棂棺，越过一道上面生长着矮小苦竹的山岗后，便都消失不见了，夜晚的风中送来了油漆和木头的气味。

那时候，仍然有一辆袖珍的华丽马车依旧停在新宅的门前，马车上挂着一些龙飞凤舞的锦绣的帘子，车身上镶有翡翠和各种玉石。有一名身穿紫云英长袍的小人一直守候在马车的旁边，手里端着一个沉甸甸的精美贵重的礼品盒，注视着几只雪白的马蹄。系在礼品盒上的一条红绫丝带十分鲜艳醒目。

后来，从新宅里面走出四五个人，边走边寒暄着，说着一些告别的话和相互祝福的话。门楼上的灯光映照着他们的华冠丽服，走在后面的一个人像是久居在这新宅里的主人，正在出门送客。

宾主施礼告别的过程幽雅而细致。

客人中有一位身穿鹦哥绿长衫的人，生得仪表堂堂、气宇不凡。他的帽子上镶着一颗价值连城光芒万丈的宝石。他手中的骨伞上题写着的是吴道子飞舞的手迹。另一位身披杏黄色斗篷的客人面容生得十分古怪而离奇，身上有一种半人半仙的清风道骨般的色彩，他消瘦的面孔和万丈的精神酷似夏天的一只山羊。客人中另外的两位像是两名随从或侍者，都一直低着头，在原地上站着，十分注意地倾听着主客之间道别时的谈话。

新宅的那位主人三十岁左右年纪，生得眉清目秀、一表人才，只是面色有些泛黄，有些苍白，像是久病在床。这位主人身穿一件带有金色皮毛的天蓝色大氅，胸前搭着一条雪白的狐皮领子，一直由颈上垂落下来。主人的手指十分白细而无比修长。在与客人说话的时候，时常将一只手掩在脸的一边，像是弱不禁风的样子。

优雅而细致的告别仪式结束之后，客人先后上了那辆华丽的马车。主人站在车旁，嘱咐客人明年的这个时候一定再来相会。主人说完话之后便放下了马车的帘子，马车在灯影里驰去，消失在苍茫而幽暗的夜色中。

风水先生晏这天晚上巡视完新宅的几个重要的局部之时，突然想起了晚饭前摆过的那盘残棋，无可挽回的僵局使他感到有些索然无味。他心事重重地在一道蛇行的朱雀回廊上走来走去，夜晚的光影在墙壁与阶梯之间织起了重重的障碍，形成了许多易于隐蔽的角落。对于这座由他本人亲手拟定并亲自监督修造的别出心裁的迷宫建筑，他一直怀有某种难以言明的思绪。多变而诡秘的建筑风格一直使他彻夜难眠。抚摸那些凸凹起伏的木制曲线和弧形风光，使他情不自禁地想到了自己身上的肋条和筋络。迷宫里的每一片瓦和每一根木头，都如同他身上的一块肉和一根骨头，地下工程里那缓缓而行的阶梯和水流，就是他晚年时平静而稀薄的血液和丹田。

临上床之前，他望了一眼窗外。夜晚中一动不动的树影和灯光使整座宅邸寂静得有些空旷，甚至萧瑟而凶险。晚饭之前，萤火山人告诉他新宅里将要雇佣大批的仆役和丫鬟，用以填充那些众多数目的空房，使每一个角落里都能够有活生生的人的气息和踪影。没有人烟的空宅将更为凶险莫测，每一处都布置着难以预料的悬念和死谜。萤火山人早在新宅落成之始便想到了这一层，这使得风水先生晏分明地感到了一些什么。晏后来停止了咀嚼，晚饭的内容和室内外的气候使他有些烦躁不安。他在石桌上摆开黑白的棋子，借此排遣和抵消那种烦躁，但僵死的棋局和缓慢行动的棋子又令他索然无味。他走向灯火摇曳的新宅，横挑竖拣地训斥了几名忠心耿耿的仆役。

上床之后，晏打开了线装的《周易》，书中的文法和气息并没有使他轻松多少。多年漂泊云游的生涯使他习惯于在夜深人静之后一个人秉烛而读，千金难买的睡眠往往就由此而来，使他度过漫漫的长夜。

接下来，一阵刺鼻而恶劣的气息迫使他放下手中的书抬起头来，烛光烧焦了他的一缕白发。这个现象使他再无心夜读。

抚摸越来越稀薄的白发，他感到身体里的某些部位正消解为淡而无味的水。

在他迟疑不决的踱步声中，门外响起了一片欢声笑语。一阵轻盈而纷乱的脚步声平息下来以后，响起了咚咚锵锵的锣鼓之声。有人正在敲锣打鼓的过程中翩翩起舞。

风水先生晏开门之后，只看到厅堂的长桌上燃着几支寂然无声的红烛。烛光使正面墙上的列祖列宗的牌位变得肃穆而壁垒森严。两只青瓷的云瓶发出幽亮的蓝色光晕。

风水先生晏重新上床之前，看到了烛光中微微晃动着的一把雕花木椅。这个发现使一片疑云暂时停留在他的脸上。接下来，先前的锣鼓声消失了，重新弹起的是悠扬而淡雅的江南丝竹。

八音齐奏的迹象表明，有不少的人正坐在厅堂的烛光里。

三更天的时候，有一个声音洪亮的人从外面走进来对坐在厅堂里的众人说道：

诸位先请用饭，沈公子和程大人很快便到。

话音落后，便听见一阵杯盘碗盏之声。劝酒的声音，取笑的声音，对月当歌，吟诗行令，喧闹之声经久不息。

浓郁的酒浆之气从外面飘进来，弥漫在风水先生晏的枕边。突如其来的芳香使晏清晰地回忆起多年以前的一场盛大而豪华的酒宴。晏想起了促成那次盛大酒宴的一场著名而漫长持久的官司。谁也不知道那场官司到底进行了多少年，双方的诉讼者都已是各自的第五代传人了，他们双方对官司最初的起因和主要牵涉的事件一无所知，但官司仍然代代相沿，年复一年地持久进行下去。风水先生想起了酒席上的一个人，那个人多年来一直迫使风水先生晏不得不东躲西藏、四处漂泊，永远地陷于一种深深的烦恼和自相矛盾之中。

厅堂里的酒席行将结束的时候，果然有人前呼后拥地进来了。众人都起身相迎，彬彬有礼。大家都落座后，谈话便在红烛的光影之间开始。谈话的内容都由一系列十分具体的事物组成，中心是围绕着一桩生意。

在这个过程中，一直有人在厅堂的内外不断地进出，来来往往，但都轻手轻脚。厅堂外面四周的地方还有一些手提“巡案府”灯笼的淡黄色小人。

风水先生晏在四更天的时候听到了他们谈论的那一桩生意。这座宅邸的主人沈公子已受命钦点，即将奉旨起程，巡查湖广、岭南。临行之前，将要转手卖出这座耗资巨大而庞博复杂的迷宫式宅邸。

萤火山人吃惊地想道：怎么，这宅邸不是我的?

光阴荏苒，不觉又过去了许多年。

夏日里的一天，仆人万安沿路乞讨着千里迢迢地归来。多年的饥寒交迫的流浪生涯已使他变得疾劳缠身、年老体弱。多年未尽的使命令他羞愧难当、无颜而行，以至于当他终于望见昔日的旧居时有些犹豫不决，时走时停。他褴褛的衣衫和苍白的头发在风中飘扬。他不知道萤火山人已逝的消息，更不知道遗留的家眷早已别迁他乡。当他望见昔日熟悉的旧居已成为一片残垣断壁之时，只是含着两泓老泪，怆然地叫了一声“老爷”。

眼前陌生的迷宫式的新宅使年老的万安望而却步，他怀疑自己是在做梦，怀疑自己又一次迷失了方向。地上的草不安地刺痛着他的脚，风将一些石子从高处吹落下来，滚进了草丛里。万安的视线中飞舞着一些破损的丝绸和绳链，他听到两个云游而过的僧人正在边走边议论那座宅邸。

风水先生晏已经疲倦了，他正望着一片被吹落的瓦出神。当东倒西歪、衣衫破烂的万安出现在他的视线里时，晏不知道这是谁，晏以为是一个年老的疯子。

飘起的道袍使万安感到了一种什么。眼前的这位长发散乱，青色道袍的人此刻正在风中团团打转。

晏，你是晏？你让我找得好苦，整整四十年啦。

都说你早已不在人世了，都说你死于一次盛大的酒宴之后。

风将一片青草吹低，倒伏后的草丛里露出了一具不成形的尸体。

一九五〇年丰收在望

这一年的阳光里夹杂着许多的小麦和蔬菜。雨露独自一人在八月份的面粉中缓缓而行，徐徐上升，昔日的一切正从他的身上分离，剥落，如片片的羽毛或带孔的铜钱。

他见过许多的树上都叮叮当当地挂满了鲜艳欲滴的水果。在一些无风的夜晚里，他还听到了许多关于农事方面的古老的故事。面对昔日里的一些支离破碎的农业窗户，经常有数十件农具的响声里带着泥土和铁锈，慢慢地升起来，化入空中。他望见山坡上的住户重重叠叠，越来越多。石头的屋子和黄泥的窑洞高矮错落，层次凸凹模糊。天气晴朗如洗的日子里，常有金黄色的铜锣声在平静的田野上有如波动的水纹一样，一圈接着一圈地回荡，消逝。那些夹着口袋、背着柴草的农民终年如一地穿行在陈旧而寸步难离的故土上。数十里僻静而苍凉的旧土地上密布着众多的千丝万缕的亲戚关系。淡远而稀疏的联系方式像细密的血管一样遍布在他们的中间。他们黑色的本分而古老的棉袄棉裤上钉结着同样黑色的布制的纽扣或褡襻，腰间的红裤带年深日久。他常听见他们在弯腰劳作时肚子里响起的阵阵哗啦哗啦的流水声，水声里漂浮着灰色的土豆和隔年的玉米。他听见羽毛凌乱的公鸡在他们的睡眠中长啼长鸣，彻夜不休。牛羊在他们的记忆里互相之间赖以生存，渐渐地都变得又低又矮。他们经常在半夜里的时候被自己的咳嗽声惊醒，经常站在草垛旁或树枝下小便。相互之间隔着墙头说话，谈论宅基地的面积和家织的土布，讲述一系列的农业和非农业故事。他们睡觉的时候都被农业的颜色轻轻地掩护着、覆盖着。他们终年笑眯眯地穿行在漫长而晴朗的或隐晦的农业岁月里，手里牵着不穿鞋的孩子去走亲戚、看戏，去收割地里的庄稼。

节日的时候，还得去上坟。

农闲以后，就躲在屋檐下一边避雨一边剃头。

眺望风雨兼程的农业岁月，他的视线一直被众多的山梁阻隔着，一直望不到很远，一直在昔日的乡土上生根发芽，开花结果，直至最后完全枯死，如一堆腐烂的菜根。后来的一些年月里，那些身穿黑袄黑裤的人都脸朝下背朝上地从他的视野里一个一个地消失了，如同雨后的众多水泡。

污水在门外日夜油汪汪地流着，这总让人想起乡村过年时的种种情形。地上的一些绿树在水沟里映出了坚硬如铁的倒影。秋天的一个傍晚里，一位死无葬身之地的外乡人拐弯抹角地找到了雨露。

外乡人住在雨露的一片夕阳西下的房子里，他随身携带的一只包袱湿漉漉的，里面不住地有很脏的红黄色的水淋淋漓漓地流出来。污浊的水流几乎消解了他的脸和记忆。那天晚上，外乡人对雨露讲述了许多关于旅途方面的故事。雨露那时候对粮食和蔬菜比较陌生，雨露一直以为那些土地的里面都埋藏着油、花朵和房屋。当饥肠辘辘的外乡人提出要噬嚼一只蹄膀和一把青菜时，雨露突然站起身走到了他的后面，像一个雨地里的孩子。

外乡人的不期而至使雨露失去了记忆。外乡人在叙述旅途故事的过程中，听到了一种暗红色的铁锈的声响，这种声音使他的两只耳朵如狼犬一样警觉地竖了起来，警惕使他的脸变得透明而具体。雨露看到外乡人这副模样时，雨露就告诉他说在郊外湿漉漉的田野里，有许多的农民正在躬身耕作，他们的帽子里浸满了汗水和盐渍。

外乡人面色苍白地告诉雨露说，他来这里的时候，曾经徒步穿越了沿途无数古老的耕种制度，他看见昔日的一些法典像厚重的灰色砖头一样都整齐规矩地垒在一些高大古老的城墙上面，代代相沿下来的种种习俗像女人的辫发一样都盘绕垂挂在沿途的那些树上。透过外乡人断断续续的叙述，雨露望见了雨中的故乡，望见了昔日大雪封门的家园。

雨露曾经做过许多带有尾巴和触角的非人之梦。对于一直都寄身于优雅生活中的雨露来说，粮食一直是比较粗糙的。漂泊多年的外乡人因此受到了某种刺激，他用一种类似猫的声音说道，我多孤独。外乡人的话使雨露清晰无比地回忆起一些米黄色的树叶，那些树叶上分别印有风的舞姿和时间的队伍。

那天夜里，天上下起了小雨。雨露听见外乡人睡在那间房间里鼾声如雷、喘息如云。雨露的两只脚那时候分别放在两本书中。那一夜，雨露彻夜未眠。从书中第二百八十三页上刮起了一阵凉爽宜人的清风，雨露的身体被风吹着，像一只思乡心切的地鼠一样迅疾而短暂地从一些旧地上跑过，头发像风中的龙舌草一样向一边倒去。后来，雨露便发现了书中第九十八页上描述过的那条绿色的蛇。雨露摇摇晃晃地跑动在蛇的狭长的视线里，雨水使他的两条腿粗肿痛痒，有如庭院里的那些朱红色的圆形廊柱。第四百三十页开始的时候，天气正值一个事物重叠的傍晚，残阳如血，风光迷乱。不久之后，檐角与树木的枝桠之间便织满了银灰色的雨线。雨水敲打着书中的一些年深日久的屋顶，冲走了灰色瓦片上的尘埃和鸟痕。雨声使书中的部分生活场景变得空虚而遥远，晦涩之中充满了无限的苍凉。

面对密集的雨水和泥泞的地址，书中的人物久久没有露面。

黎明行将抵达之时，雨露发现那个曾经一度熟睡着的外乡人突然不见了。外乡人不辞而别，冒雨离去，只给雨露留下了一口袋高粱和半碗土黄色的小麦。

雨地里的一行泥迹表明外乡人已经非常真实地走了，但外乡人的一条腿尚留在昨夜的雨季里。泥迹中若隐若现的一种丝丝缕缕的血迹使一片阴云出现在雨露看不到轮廓的脸上。雨露舔了舔牙齿，他感到嘴里充满了霉味。

那条异常孤独的腿被淅淅沥沥的雨水浇着，膝盖上和腿肚子后面都爬满了众多通体墨绿带有白色斑点的青蛙。

雨露在雨中往前走了几步，脚下突然传来的女人的哀鸣声使他变成了雨中的一尊不成形的泥塑。

太阳落山的时候，雨露像一片不起眼的树叶一样又出现在街上。突然消逝的外乡人使他神思恍惚、烦躁不安。

街上的一部分店铺已关闭了门窗，掩上了整齐而密封的褐黄色木板。另一些店铺的门还没有关，里面点起了灯，身穿蓝布长衫的伙计正在柜台后面打盹。灯光下能望见算盘珠子的幽亮而陈旧的紫红色光晕。

雨露远远地就望见临街的那座木楼上的一扇窗正在暮色中敞开着，那只悬挂在窗户外面的红灯笼远看就像是一只熟透了的绽开了笑脸的石榴。雨露望见那位年轻妇人的苗条的身影在窗户上晃了一下，乌黑的长发高高地挽起在雪白的面容上。

那个眉清目秀的道士是什么时候进入了那座木楼里的，雨露一点儿也不知道。外乡人突然失落的消息遮盖着他的目光。雨露只依稀记得曾经有一张苍白而消瘦的脸在他混沌的记忆里闪了一下，留下了一股檀香的气味。

广安寺沉闷的钟声在远处响起来的时候，他看到了暮色中渗透出来的点点红色，有如稀薄而寂寥的朱砂。他感到衣服的后摆被一种生硬的动作撩了起来。他听见另外的一些东西与他的身体一起呼啸着时，一辆华丽的马车正擦着他的影子飞驰而去。他被埋没在弥天的尘雾中，无法看到自己的被摧毁了的破碎的影子，他只听到一只受伤的燕子口里衔着泥被风吹过一些屋檐后再没有出现。

浮尘散去之后，他仍无法自拔。

他看到街角里滚落着几只形迹可疑的烧饼，这个现象渐渐地开阔了他的视野。一个头破血流的人像虫子一样蠕动在他的目光里，悬殊的位置和姿势及明暗不一的光晕使他无法看到蠕动者的脸，只闻到一种略咸的血腥气息。他转身的时候，感到一条腿沉重如铅。

蠕动者的手抓住他的一只脚。

蠕动者说，告诉我的婆娘，我怕是不行了，马车压碎了我的胸脯。

蠕动者的血流下来时，雨露感到自己脚上的筋骨正在逐渐紧缩，痉挛而扭曲，眼前飘散着浓重的烟火和面粉的气息。雨露俯身细看，蠕动者短小的身材和另一只手里握着的一只烧饼使他认出了这个卖烧饼的人。眼下，雨露看见他下巴上的几根陈旧而肮脏的山羊胡子正在夜风中软弱无力地飘动着。

蠕动者终于因气力不济而松开了那只手。雨露的影子湮没在夜晚的人流中，他听见整条街道上都灌满了风声，街门上的铁环在风中作响。雨露摇摇晃晃地走上那座临街的木楼，昏暗的光线和肿胀的目光使他的一只脚受到了一种坚硬的回击。他捡起那把生锈的斧子时，斧声惊动了里面的那个年轻道士。雨露的脸暴露在道士的面前时，道士正跑动在雨露的视线里。道士苍白的脸与雨露手中的锈斧不谋而合之时，雨露听见道士说了一声什么。但视线尽头的一道粉红色纱幔下的一具芬芳流溢的女人的胴体使得雨露没有听见道士的所言。

雨露踢翻了一只枯寂多年的木工墨斗，突如其来的声响使雨露分不清溅落在粉墙上的是道士头上的血还是他自己口中喷出来的血。

阅读与体验

在许多非常著名的小说里，全书往往只有一个情节，一切的想象都得不到应有的变换和延伸，毫无任何的空隙可以供人穿越。许多年前的空想主义并没有对现实主义发生影响。有一年春天，我依靠着一本黄皮书和两枝梅花从一些颓败的庙宇主义的墙外走过。这一带的天气在某种时候曾经像堆积的沙子一样微微发红。一些缓缓上下的阶梯从另一些同样的阶梯里面派生出来。在这个过程中，时间举足轻重，时间夸大了其原形的缺陷，最高一级的与最低一级的一模一样。在时间来临之前，一些部分是纯净的，以后则日趋衰落，这是一种建立在纯粹意义上的暗示活动。十年前，我在一次极为冗长的旅途中偶尔望见的一架巨大的水车更使我对这种暗示的风格迷信不已，终生难忘。

在那种时候，事物重复增加出现，同时又自动湮灭。当我们摧毁或放弃想象的时候，一切的树木都将不复存在。

在一本书的扉页上，有一座古老城门，当书中的人物鲁弗跪在城门下默默祈祷的时候，城门便高大巍峨，群星熹微，下面深色的河流漫过时光和树木，漫过大地上无穷无尽的事物和数目。开卷不一定有益。当那个一度跪着的人在开卷不久便死去后，那座城门也就不复存在了，包括所有的细节和痕迹。有时候，几只鸟，一匹马，甚至一只钟表都能折射出某个方面的风光和建筑，以及时间的轮廓和正反部分。

那位禁欲主义的老板是十月上旬的时候去世的。其时，他生前的稻田和矿产，他开办的窑子和码头，他手中的花园蓝图和密码，都委托给了一个名叫鲁弗的男人。

那个人患有严重的疝气和胃病。他来自一个三角形的农业地区，那个地区雨量充沛，人口和牛马都在每年的五六月间大量地繁殖。一九一四年秋天，那个辞别妻妾和家园，乘一条香蕉船南下的人是他的祖先，从此再没有回来。

那些年，鲁弗孤身一人，他的足迹如同无所不在的时间一样，几乎贯穿了全书。

战争日益逼近。

一些佛教徒都先后从各地逃到了那道朱红色的庙宇主义的墙下，寻求庇护和精神上的慰藉。那里还保存着一些昔日的梅花，保留着部分骨瘦嶙峋的文字。有人经常在那里发掘出一些锈迹斑驳的古代宝剑、石镜和贮存着雨水的陶罐。在后方的一座城市里，金菊花正在盛开。那时，战争的硝烟还没有弥漫过来——那黄白色的硝烟正在向国家的腹地深处飘移，浩荡回来——

鲁弗有限的记忆正在衰退。在日常生活中，他常为一种不真实感所累所苦，就像那个时候的许多人一样。鲁弗中等身材，脸上时常挂着某种令人抑郁的阴影，他的脖颈上有一处梅花形的疤痕。每隔几年，他就回到自己的出生地一次，去看望一架巨大的水车和一座带回廊的旧式建筑。很多年后的某一天，当我从那架巨大的早已废弃不中用的水车旁走过时，鲁弗早已不在人世了。他出生地的一些顽童们时常在那水车附近玩耍。一些由此经过的男女也常常停下来拍照，但所拍的内容始终被一种异常阴郁的沉默不语的东西笼罩着，即使在阳光奔放的好天气里，即使是一位举止优雅的夫人或聪慧伶俐的小姐，谁都无法驱散掉那种沉默的背景和不祥的戏剧效果。那种背景，其性质完全是幻想的，漂浮在时间之中的一些文字和传说也从不涉及现实。现实是污秽的，历史部分之所以显得迷人，就在于时间的流逝和洗涤，就在于推移和距离。

那些岁月里，在那座盛开着金盏花的后方城市里，鲁弗经常与我互赠书籍杂志，经常默不作声地下棋，人与人之间几乎很少出现什么对话，只有一些问候性的表情和礼节性的动作。

我记得鲁弗那时常常一声不吭地坐在一道蛇行的朱雀回廊中，手里拿着一只老式怀表，时不时地望着天空中流逝着的各种颜色和声音，脸上的表情持久而少变。

前方的炮声那时已隐约可闻。每天夜晚和黎明之时，都有秘密地运载着军火或尸体的船只停泊在岸边，到太阳升起之时，所有的船只便又全部离去，谁也不知道那些船只最终都到了什么地方。那些船只最初抵达时，都打着商船或游轮的旗号，一些装载货物的箱子和麻包都摆设在最显眼的地方，船上押船的队长和士兵都以船长和船员的身份出现，他们都不同程度地佩戴有大副和水手的明显标志，黑色的安详的蝴蝶结、黄牛皮鞋，青布的短衫和棕榈草鞋。最初，岸上的居民常以为他们属于某一家庞大的公司或教会组织的机构。他们宣传无政府主义和轮回学说，散发各种版本和颜色的小册子，纸张优良，字体规范。一位城里的牙科医生对那些小册子极为着迷，在无政府主义学说的影响下，牙科医生将自己孩子的衣服全部剥光，卸去一切必要的和不必要的附属物和装饰品，以使孩子能够身心自由地发展，无拘无束地生长，免去了一切被认为是枷锁和羁绊的条条框框。这件事发生在八月底。到十月份的时候，孩子在一家纺纱厂的仓库前冻死了。这件事成了一桩影响颇大的公众舆论。那位失去了孩子的、并被丈夫解除了一切化妆品的医生太太疯了。当新闻机构和刑事检查机构派人上那些来历不明的船上调查的时候，他们意外地发现了一只从船舱下面不慎伸出来的弹痕累累的手臂。他们顺藤摸瓜，掀起舱板之后看到了下面横陈着的无数具士兵的尸体。这时，船长不失时机地向他们亮出了一个蓝色的证件，船长愤怒地挥动手臂，对他们说，都滚，都给老子滚下去，滚回你娘的子宫里去。

有一天傍晚，密密麻麻的雨线循环在天地之间，视线之内无限苍茫。鲁弗忽然说道："瞧，那就是时间，是我追怀多年的一种现象。"他的这种语调令人惊讶。那时候我们正在谈论《点石为桃》的写作环境和故事地点，灰红两种颜色的雨雾在这座战火日益逼近的城市上空环绕，盘旋在那些尖顶和圆顶的建筑上。那时候，或者更早一些的时候，鲁弗便与那位禁欲主义的老板有着过密的交往了，他们之间时常有书信来往，老板时常寄茶叶和袖珍的铜车马给他。出于礼节，他也赠送一个袖珍的古代锡兵给我。

那天晚上，我们谈起了漂泊生涯，谈起了五代时期的宫廷养身术和大将军邓焰的行踪，谈起了那位禁欲主义的老板所开办的窑子。我认识其中的一位名叫绿虞的妓女，她与著名的岭南隐士南山先生过从甚密，南山先生对她也有求必应。她曾答应送给我一张南山先生的真迹和一枚冬暖夏凉的奇异玉石，后来，由于战争的绵延和扩散，我再没有得到她的一星半点消息。有一年六月里的一天，那位禁欲主义的老板终于去世了，由于身体内部出现了大量的黑影而致死。在此前的几个月里，我居住在一条日夜徘徊的游船上。为了躲避战乱，游船每日都在几个固定的风景区重复运行。船上的人大多饱食终日，无所事事。一位古汉语教授因为其太太与别人调情而心脏病突发，不久便死去了。事情发生的时候正值一个雨雾蒙蒙的午后，教授的脸因嫉妒和愤怒而扭曲变形。那天傍晚，浙江籍的船长李约翰带领游船上的全体旅客为死去的教授做了祈祷。之后，便由两名年轻的国语系学生将教授的尸体用一面旗帜裹好，轻轻地从船上抛入河中。船长李约翰不住地在自己的胸前画着一个又一个的无形的十字，他喃喃说道，安息吧，苦难的灵魂，上帝无所不在、无所不能，他知道每一个人的善恶，他永远与你们同在。

那天晚上，我收到了鲁弗千里迢迢寄来的一只柳条箱子。其时，岸边灯火摇曳，人影飘零，那位教授的太太正倚栏而坐，倾心研读绢装本的《唐璜》。

翻阅那只长途跋涉的柳条箱子，我头晕目眩，这种属于个人的小感情小感觉我无须描写。我要说道的是那种背景，那种无所不在的时间。在一个军队与居民杂居的地区内，有一些夜晚被称为夜中之夜，那是一些姹紫嫣红的夜晚，单一的情节里存在着众多的各种各样的细枝末节，士兵与家庭主妇共同争夺一只马桶，双方最后都以失败而告终。怀揣着某一道秘密指令的军官在一声不吭地下棋，心不在焉地打量着靴子上的马刺，索然无味地饮茶。在那些不为人知的居所里，一部分手在雕花的木椅上徐徐而行，犹豫不决。烟土的曲线从一些雪白的丰硕的胴体上蜿蜒而过，缓缓缭绕。

在那只柳条箱子的里面覆盖着一层绫绢，上面有一个椭圆形的蓝色印章，我在那里面发现了一些有价值但非常棘手的事物。那些材料包括了迷宫般的建筑心理和火焰的图案，包括了水产资源和早期的粮食作物，包括了诗歌韵律和令人不安的古代算术，包括了伞形的兵器和一触即烂的方孔钱币，包括了无神论者的肖像和晋代隐逸者颇为推崇的阮氏格局，包括了《野叟》的形成过程及其内文绣像，它的庞杂和广博令人坐卧不安，但所有的一切又都温文尔雅、彬彬有礼，都源于最初的那个礼仪之邦，都历经了时间的淘洗。

距此两年前的一天，中原地区的一位良家妇女剪去了自己的头发。身体发肤受之于父母，妇人忍悲含辱，手捧自己的头发去孝敬一位当地的负责赋税和劳役的行政长官。不久之前，行政长官看中了妇人的美貌，便勒妇人的丈夫去千里之外服劳役。妇人将头发送至长官的宅邸之后，其夫早已远去服役。后来，过了没多久，丈夫便客死异乡了。再后来，那位叫胡大海的行政长官也突然身亡，死于一场盛大的围猪之时。这件事发生在那一年的冬天。其时，中原地区大雪纷飞，百业萧条。到了第二年春天的时候，那妇人家中饲养着的一头毛驴生下一只小驴驹，小驴驹的身上清晰无比地刻着“胡大海”三个字，像一种难以驱除的胎记。至此，妇人每日手执一根皮鞭，呼唤呵斥着“胡大海”喂草饮水，推磨拉车。消息不胫而走。已故行政长官胡大海的子女们闻知此事，曾无数次托人并亲自前往，愿以高价重金索回驴子，但妇人执意不从。每次他们来后，妇人便手执皮鞭，不断地鞭打着那头名叫“胡大海”的驴子，一边高声斥骂不止。驴子“胡大海”忍辱负重，艰苦奋斗。

一九三八年以后，我在一个流弹横飞的夜晚里删去了一些比喻，删去了一部分夸夸其谈的不着边际的形容词，我部分地保留了那些略具象征意义的内容。自从一九一四年《条约》生效以来，发生了那么多的事情，有人在时间的旁边写了大量的批注和释语，其性质是幻想的，并非针砭时弊，并非面对现实而言。在那些岁月里，名词的可能性出现了一种前所未有过的生动局面，名词被作为动词的可能性愈来愈多，愈来愈大，这种空前的现象大量地运用在日常生活中，频繁地进入到一些书本里。当“尸体”或“时间”这样的正统而规范的名词被作为具有了重量和形状的动词来回拖运、跋涉之时，国家的机器也正在闻风而动，金属的碎片和思想的颜色正在振响和剥落。道德是苍白的，其起伏倾斜及其出入的程度令人惊讶，目不暇接。腹地深处的人民都怀着一腔翠绿的情感，爱国主义者临危不惧，挺身而出。亡国论者和敌人们策划的暗杀活动在几十个地区之内昼夜运行。

许多的人踏着一些形容词，高唱救亡之歌，他们在祖国的语言上晓行夜宿，匍匐前进。在那灿烂悠久的历史和文化上，少数手持怀表，掌握着时间的人，正在风声鹤唳、硝烟滚滚的国度里披星戴月，激扬文字。

一九二七年的一天深夜，一群持枪者洗劫了那位南方禁欲主义老板的花园。那天夜里，只有一名家庭教师穿越过曲折迂回的地下通道，星夜逃往一座山中。持枪者在那座远近闻名的江南园林内找到了大量陈酿的米酒和一部分尸体。那些盛贮着米酒的瓷瓮上贴着“五谷丰登”“国泰民安”一类的红幅楷书，字体是典型的乾隆风格。在一座亭台的一角，一名青衣的茶童面江而立，他已死去多年，容颜未改，衣服和头发一触即碎，纷纷扬扬。带队的军官是一名留着小胡子的无政府主义者，他穿过水榭和楼道，在粉墙黑瓦之下读那首著名的诗，语调时吟时顿，踌躇不前。“窗含西岭千秋雪，门泊东吴万里船。”他独自喃喃地说着，他想起了从前的一条船。

那时候有一场弥天大雾正笼罩在大河的上下，河两岸的树丛和壕沟重重叠叠，树影中黑白分明的农舍隐约可见。大雾中还可望见水沟里雪白的鹅毛翩翩起舞，情形如同丰收在望的棉田或雪景。一名竹器匠在附近的一片竹林里削竹子，砍刀声带着他的喘息声一起飘出竹林深处，遁入了那弥天大雾之中。

那时候，那位禁欲主义的老板正在窗前远眺。他望见“窗含西岭——千秋——雪”，他望见了“门泊东吴——万里——船”。他望见一些插有旗帜的船只正从远处的水面上驶来，旗帆在烟水之间迎风飘扬，有如一些空荡荡的质地单薄的纺绸衣衫。他听到船上的士兵们说着一种生硬而难懂的异地方言。他看见一些船在夜幕降临之时朝远处开走了，另一些又陆陆续续地开来。空气中弥漫着浓郁的火药和桂花的香气，这气息使他回忆起茶叶和酒。他看见一些鱼在碧绿的蔬菜之间活蹦乱跳，垂死挣扎。他看见一些手在时间之中死去很久以后又重新活了过来，正在试图伸向某些地方，手上的欲望使他不寒而栗。他看见一些脸在时间的顺序中先后都烂了，另一些脸则鲜艳如花，春风得意，如灿烂的成语典故和优雅规范的汉文字的偏旁部首。他听见一些声音低远地回响着，渐渐地沉下去了，另一些声音开始泛起来浮出水面徐徐上升，引吭高歌。他看见一些建筑在时间的轮廓里风化如泥，另一些颜色鲜亮的尖顶和圆顶则直刺苍穹，背负晴空。他看见了他一生中先后开办过的无数的窑子和烟馆、赌局，他听见窑子里那些女人们夜以继日的声音青翠欲滴，姹紫嫣红，一如她们早年间闪闪烁烁，彻夜不休。他看见那些面带菜色、骨瘦如柴的人在精致而粗糙的死亡线上久久挣扎，久久不愿从这个时间顺序早已紊乱了的世界上离去。那些两眼深陷、形容枯槁的伤寒病患者、花柳病患者和告老还乡的人在他的粉墙外面的壕沟上掩面而泣，常常守望到天亮。在那些斑驳而迷乱的岁月里，窑子的景象蒸蒸日上，通达五湖四海。他曾秘密地差人在窑子外面散发各种禁欲主义的小册子，以及“六根清净”的道家学说。他崇尚古往今来的一代又一代的隐逸之士和炼丹大师。他常在风和日丽之时遇到那些鹤发童颜的山洞奇人和疾走如飞的江湖丹师，他期望一代仙丹在自己的手中炼成，但又深恐引狼入室，祸起萧墙。自相矛盾的日子耗光了他的所有精力和记忆，所剩无几的只是一种坐以待毙的时光。

转年的春天，冒着蒙蒙的细雨，我看见在一家名为“德懿馨”竹器店的旁边，一名退伍的老兵正坐在别人的屋檐下出售两只长颈大肚的青蓝色的宋代花瓶，这个塌鼻梁的退伍老兵的一条腿不在了，依靠两只木制的拐杖行走。他坐在别人的屋檐下时，双拐就放在他的身边。他守护着那两只长颈大肚的青蓝色宋代花瓶，如同守护着一对晚年间得来的同胞婴儿。这个塌鼻梁的退伍老兵，他是那次洗劫花园事件的参与者之一。那天晚上，南方连绵的淫雨天气使他感到时间犹如连续不断的噩梦，使他对那个仓皇逃命的家庭教师的背影感到索然无味。他将手中的枪竖起来，用紫褐色的枪托赶走了那个涂脂抹粉的管家婆——他只在她穿着白色绸裤的大腿上拧了一下。面对那些耀眼而难以计算的珍宝，他想到了自己凄凉荒芜的晚年。那时候，他的那条腿还没有失去，尚还健在。他曾设想他晚年时可以回归故里，耕作于田间村舍。那时候他一点儿也没有想到几天之后便发生了一场血战，他更没有想到自己的那条随他奔波跋涉了几近一辈子的腿会在那个时候突然离他远去，横空挂到了战场上的一棵石榴树上。他现在时常在恍惚之中望见自己的那条疤痕累累的腿鲜血淋漓地悬挂在那棵美丽的石榴树上，有如一只茹毛饮血的史前动物，有如多年之前他目睹过的一种现实或风景。

一九二九年四月六日出版的《每日新闻》周刊上发表了一则由三百名四川籍士兵共同签署的声明。士兵们在这个声明中声称从今以后永远脱离军队，不再为任何的一场殃及百姓的战争出力流血，以致最终完全献出生命。这项声明的措辞十分强烈，其坚硬的程度建立在大量运用的色彩荒芜的动词和形容词之上，此外，还少数地出现了几处方言，读来令人温馨而难忘，倍感亲切。由于编者的疏忽大意，文中居然原封不动地保留了三个错别字。时隔两个月之后，在六月份出版的一期《每日新闻》周刊上，有一则简短的消息说，先前的那三百名四川籍士兵在脱离了某一支杂牌军队以后便星夜向老家一带开去。他们一路上遥望着巴山蜀水，高唱着川北小调和黔西民谣。后来，他们进入了一条空寂无声的山谷。夕阳西下之后，三百名士兵便突然之间全部消失了，谁也不知道他们的踪影去了哪里。

那些日子里，鲁弗度日如年。严重的疝气和胃病使他常常彻夜难眠，只能手握着怀表，独自坐到次日天亮。他告诉我说他正在努力地循序渐进地接近时间，时间是最难以接近的，时间犹如一只透明的老虎，离时间越近的人，生命的可能性也就越来越小，直至为零。鲁弗对我说这些话的时候，一般总坐在那道蛇行的朱雀回廊里，他手里的那只老式怀表也总是默默无声，似乎从未真正走动过。有时候，我怀疑鲁弗的那只表是一只被什么摧毁了的死表。附近常响起造船厂里的一声接一声的沉闷难堪的气锤声。那些日子里，时间好像静止不动了，总在原地重复，仿佛世上什么事情也再没有发生过。

七月下旬的时候，河水开始猛涨。几乎每天都能看见咆哮的河水里漂浮出没着人类的一些生活必需品，有时甚至是人类本身。这种现象使得城内的一些怕死的人都闻风丧胆，都日夜龟缩在各自的巢穴里不敢露头，不敢越门槛一步。那些时候，还时常有尖利的警报声在空中响起。汽阀厂的工人们三天两头就要拉响一次警报，有时一天中能拉响数次。这时候，那些怕死的人便都各自愁云满面、胆战心惊地从龟缩着的巢穴里出来，盲目地走向安全区。他们的神色灰暗无比，他们的叹息和哀鸣声如造纸厂里排出来的浓烟和污水，日夜流淌在街上，流淌在郊外的壕沟里和天空中。

有一天，我和鲁弗因为讨论《点石为桃》中的几个场景而误了一天中的最后一班游轮，我们被困在了河对岸的一个区里。夜晚的来临使我们体验到了乡村小店式的款待。小店的老板是一个鼻音很重的镶有金牙的秃顶人物，他长着一双异常色情的白眼珠（眼睛中黑的部分几乎没有），他的几个手指白胖而湿润，使人想到那双手刚从什么地方里伸出来。那天夜里，我们睡在两张格格作响的竹床上，房间里堆满了兽皮和木桶。我们刚躺下不久，鲁弗便又立即坐了起来，他从被子里拽出了一只拳头大小的老鼠，老鼠的气力有些不济，尾巴几乎不怎么摆动，两只红红的小眼睛郑重其事地望着鲁弗。鲁弗告诉我说，他刚一躺下，便感到大腿下面隐隐发痒。后来，我们喊来那位秃顶的色情老板后，老板说开水已经没有了，很不好意思。他以为我们是在要水喝。当他后来看见那只老鼠时，他忽然笑了，他说："这家伙，我找了它一上午，没想到它会上这儿来。"这以后，老板便若无其事地拎着老鼠的尾巴，像拎着一瓶酒一样晃晃悠悠地出去了。

后半夜的时候，隔壁房子里的一个人喝醉了酒，忽而含糊不清地骂人，忽而又嚎啕大哭。那天夜里，我们几乎都没有睡着，致使鲁弗的疝气和胃病又发作了一次。小店的老板在数十年的风雨生涯中早已习惯了这种类似的场面或情形，他丝毫不受影响地熟睡了一夜。第二天早晨，当我看见老板精神抖擞、红光满面地出现在我们的面前时，我深深地感到了方法和状态的重要性。那是一种远距时间、远离悬念和中心的方法与状态，一种上乘的活法。我记起从前有一位庙宇主义者曾告诉我说，人生有七大悬念、六种险情，一个人要是能够安然地不出一点差错地从那十三个情节面前走过后，就等于是一个真正掌握了时间的人。事实上，迄今为止还没有谁能从那十三个情节面前经过，没有人能够真正掌握和操纵时间，大都头破血流，声名狼藉。回忆其实并不是挽留时间的一种方式，回忆是一种貌似倒退实则前进的过程。回忆不是挽留，不是返回，回忆只是一种想象，一次精神上的远行。他后来告诉我的那些话，我都一一地忘记了。

早晨一开始，人们就发现昨夜里那个醉酒嚎哭的人死了，他死在一根圆柱的下面。昨天夜里，他那喑哑沙涩的声音曾使人以为他是一个常醉不醒的老酒鬼，谁也没有想到他会是一个年轻的还没有长胡子的小伙子。他的青布短衫破烂不堪地敞开在冰凉的早晨里，有几个铜板掉落在他的身边，还有一封没有发出去的家信和一个紫颜色的护身符。

几年之后，鲁弗死了。他闭上一双苍白的眼睛，永远地睡了过去。

八月里星光灿烂的一个夜晚，一只鸟的悲啼将我从梦中惊醒。那时候，我对于一切都有了一种初步的轮廓和印象。

那天夜里，我梦见鲁弗跪在那道古老的城门下面，当他仰望着高高在上的箭垛和飘扬着的旌旗时，那城门便巍峨高大，群星熹微。当他在时间之中永远睡去以后，城门就消逝了。连一块布有绿苔的城砖也没有留下，只有守夜人不成形的影子在护城河外的壕沟附近出没，游荡。我梦见一些古老的消失已久的梆声，清脆而迟钝的梆声渐渐地向那座不复存在的城中走去。

我梦见了手持怀表（时间）的鲁弗，包括他的全部细节，我的梦使鲁弗成为一种明晰可触的现实。夕阳西下的时候，我们坐在那棵树下，安详的云彩从我们的空隙间穿过。

我们清心寡欲，永远活着，像尘埃。

原载于《花城》一九九一年第六期

编后记

除了另外三部长篇小说以及部分短篇小说由于版权等原因未能收入外，这次编辑出版的作品系列囊括了我目前面世的全部作品，共计有长篇小说六部、中篇小说四十四部、短篇小说三十七部。在各册的编排上，力求和谐。不过，因篇幅字数的差异，有时又确难做到内容与风格上的高度一致甚至相近，如此，同一册之中，有时会有完全不同面目的作品并存。阅读一本风格内容相近的书犹如在一个熟悉宁静的地方漫步，反之，则如同在同一座山上浏览四季；对于阅读者来说，很难说哪一种方式更好。也许，这中间并不存在可比性。此外，部分篇章中偶有另造之词句，我视之为自己之词句，更视之为一个写作者对于语言、对于表达所做之努力或曰贡献。我不喜并厌恶被无数人咀嚼过无数遍的词句及语言，故在与各册编辑商榷后，使它们得以保留。保留它们，也意味着保留了我之所思所想，更是一次与它们生离死别之苦痛的避免。

这套作品系列，贯穿了我迄今为止的写作生涯，从最早到最近。

感谢此系列最早的策划者续小强、孟绍勇二位青年才俊，感谢北岳文艺出版社，感谢北岳文艺出版社众位编辑朋友在此系列的编辑、校阅、出版过程中付出的大量艰辛的劳动和努力，她们认真、求真、严谨细致的工作作风和编辑精神给我留下了深刻难忘的印象，也使我深为感动。

吕 新

二〇一七年十月二十四日